Claudia Schiffer

CHIC AUF ISARFELD

Wolf Biermann

BONN LIEF WARM

Carmen Thomas

Das Anagramm-Geheimnis

Hintersinn im Namen

man reimt ihnen Sinn

rammt einen Sinn hin

nimmt Sinnreihen an

mehr an intimen Sinn

Namen, meint ihr Sinn?

Carmen Thomas

Das Anagramm-Geheimnis

Vom Sinn
und Hintersinn
im Namen

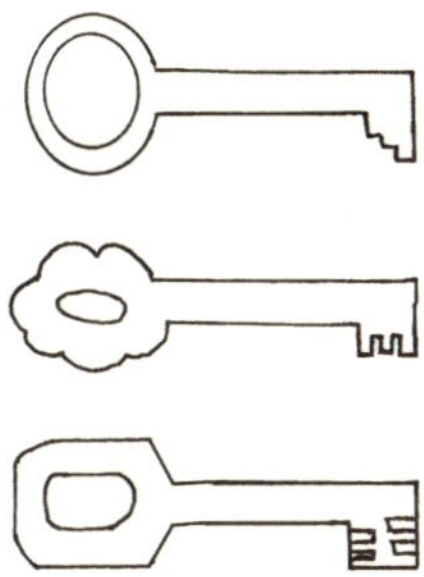

Droemer

Besuchen Sie uns im Internet:
www.droemer-weltbild.de

Die Folie des Schutzumschlags sowie die Einschweißfolie sind
PE-Folien und biologisch abbaubar.
Dieses Buch wurde auf chlor- und säurefreiem Papier gedruckt.

Umschlaggestaltung: Agentur Zero, München
Layout, Gestaltung, DTP und Satz: Druckvorstufe –
Buch & Grafik Design, Günther Herdin GmbH, München
Illustrationen: Marcus Herdin, München
Reproduktion: PHG-Repro, München
Druck und Bindung: Spiegel Buch GmbH, Ulm
Printed in Germany
ISBN 3-426-27188-5

5 4 3 2 1

Inhalt

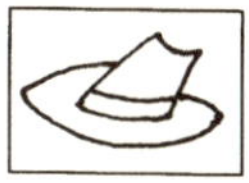

STOPP

Bevor Sie auch nur einen Absatz weiterlesen, schlagen Sie bitte zuallererst den Farbteil ab S. 80 oder alternativ S. 192 und die Beispiele ab S. 208 auf. Blättern Sie die Muster dort nur mal rasch durch, damit Sie sehen, zu welcher Art Anregung dieses Buch Ihnen und anderen dienen kann und wie und wozu Erwachsene und Kinder Anagramm-Geheimnisse entschlüsselt haben.

Dies ist die Blätter-Pause. 

Jetzt haben Sie hoffentlich einen ersten Eindruck, dass dieses Buch einerseits eine ganz handfeste Gratulations- und Geschenk-Anregung mit eingebauter Kreativitäts-Hilfe sein soll. Andererseits möchte es auch besser verständlich machen, um was für einen sensiblen Bereich es beim Thema Namen geht. Wie sensibel der Name eines Menschen tatsächlich ist – was vielleicht oft unterschätzt wird –, belegen die *Interviews* ab S. 99. Sie vermitteln – so wie alle unveröffentlichten Interviews und Diskussionen zu diesem Buch – ein Gespür dafür, dass die Anagramm-Geheimnisse sehr behutsam gehandhabt werden müssen. Die Gespräche führten dazu, dass eine Art *Ehren-Kodex* für Anagramm-Nutzung notwendig erschien (S. 205).
Damit Sie den Aufbau des Buches gleich zu Anfang durchschauen: Als Erstes erfahren Sie etwas zur Vorgeschichte Ihrer Lektüre. Dann folgen die Erläuterungen zu den drei »Schatz-Truhen« (den Hauptteilen dieses Buches), die zum Darin-Stöbern und -Herumgraben einladen: eine Schatztruhe über *Namen*, eine über *Anagramme* – jeweils mit ihren Ursprüngen, ihrer Geschichte und Entwicklung – und die letzte Truhe – der praktische Teil – zum *Anagrammieren der Namens- und Wörter-Geheimnisse.*
Die erwähnten *Interviews* sind das »Scharnier« – na, wohl besser die Vorrichtung zur Truhen-Verkopplung (wie heißt das in echt?) – zwischen dem Namens- und dem Anagramm-Teil.
Da dieses Buch aber nicht nur zum Lesen, sondern auch zum Mitmachen einladen möchte, können Sie einerseits Anagramme erstellen und gestalten. Andererseits sind Sie eingeladen, *Selbst-Interviews* (S. 241) zu führen. Oder Sie gehen zu zweit oder in einer Gruppe

die Fragen durch. Wer die Interviews mit sich selbst oder mit anderen führt, kann sich der Vielschichtigkeit und den Tabus um die Namensvergabe und um die Reaktion auf Namen nähern.
Falls Sie selbst *Namen zu vergeben* haben (zum Beispiel als werdende Eltern, oder Sie suchen für Ihren Partner oder Ihre Partnerin einen Kosenamen, ein Pseudonym für sich selbst oder als Firmengründer-in, Produktentwickler-in einen Begriff aus einem Namen), können Sie sich durch das Buch auf Ideen bringen lassen.
Bei der Namenswahl bietet der Überblick auf S. 71ff. eine Absicherung, wenn Sie lieber einen gebräuchlichen Namen suchen oder ihn eher vermeiden möchten.
Der Teil des Buches, der sich mit *Anagrammen in der Kunst* befasst, taugt für Informations- und Theorie-Interessierte. Er zeigt, was viele für eine besonders wichtige Funktion von Kunst halten, nämlich dass nicht nur Entzücken und Zustimmung den Reiz von Kunst ausmachen, sondern oft im Anstacheln, in der Abgrenzung zu Merkwürdigem ein anderer Weg der (Selbst-)Wahrnehmung, der (Selbst-)Reflexion und der (Selbst-)Erkenntnis liegt (S. 161ff.).
Wer jedoch ausschließlich die *konkrete Nutzung* möchte, kann alle Teile zur Information und Theorie auch vernachlässigen und gleich die dritte Schatz-Truhe (ab S. 187) öffnen. Besonders wichtig und hilfreich sind hier der Ehren-Kodex und die Umnutz-Anleitung (S. 198ff.). Denjenigen wünsche ich viel Spaß beim Erschließen und Umsetzen der Anagramm-Geheimnisse.
Denen, die sich zusätzlich informieren möchten, wünsche ich – je nach Typ, zu dem Sie gehören – als Häppchen-, als Hüpf- oder als A-bis-Z-Leser-innen eine vergnügliche Lektüre.*

Viel Vergnügen wünscht

im Februar 2000

* PS: Wozu denn dieser – höflich ausgedrückt – »feministische Umstand«?
Zunächst zur Gebrauchs-Anleitung für die männlichen und weiblichen Formen:
Sie finden sie in diesem Buch – grammatikalisch korrekt anpassbar – mit Bindestrichen an der richtigen Stelle geschrieben. Also: »die Interessent-inn-en«, den »Praktiker-inne-n«, oder »die Freund-inn-e-n«.
Zum (Vor-)Lesen wird die Form in beide Begriffe sprachlich zurückverwandelt:
Beispiel: Aus »Ganov-inn-en« wird »Ganoven und Ganovinnen«, aus »Heiratsschwindler-inne-n« »Heiratsschwindler und Heiratsschwindlerinnen«.
Warum ich mir die Mühe mache und mich zusätzlich dadurch mit vielen Männern und auch Frauen anlege, können Interessierte am Ende des Buches unter »Liebe Professorin Senta Trömmel-Plötz« (S. 263) nachlesen.
Ansonsten: nehmen Sie's mit Humor.

Zur Orientierung im »Daumenkino« dienen die Piktogramm-Wegweiser oben auf den Seiten.

	**Vorstellung**	**worum geht's**
	**Informationen**	**wozu dient's**
	**Selbst-Interviews**	**zum Fragen + Klären**
	**Namens-Schatz**	**rund um Namen + Vornamen**
	**Namens-Geschichte**	**zur Historie**
	**Namens-Geschichten**	**Interviews zum Vergleich**
	**Anagramm-Geheimnis**	**Anagramme** **Basis-Informationen**
	**Anagramm-Werkzeuge**	**wie geht das** **Aus Anagrammen schöpfen**
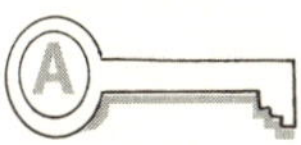	**Anagrammier-Schatz**	**Ideen + Anregungen**

Vorgeschichte zu diesem Buch

»Nemrac Samoht« – sicherlich wissen auch Sie noch, wie sich Ihr eigener Name rückwärts gelesen aussprach. Jedes Kind hat es probiert und (fast) alle haben es behalten – oder?
»Ein Neger mit Gazelle zagt im Regen nie.« Ich weiß noch genau, wie ich über diesen Satz staunte, als ihn mir jemand als eins der längsten Beispiele fürs Rückwärtslesen verriet. Dagegen nahm sich »Reliefpfeiler« fast bescheiden aus. Dass solche Rückwärtslesereien außerdem noch elegante, griechische Namen tragen, erfuhr ich erst später: Palindrom. Irgendwie ist mir auch noch das »Akrotheleuton« im Kopf. Was das genau heißt, und wozu es angewandt wurde, hatte ich vergessen. Aber das Wort klang schick – mit etwa 16, als ich es lernte, hatte ich Sinn für solche Wörter. Leider habe ich in der Schule nie erfahren, wann, warum und wozu sich Menschen solche Dinge ausdachten. Auch nicht, in welchen Sprachen sie existieren, zu welchen Zeiten und wann die Hochblüte solcher Arabesken war. Nur wie fasziniert ich war, das weiß ich noch genau.
War es Ende der Siebziger- oder Anfang der Achtzigerjahre? Da las ich in einer Zeitschrift (war es *Natur?*) einen Artikel, in dem ein Beispiel für ein »Anagramm« auftauchte. Es ging um einen Namen. Irgendwie fällt mir der Name des Kinderbuchautors Roald Dahl dazu ein. Aber das weiß ich nicht mehr so genau. Das Anagramm zeigte jedenfalls, dass sich aus Namen vollständige neue Wörter mit Sinnhaftigkeit scrabbeln lassen. Die Lektüre führte dazu, dass ich bei einer Geselligkeit vermutlich Ende der Achtzigerjahre Pits verteilte. Pits, das sind kleine systematische **P**ost-**its**-Klebezettel, mit denen ich im Zusammenhang mit der Methodik »Vistem = **Vi**sualisieren mit Sy**stem**« im Wesentlichen meine Arbeiten verrichte. Ich lud alle ein, ihre eigenen Namen haft-klebend zu scrabbeln. Es war witzig, aber gar nicht so einfach, Bedeutungen herauszubekommen. Kurze Wörter, ja, das war leicht. Aber Voll-Anagramme, also Beispiele, bei denen alle Buchstaben verwendet wurden, das war schon schwieriger. Irgendjemand in der Runde hatte sich mit meinem Namen befasst und meldete plötzlich begeistert, dass sich aus Carmen Thomas »enorm achtsam« basteln ließ. Das gefiel mir.
1997 erhielt ich dann vom Verlag Kiepenheuer & Witsch den Auf-

trag, ein Buch *Vom Zauber des Zufalls* zu schreiben – eine schwierige Geburt, die mich jedoch im Nachhinein einen Quantensprung in meiner Arbeit vorangebracht hat. Ich bemerkte, was für ein wunderbarer kreativer Helfer der Zufall sein kann, wenn ich ihn denn – wie unsere Altvorderen – aktiv für meine Fragen oder Arbeiten nutze. Der Zufall ist ebenso verspielt wie launisch. Er enthält Potenziale, die jenseits der Logik mit der Möglichkeit versehen sind, mich auf völlig neue Einfälle zu bringen. In diesem Zusammenhang fiel mir das Namens-Anagramm wieder ein. Schließlich sind die Ergebnisse von Namens-Anagrammen heutzutage ja rein zufällig, weil niemand mehr – wie angeblich noch im Barock – Anagramme bei der Namensgebung absichtsvoll versteckt.

Also setzte ich mich mit meinen Pits in die Sonne von Bornholm, wo ich das Buch verfasste, und anagrammierte aus meinem Namen so viele Wörter, wie ich eben konnte. Es waren 136. Manche fand ich witzig, andere banal. Manche waren ansprechend und interessant für mich selber, weil sie mich verleiteten, unter neuen Aspekten über mich selbst nachzudenken. Andere wieder erschienen mir nichts sagend. Zumindest war ich verblüfft, dass es so viele waren. Heute weiß ich, dass sich mit Hilfe eines Computers insgesamt 6700 Wörter aus meinem Namen basteln lassen (vgl. S, 195ff.).

Die kreative Knobel-Form beschloss ich den Leserinnen und Lesern des Buches *Vom Zauber des Zufalls* auch anzubieten. Deshalb enthält das »Zufalls-Buch« einen Pfeil mit Pits, auf dem mehrere Hinweise stehen, wie sich der Zufall kreativ nutzen lässt, unter anderem auch das Namens-Anagramm.

Wenn ich Freund-inn-e-n besuchte, erzählte ich manchmal über das Anagramm. Viele wurden sofort neugierig und machten sich daran, ihre Namen zu anagrammieren.

In einer Runde setzte sich wieder einmal jemand mit meinem Namen auseinander und meinte schließlich: »Hör mal, ich habe gerade noch ein Voll-Anagramm zu deinem Namen gefunden. Es kommt auch ›MOSE charmant‹ heraus. Schade, dass das nichts bedeutet«, fügte er hinzu. Er konnte gar nicht wissen, wie sehr er mich verblüffte. Dazu muss man wissen, dass ich seit Mitte der Siebzigerjahre Fortbildungs-Seminare, Beratungen und Coachings durchführe, um Menschen in die Geheimnisse und Fertigkeiten der professionellen Kommunikation einzuführen. Im Rahmen eines dieser Seminare hatte ich Anfang der Achtzigerjahre eine neue Kreativitäts-Technik entwickelt.

Mitte der Siebziger hatte ich das Brainstorming nach John Osborne

gelernt. Er ist der Mann, der in den Dreißigerjahren des 20. Jahrhunderts die Brainstorming-Technik unter der Devise »Using the brain, to storm a problem«, also »das Gehirn benutzen, um ein Problem zu erstürmen«, in den USA erfunden hatte.
Aus seinen Anregungen hatte ich vier Regeln für das Brainstorming abgeleitet, die Sie auf Seite 203 finden. Für ein Seminar für Rundfunk- und Fernseh-Kolleg-inn-en in der Schweiz hatte ich nun entdeckt, dass, wenn ich nicht nur einfach so vor mich hinstorme, sondern unterschiedliche Perspektiven zu einem Thema einnehme, ich mir und anderen innerhalb von vier Minuten auf jedes noch so banale oder scheinbar langweilige Thema verlässlich Lust machen kann.
Die vier möglichen Grundperspektiven auf ein Thema sind: **M**enschen, **O**rte, **S**ach-Aspekte und **E**reignisse. Damit die Teilnehmer-innen solche Denk-Geländer gut behalten können, schrecke ich vor keiner Eselsbrücke zurück. So entwickelte ich aus der »**M**ensch-**O**rt-**S**ache-**E**reignis«-Technik das Akronym* MOSE als Kürzel, nahm also jeweils den ersten Buchstaben der vier Perspektiven.
Auf der nächsten Seite sehen Sie zum Beispiel erste Einfälle zum Thema »Anagramme« unter MOSE**.

* Akronym = Kunstwort aus Anfangsbuchstaben (wie NATO).

** Wer mehr über diese und andere Methoden zur professionellen Kommunikation und System-Kreativität wissen möchte, kann nachlesen in: *Vom Zauber des Zufalls*; ausführlicher in *Vistem – der klare, schnelle Weg zur Sache*, ETM GmbH Versand, Postfach 45 03 68, 50878 Köln, Fax-Nr. (02 21) 4 97 38 43; *Profi-KopfRezepte – Erfolgreich kreativ mit Vistem*, München 2000.

Anagramme

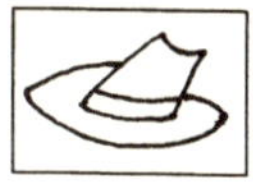

Mensch	Ort	Sache	Ereignis
Fürsten	Bett	woher	Geburt
Alchemisten	Geburtsort	warum	altes Buch
Abergläubische	Kreißsaal	wahrnehmbar	Entdeckung
Doofe	Hexenstube	unbewusst	Interpretation
Unbewusste	Uni	Fassettenreichtum	Spiel
Forscher	Schule	Zutreffendes	Absicht
Historiker	Kindergarten	Falsches	Vermächtnis
Soziologen	Spielstube	Omen entnommen	Geruch
Schäfer	Urlaubsort	jüdische Kultur	Gerücht
Maler	Kneipe	andere Kulturen	Schaden
Künstler	Strand	Wissen	Nutzen
Frauen	Tafel	Bedeutung	Astrologie
Römer	Blatt	Interpretation	Horoskope
Maria	Pit	Auswirkung	Klang wahrnehmen
Botschafter	Brett	Aberglauben	Fluch
Horoskopgläubige	Timer	Festlegung	Zusammenhänge
Genaue	Stammtisch	Witz	Unbewusstes
Magische	Schreibstube	Angst	Kohärenz
Tragische	Kirche	Scheu	remote viewing
Glückliche	Kirchenleitung	PC-Chance	naiv schreiben
Vermögende	Synagoge	Rede	Wirkung durch Form
Existenzialisten	Kreuz	Kreativität	harmlose Anmutung
Urlauber-innen	Neue Welt	Prädestination	Potenzial entdecken
Spieler-innen	Zelt	Schicksal	Angst verstehen
Neugierige	Mond	verdammen	Erweiterung anstreben
Priester	Sterne	helfen	Anwendung
Heilige	Altäre	Namenswahl	Einsatz
Hebräer	Pompeji	Akronyme	Taufe
Juden	Gelehrtenstube	Varianten	schwanger
Inder	Bäder	Bedarf	Geburtstag
Chinesen	Standesamt	Sinn	Jubiläum
Araber	Duden-Redaktion	Gewinn	Trauerfeier
Adelige	histor. Archiv	Spielarten	Spiel
Mächtige	Gotha	Geheimschrift	Geselligkeit
Namhafte	Heilige Stätten	Geheimzeichen	Nomen est omen
Kreative	Tal der Könige	Geheimbotschaft	Einstellungs-Kriterium
Machtbesessene	Machu Picchu	Pseudonym	Anpassung
Schicksalsunwillige	Shangrila	Funktion	Mutwillige
Fatalisten	Tibet	Holographie	Liebeserklärung
Logiker	Nanking	spannend	Aggression
Männer	Okinawa	Enigma	Namensdoppelung
Schwangere	Theben	Kabbala	Namenlosigkeit
Agenten	Mesopotamien	altes Wissen	Namenstag
Bauern	Tempel	neues Wissen	Kultur-Ereignis
Archäologen	Marktplatz	wo ja/wo nein	Grenzverletzung
Kabbalisten	Kasino	Ursprung Name	Chancen erweitern
Verspielte	Militär	Ursprung Anagramme	Gebrauchsanleitung
Geheimniskrämer	Zone	Können	Wettstreit
Tüftler	Geheimdienst	Kenntnis	Knobeln

Entsprechend verblüfft war ich nun über das Anagramm in meinem Namen, das natürlich nur mir etwas sagen konnte, und das ohne die Hintergrundinformation sinnlos erscheint.
Daraus entstand die wesentliche

Erkenntnis Nr. 1:
Es gibt offenbar Anagramme, die auf der Hand liegen und solche, die nur mit Hilfe des Betroffenen oder der Betroffenen mit Sinn gefüllt werden können. Es kann sogar sein, dass dies auf die meisten Anagramme zutrifft. Sie müssen mit Leben, mit Beziehung zu dem Menschen oder mit Erlebnissen und Einfällen der Betroffenen – also der anagrammierten wie der angrammierenden Person – kreativiert werden, weil die Listen sonst nur eine Aneinanderreihung eigenartiger Wörter sein können. Die Assoziationen, zu denen sie Anlass bieten, sind das wirklich Interessante, aber auch sehr Persönliche an den Anagrammen.

Unter Zahllosen merkwürdigen Voll-Anagrammen wie zum Beispiel »Manch Matrosen«, »Mönch ratsam« und »Amme an Storch«, die der PC in meinem Namen fand, ist ein weiteres Vollanagramm auch »Cast Harn-Memo« »cast« = englisch für »sende«. Das ist angesichts der Urin-Sendung, aus der nach 1988 drei Urin-Bücher folgten, die an die alte Tradition der Harn-Nutzung in der Landwirtschaft, im Handwerk und in der Medizin erinnern, schon ein ziemlich witziger Zufall.
Ermuntert durch diese Erfahrung erzählte ich nun bei weiteren Geselligkeiten über Anagramme, mit der Folge, dass viele sich auch hier sogleich hinsetzten, um herauszufinden, was wohl in ihrem Namen stecke.

Dabei ergaben sich zwei weitere wichtige Einsichten:

Erkenntnis Nr. 2:
Der Zufall fügt ebenso, dass auch Anagramme mit weniger erfreulichem Inhalt herauskommen können.

In einer Runde waren zwei besonders attraktive Schwestern. Beide haben auffallend ungewöhnliche, hübsche, klangvolle Namen. Die jüngere bat jemanden in der Runde, ihr beim Anagrammieren zu helfen. Ergebnis dieses Voll-Anagramms: »Eine reicht wohl.« Wer die Beziehungen der beiden Schwestern kennt, weiß, dass die eine der Glitzer-Star ist und die andere – die mit genau diesem Anagramm – stets im Schatten der großen Schwester stand. Daher erhielt dieses Anagramm eine geradezu makabre Bedeutung – allemal angesichts der aparten Ursprungsnamen. In einem solchen Fall gilt es, die Aussage nicht nur vordergründig zu nehmen, sondern genauer zu durchdenken: Die Aufgabenstellung ist, nicht deprimiert zu verharren, sondern kreative Antworten aus den Anagrammen zu finden und/oder zusätzliche Anagramme zu suchen. In dem Namen stecken schließlich noch weitere 13 470 Teil- und 345 Voll-Anagramme wie zum Beispiel »wo reiche Eliten« oder »Eichentor weile«.

Erkenntnis Nr. 3:
Jede negative Aussage birgt den Kern eines positiven Drehs – als Kreativ-Training, als Gedanken-Modell, als Ausweg aus magischem Denken.

Ein anderer in der Gruppe guckte auch nicht besonders fröhlich: In seinem Namen war als Anagramm »toter Gorilla« enthalten. Witzig daran ist, dass dieser Freund tatsächlich besonders behaart und zugleich ein besonders intellektuell interessierter Mensch ist. Es galt nun, ihm als Erstes die »Umnutz-Technik« beizubringen. Das ist eine Strategie, die eine Weisheit der östlichen Philosophien zu Grunde legt, die von dem komplexeren dialektischen Denkmodell ausgeht, dass im Schlechten das Gute und im Guten das Schlechte steckt (vgl. auch Seite 199ff.) und stets beide Facetten zusammengehören. Nach dieser Strategie heißt »toter Gorilla« eben nicht nur »das sterbende Animalische«, sondern es könnte auch eine Übersetzung des »Homo sapiens«, also des aufrecht gehenden Menschen, des ersten Intellektuellen sein. Die Kreativ-Strategie – die sich übrigens deutlich vom Positiven Denken unterscheidet – verhilft dazu, dass über das Umnutzen aus jeder scheinbar unangenehmen Sache – durch den intellektuellen Dreh als schöpferische Aufgabe – stets eine intelligentere, ansprechendere Facette zu ermitteln ist.

Erkenntnis Nr. 4:
Anagramme können sehr persönliche Einfälle auslösen. Deshalb kann es sein, dass entweder gar nicht oder wenn, sehr behutsam nachgefragt werden sollte.

Ein weiterer Freund in der Runde hatte drei scheinbar unzusammenhängende, für Außenstehende nichts sagende Wörter als Voll-Anagramm aus seinem Namen gefunden. Sie waren nicht besonders lobpreisend. Irgendwie müssen sie ihn jedoch sehr berührt haben. Er nahm die drei Pits, auf denen die Lösung stand, tiefsinnig lächelnd, und klebte sie sofort in seine Brieftasche mit der Bemerkung: »Das passt genau auf unsere Familie.« Ich kannte ihn nicht gut genug, um mir die Geschichte dazu erzählen zu lassen. Insgesamt war zu beobachten, dass alle Beteiligten mit großem Interesse nach Bedeutungen suchten und auch am Knobeln – trotz der Durststrecke, die dazugehört – eine Menge Spaß hatten.

Erkenntnis Nr. 5:
Gelegentlich serviert der Zufall der Buchstaben tatsächlich hoch erstaunliche Dinge.

Mit einem Filmemacher, der mich zum Interview über *Vom Zauber des Zufalls* einlud, verbinden mich ein paar besonders merkwürdige Zufälle (vgl. *Vom Zauber des Zufalls*). Nach dem Interview zum Buch lud er mich noch zum Mittagessen ein. Dabei fragte er mich, was ich denn für ein Sternzeichen sei. Da ich eher ein skeptischer und ungläubiger Thomas bin, antwortete ich einen Hauch gereizt: »Ich bin ein Stier«, worauf der Gesprächspartner erwiderte: »Ach, das sind doch so besonders achtsame Menschen.« Natürlich musste ich lachen und erzählte ihm von meinem »Enorm-achtsam«-Anagramm. Da begann auch er zu lachen: »Vor vier Wochen hat mir eine Frau mein Anagramm entwickelt. Es heißt: ›Urschrei in Taba.‹« Ich fragte: »Was ist denn Taba?« »Das ist eine Stadt in Israel.« Wir redeten weiter. Im Verlauf des Gespräches wollte ich von ihm wissen, warum er sich denn überhaupt mit so ungewöhnlichen Themen wie dem Zufall befasse. Er stutzte und sagte: »Weiß ich eigentlich auch nicht so recht. Vielleicht hat das etwas mit meinem Großvater zu tun. Der hat sich früher auch schon für ungewöhnliche Themen interessiert.« Als ich ein fragendes Gesicht machte, ergänzte er: »Ja, er hat sich zum Beispiel mit Theresa von

Konnersreuth befasst, der Nonne, die in den Zwanziger- bis Fünfzigerjahren dieses Jahrhunderts lebte, wie Jesus Stigmata an den Händen trug und über lange Zeiten nur von Oblaten lebte.« »Und warum tat Ihr Großvater das?«, wollte ich wissen. »Das weiß ich auch nicht so genau«, erwiderte mein Gesprächspartner: »Eigentlich war er Professor für semitische Sprachen an der Universität in Halle.« »Professor für semitische Sprachen?«, wiederholte ich überrascht, »hm, so etwas wird man doch nicht aus Zufall?« Mein Gesprächspartner wechselte die Farbe. »Merkwürdig«, entgegnete er: »Darüber habe ich noch nie nachgedacht. Es gibt nämlich das Gerücht, dass mein Großvater das untergeschobene Kind eines jüdischen Viehhändlers sei.« Verdutzt schauten wir uns an: Nun heißt der Enkel – mit den unjüdischst klingenden Vor- und Zunamen, die man sich denken kann – im Anagramm: »Urschrei in Taba.« Wenn das kein Zufall ist.

Als das Zufalls-Buch gerade zu Ende geschrieben war, wurde ich auf einen Geburtstagsempfang eingeladen. Unter den Gästen erblickte ich einen Rabbiner. Das freute mich besonders. Denn im Zufalls-Buch hatte ich bei Susanna Tamaro aus ihrem Buch *Geh wohin Dein Herz Dich trägt* den Satz zitiert: »Im Hebräischen gibt es kein Wort für Zufall.« Das will ich jetzt genauer wissen. Ich hatte den Rabbiner vor einigen Jahren zum Thema »Beschneidung« in die WDR-Sendung *Hallo Ü-Wagen*, deren Moderatorin ich zwanzig Jahre lang war, eingeladen. Ich hatte noch gute Erinnerungen an ihn und seine gebildete und kluge Art, das unverständliche Phänomen des Beschneidens zu erläutern.
»Was machen Sie denn jetzt so?«, will er wissen. »Ich habe gerade ein Buch über den Zufall geschrieben.« »Interessant«, sagt er. »Wissen Sie eigentlich, was Zufall auf Hebräisch heißt?« »Nein«, ich muss lachen. »Ich wollte es Sie aber gerade fragen.« »Es heißt: ›Mikre.‹ Das bedeutet: ›Es geschieht.‹ Und wussten Sie schon, dass wir Juden die Angewohnheit haben, mit Wörtern zu spielen und auch Anagramme daraus zu bilden? Das Anagramm von Mikre heißt: ›Rak mi ha'schem.‹ Und das bedeutet: ›Nur von Gott.‹ Nicht schlecht, oder?«
So tiefsinnig sind die meisten Anagramme nicht von alleine. Aber sie können einen Vorwand, einen Anlass oder eine Anregung bieten, selbst kreativ und tiefsinnig zu sein. Wer sie von Aberglauben und Mystik befreit und mit ihnen spielt, hat die Garantie, auf neue Ideen zu kommen. Schon die Originalität der Wortzusammen-

stellungen, die durch das Anagrammieren entsteht, ist verblüffend: bekannte Wörter in komplett neuen, fremden Konstellationen. Manches hört sich an wie die Lyrik der Dadaisten, anderes wie die Sprache des Mittelalters: »Knien half Pest« oder »sehnt Kiel Napf« oder »hilf Knast Epen« liest sich auf den ersten Blick ja nur merkwürdig und sinnlos. Wenn man jedoch weiß, dass der Name eines segelbegeisterten, sozialpolitisch engagierten Auslandskorrespondenten dahinter steckt, der lange Jahre aus Entwicklungsländern berichtete, werden die Anagramme auf erstaunliche, wenn auch gewöhnungsbedürftige Weise anregend: Er hatte bei den Epidemien und Katastrophen in der Dritten Welt, deren Zeuge er wurde, oft den Eindruck, dass nur noch Beten helfen könne. Er wünschte oft, dass Schiffsladungen mit Nahrungsmitteln die Näpfe der Hungrigen füllten. Und er schrieb, um zu helfen, in epischer Länge über Gefangene und Gefolterte.

Zu den geheimen Schatz-Truhen

Das erste Geschenk, das der Mensch im Leben erhält, ist sein Name. Und der taucht auch immer wieder auf, wenn es etwas in seinem Leben zu feiern gibt: Ob Geburt oder Taufe, Geburtstag oder Namenstag, Einschulung oder Schulabschluss, Hochzeit – ob Grüne, Silberne, oder Goldene –, ob Jubiläen oder Ehrungen, Geselligkeiten oder seine Trauerfeier.

Dieses Buch bietet Ihnen Schlüssel zu drei Schatz-Truhen:

Truhe Nummer I zum Namens-Schatz: über den Sinn, die Bedeutung und Wirkung von Namen.

Truhe Nummer II zum Anagramm-Geheimnis: woher es stammt und wie es sich im Laufe der Jahrtausende verändert hat.

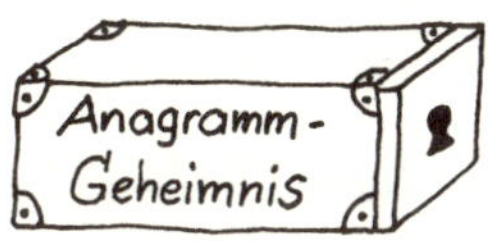

Truhe Nummer III zum Anagramm-Schatz und seinen Schmuckstücken fürs Gratulieren, Schenken und Denken zu allen möglichen Anlässen und Gelegenheiten.

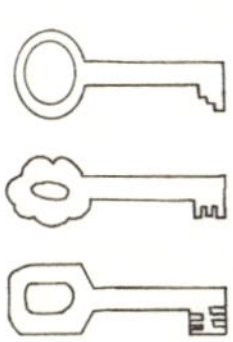

Der passende Schlüssel zu den einzelnen Truhen, also die Idee, um die es jeweils geht, ist Namen und/oder Themen, die Menschen am Herzen liegen, mit einer Technik aus der Antike für ein Geschenk aufzuschließen oder – neudeutsch – zu »dekodieren«. Die zunächst geheimen Fundstücke, also das End-Ergebnis, sind so genannte Anagramme.
Anagramme taugen als Spiel mit sich selbst und mit anderen. Das Spielmaterial sind wahlweise Buchstabenkärtchen, Scrabble-Steine,

Pits (= Systematische **Post-its**-Klebezettel) oder der PC. Anagramme entstehen durch Scrabbeln – also Umstellen der Buchstaben von Namen oder Wörtern. Sie helfen, den Hintersinn, der zufällig darin steckt, herauszufinden.
Wie bei echten Schatz-Truhen im Leben sind nicht alle Fundstücke gleich wertvoll. Es gilt, Wertloses und Tand von echten Schätzen zu trennen, um den zu Beschenkenden kostbare, also geschmackvolle Schmuckstücke zu überreichen. Damit bietet dieses Buch Ideen, wie Sie zu allen möglichen Anlässen die Chance nutzen können, jedem-r – auch solchen Menschen, die schon alles haben – ein sehr persönliches Geschenk zu machen: Ihr Anagramm oder ihre Anagramme besitzen zwar alle, aber die meisten kennen sie noch nicht. Und wenn Sie selbst keine Zeit oder Lust zum Anagrammieren haben, können Sie das Buch schlicht zum Geschenk machen.

Zur Leseorientierung

In *Schatz-Truhe Nr. I* (ab S. 29) blicken alle, für die das Thema »Namen« von Interesse ist:

- ihr Ursprung,
- ihre Bedeutung,
- ihre Entwicklung,
- ihre Wahl,
- ihre Wirkung und
- ihre eigene Haltung zu Namen.

Die Interviews, die die Tragweite der Bedeutung von Namen bewusster machen, leiten über zur

Schatz-Truhe Nr. II (ab S. 141). Sie informiert über Anagramme:

- ihre Geschichte
- ihre Bedeutung,
- ihre Verwendung in der Kunst.

Dieser Teil ist besonders für Leser-innen mit theoretischerem Interesse gedacht und kann von Schenk- und Entschlüsselungs-Praktiker-inne-n überschlagen werden.

Schatz-Truhe Nr. III (ab S. 187) ist für solche,

- die gern persönlich schenken,
- die grundsätzlich Hilfe suchen, weil sie sich mit Einfällen schwer tun,
- die kreativ sein wollen oder müssen und wirklich einzigartige Ideen brauchen, die noch nie da waren,
- die alte Weisheiten schätzen, um daraus Anregungen zu erhalten, wie sie in einer langen Traditionslinie schon früher gewonnen wurden,
- die zur Selbstanregung und Selbstklärung probieren möchten, ein Problem mit neuen Methoden zu lösen.

Zum Beispiel kann Ihre Neugier kann auch in Richtung Vergleich wachsen: Wie ändern sich Anagramme durch Heirat oder wenn Ihr zweiter oder dritter Vorname Ihr Rufname geworden wäre? Was für Anagramme kommen heraus, wenn Sie Ihren Traum-Namen aus der Kindheit an die Stelle Ihres geschenkten Vornamens oder Ihres geerbten Nachnamens setzen? Was für Anagramme ergibt Ihr Vorname mit dem Namen Ihrer Freund-inn-e-n oder Kolleg-inn-en? Welche entstehen aus Ihrem Beruf und Namen, Ihrem Hobby plus Name?

Oder Sie bekommen hier vielleicht Anregungen, mit Menschen einmal über Vor- und Nachnamen zu reden. Sie werden überrascht sein, welch interessante Informationen Sie erhalten und wie viel anrührende Nähe durch dieses Thema oft hergestellt werden kann.

In diese Schatz-Truhe Nr. III, also die mit Geschenken für andere, blicken auch alle,

- die Ideen und Anregungen wünschen für Anlässe aller Art, für die Anagramme genutzt werden können,
- die gefundene Juwelen zu neuen oder alten Schmuckstücken zusammenfügen und ansprechend verpacken möchten. Als Geschenkpapier, auf einer Karte, im Text eines Briefes, einzeln als Tischkarte oder die Schönsten jeweils als Satzbeginn für eine kleine Rede.

Die Wahl der Mittel ist vielfältig: PC und Scannings, Papier und Farben, Glitzerleim oder Plusterstifte, Stoff oder Perlen – was auch

immer: Ihren Einfällen sind keine Grenzen gesetzt. Anagramme können Sie sogar beim Schenken beraten (vgl. S. 223).
In dieser Truhe ist auch das Extra-Fach mit einem

- »Anagramm-Scrabble« und
- ein Lesezeichen mit Pits (= **P**ost-**its**-System-Klebezetteln) zum systematischen Anagramm-Knobeln.

Vielleicht gehören Sie zu dem Typ von Menschen, die Spaß am Knobeln haben, die sich immer wieder oder auch mal stundenweise hinsetzen mögen und mit einem Spiel, das eine Menge Esprit hat, mehr über sich selbst herausfinden möchten. Sie werden überrascht sein, wie viele Möglichkeiten in Ihrem Namen stecken. Es scheint besonders interessant zu sein zu beobachten, wann Sie welche Wörter zu entdecken im Stande sind. Denn das Knobeln ist ein echter Lernprozess. Auf die Dauer werden Sie immer fixer und geschickter.
Oder Sie gehören zu den Menschen, die es vorziehen, sich das Dekodieren mit einem Computerprogramm, das wir Ihnen über Internet zur Verfügung stellen, einfacher zu machen, und vielleicht spielen Sie dann lieber – das Ergebnis kreativ auswertend und künstlerisch gestaltend – mit den Wortbedeutungen, die Ihnen der PC für die Sie interessierenden Namen – zum Teil massenhaft und blitzartig – anzeigt.

Wie wär's, wenn Sie Ihre Neugier wecken ließen, in den drei Schatz-Truhen zu kramen, zu suchen und zu finden: Was steckt drin in Ihrem eigenen oder einem anderen Namen? Was davon ist trefflich, was finden Sie anregend? Was davon ist voll daneben oder einfach nichts sagend? Was bewirkt die Tatsache, dass jeder Name noch einen zusätzlichen Hintersinn besitzt? Denn – ob Sie ihn kennen und nutzen oder ob Sie desinteressiert wegschauen – vorhanden sind Anagramme so oder so.
Wer die Ergebnisse mit Geist und Witz pfiffig, liebevoll und mit Takt nutzt, gewinnt eine für die meisten bislang ungenutzte Dimension dazu: den Spaß am Zufall der Buchstaben mit einem Meer an Möglichkeiten.

Vom Meer der Möglichkeiten: Warum und für wen lohnt Kreativität?

»Schöpferisch sein« hieß das früher. Damit erinnerte das Wort zum einen an den Überfluss der Ideen, weil Schöpfen ja immer bedeutete, einen Teil aus einem großen Ganzen abzuzweigen, einem Brunnen, einem Fluss, einem Meer. Zum anderen verwies es auf die Schöpfung, die göttliche Gabe, etwas Geniales zu erschaffen. Heute hat das Wort »Kreativität« den alten Begriff praktisch verdrängt. Vielen Menschen fallen zur Kreativität vor allem solche Personen ein, die professionell damit zu tun haben: Künstler-innen, Schriftsteller-innen, Journalist-inn-en, PR-Leute.

Aber ganz normale Menschen? Wozu sollen die kreativ sein? Warum soll *ich* kreativ sein? Was nutzt es *mir*?
Ein schlichter Grund: Wer kreativ ist, kann sicherer auftreten: im Gespräch, vor Gruppen, im Umgang mit anderen Menschen aller Schichten und Funktionen.
Denn kreative Menschen haben stets mehrere Ideen zum Auswählen auf Lager, wenn andere um Einfälle und nach Worten ringen. Kreative sind fixer, flexibler und offener in der Arbeit. Und die Kooperation mit ihnen macht mehr Freude, weil sie einen neuen Gedanken eher an sich heran lassen als Ängstlichere und Unsichere, die viel eher erstarren oder beharren, weil ihnen Nicht-Eigenes, Unbekanntes statt Interesse und Neugier eher Irritation bis Panik verursacht.
Aber auch für die, die einfach den Wunsch haben, einfallsreicher und hilfreich-origineller ihre Aufgaben zu lösen, die heiter bis witzig mit einem versöhnlichen Schuss Selbstironie, gelöster und freier kommunizieren möchten, ist verfügbare Kreativität wichtige Voraussetzung in vielen Lebenslagen:

- im Gespräch, in dem es ums Mitdenken geht,
- beim freien Reden, wenn Vorlese-Vorträge als abtörnend erkennbar sind,
- in der Verhandlung, in der es zu überzeugen gilt,
- im Kollegenkreis, wenn ein Projekt umgesetzt und die anderen ins Boot geholt werden sollen,

- im Geschäft, wenn jemand einem-r dumm kommt,
- selbst in der Auseinandersetzung in der Familie.

Kreativität nutzt im Grund überall, viele, vielfältige und vielschichtige Ideen möglichst fix produzieren zu können, blitzartig auf ihre Brauchbarkeit hin zu überprüfen und dann sinnvoll und klug – ja auch schlagfertig – einzusetzen.
Geistreiches auf Lager zu haben fühlt sich deutlich angenehmer an, als sprachlos geplättet – je nach Aufregung – mit hohlem Schädel-Gefühl und offenem Mund vor anderen zu stehen, mühselig einen einzelnen aufgeregten Gedanken zu Wege zu bringen und den dann ängstlich von sich zu geben und zu verteidigen, nur um etwas zu sagen, weil – vor allem unter Druck – zu befürchten steht, dass sich so flott kein neuer Einfall einstellt. Wer also sicher, gewandt und zugewandt mit anderen und mit sich selbst umgehen möchte, braucht Kreativität so wie der Koch den Topf.
Wer bedauert, nicht mit diesen Fähigkeiten geboren zu sein, muss nicht verzweifeln. Durch Training – und zwar nur durch Training –, so wie Schreiben, Lesen und Rechnen lernen, kann jeder Mensch einüben kreativer zu sein.
Dieses Buch beschreibt eine von zahllosen Methoden, die hilfreich dafür sind, garantiert auf Ideen zu kommen, die witziger, lustvoller und neuer sind als alles, was Sie ohne Einsatz dieser Mittel erreichen.
Das Anagrammieren ist eine dieser »Kreativ-Strategien«. Das Scrabbeln der Buchstaben erzeugt geistige Beweglichkeit. Das Ergebnis liefert ungehörte Wort-Kombinationen, auf die Sie sonst nie kämen.
Damit Sie nicht nur staunend oder befremdet davorsitzen oder die Anagramme nur als magisch-fragwürdig oder unbeholfen als platte persönliche Botschaften abtun, können Sie sich am Ende des Buches (ab S. 238) mit Strategien vertraut machen, wie Sie Anagramme als »Steigbügel«-Anreiz umnutzen können. So kommen Sie zu neuen Gedanken über sich selbst, über andere und über Dinge, die Sie beschäftigen.
Mit Buchstaben spielen, mit neuen Wörtern basteln stellt außerdem eine Art des »Gehirn-Joggings« für verbesserte Denk-Flexibilität dar, weil es bedeutet, im Kopf freier, schneller und einfallsreicher zu werden.
Anagrammieren nutzt jedoch auch dann, wenn Sie sich nicht ändern wollen, sondern lediglich Lust haben, zu festlichen Anlässen

in den Truhen zu stöbern: Wenn Sie einen Glückwunsch formulieren oder einen Namen für ein Kind, für eine Firma, für ein Produkt, eine Initiative suchen. Schließlich sind Namen nicht nur Schall und Rauch.

SCHATZ-TRUHE I

Der Namens-Schatz

Zunächst gilt es, einen Irrtum zu revidieren

Goethe wird im Zusammenhang mit Namen erstaunlich oft mit seinem »Faust« zitiert: »Namen sind nur Schall und Rauch.« Der Satz wird meist falsch verstanden. Denn Goethe hatte in dem Zusammenhang gar nicht den menschlichen Namen, sondern Bezeichnungen gemeint: Er hielt Gott für einen zufälligen und unzulänglichen Namen für das göttliche Wesen über uns. Zu Namen hatte Goethe ganz im Gegenteil schon viel früher erklärt:

»Der Trieb, sein Kind durch einen wohlklingenden Namen
zu adeln, ist löblich,
und diese Verknüpfung einer eingebildeten Welt
mit der Wirklichkeit
verbreitet über das ganze Leben der Person
einen anmutigen Schimmer.«

?

Selbst-Interviews zum Namen

Hand aufs Herz: Selbst-Interview ① Zu Vornamen

- Wenn Sie über Ihren eigenen Vornamen nachdenken, wie viel wissen Sie von der Absicht, mit der Ihre Eltern ihn Ihnen gegeben haben?
- Wer stand dabei Pate – geistig oder als verwandte Person?
- Wie viele weitere Vornamen haben Sie?
- Warum wurde Ihnen kein zusätzlicher – ein, zwei, drei, vier oder mehr – dazu gegeben?
- Was wissen Sie über die historische Bedeutung Ihres Vornamens, über andere Vorbilder, die ebenfalls Ihren Vornamen tragen?
- Wie viele Menschen kennen Sie, die auch auf Ihren Namen hören?
- Wie verändert Vornamensgleichheit die Aufmerksamkeit oder Beziehung zu der Person?
- Wann haben Sie schon einmal über Vornamen diskutiert, weil Sie sie zu auffällig, zu hässlich, zu belastend, zu ... fanden?
- Was für frühe Erfahrungen verbinden Sie mit Ihrem eigenen Vornamen?
- Wurde in Ihrer Familie Namenstag gefeiert?
- Was für Wünsche hatten und welche Wünsche haben Sie heute an Ihrem Vornamen?
- Gab es einen Kinder-Traum-Namen, wie Sie einmal heißen wollten?
- Und was drückte sich mit diesem Traum-Namen aus?
- Gehören Sie zu den Menschen, deren Vorname Bewunderung, Neid, Schmunzeln, Gleichgültigkeit, Bedauern oder gar Verächtlichkeit hervorrief und hervorruft?
- Welche Verkürzungen und Hänseleien zu Ihrem Namen haben sich Ihre Mitschüler-innen in der Schule oder sonst wo einfallen lassen?
- Welche Spitznamen kennen Sie, und welche haben Sie selbst getragen oder vergeben?
- Über welche Vornamen haben Sie sich selbst schon mal das Maul zerrissen?

- Welche Vornamen verursachen Ihnen angenehme Gefühle?
- Was glauben Sie, wie groß der Einfluss, die Rückwirkung eines Vornamens auf den Charakter ist?
- Wie reagiert die Umgebung wohl auf Menschen, die Tristan oder Tosca, Hans oder Grete heißen?
- Und wie ändert sich das Verhalten einer Person, wenn sie auf Kleopatra oder Jesus, Desirée oder Iwan, Amadeus oder Karl-Otto, Scarlett oder Benedikta, Agathe oder Detlef hört?
- Welche Assoziationen lösen besondere Vornamen grundsätzlich in Ihnen aus?
- Welche Farben fallen Ihnen zu welchen Vornamen ein?
- Welcher ist der erinnerlichste Vorname für Sie? Welcher Frauen- und welcher Männername?
- Welche Wirkung beabsichtigen Sie, wenn Sie selbst einen Vornamen vergeben?
- Welchen Auftrag glaubt die von Ihnen benannte Person, Ihr Kind, Ihre Liebe, Ihre Freund-inn-e-n, zum Beispiel mit einem Spitznamen von Ihnen zu bekommen: heißt »Mausi« »bleib klein« und »Bär« »einzelgängerisch und stark (= bleib mir vom Hals)«?
- Bei welchen Vornamen werden in Ihren Augen Klischees bedient und Schubladen geöffnet?
- Was ändert sich im Leben, wenn jemand Engelmaar oder Erasmus, Klothilde oder Jolante, Kunibert oder Korbinian, Gernolf oder Gideon, Adelgunde oder Gerhild heißt?

Machen Sie einen Test:

- Welchen der folgenden Vornamen könnten Sie sich für sich selbst, wenn Sie eine Frau sind oder wären, vorstellen, und welchen davon könnten Sie sich für welche andere Person vorstellen?
  Adelburga, Aglaia, Aleit, Amalie, Anasthasia, Anemone, Blandine, Cousette, Emmelina, Erika, Erna, Esterella, Ehrentraud, Frauke, Folke, Frigar, Hedwig, Helga, Herdis, Jolanthe, Lieschen, Mirabella, Prisca, Swinde, Valentine, Xenia, Zoe.
- Was wäre für Männer anders, wenn sie hießen: Ago, Arwed, Attila, Bolko, Dagobert, Dankwart, Ede, Egon, Elko, Fürchtegott, Heinz, Herbert, Klaus, Leander, Lex, Norbert, Peter, Romowald, Servatius, Volkbert, Wiggo, Wunibald?
- Wie klänge Ihr Nachname mit einem dieser Namen?

➤ Wie würde sich die Erwartung gegenüber einem Menschen ändern, dessen Vornamen Sie so auf einer Liste finden?

Eine amtliche Anmerkung

Ein gängiges Vornamen-Lexikon macht Eltern immer wieder darauf aufmerksam:

> »Die Eltern eines Neugeborenen haben also eine große Verantwortung, wenn sie das Recht der freien Vornamen-Wahl für ihr Kind wahrnehmen. Mit dem von ihnen gewählten Namen muss das Kind sein Leben lang auskommen. Und was im Augenblick den Glanz des Besonderen, Neuen hat – ein fremdartiger, ›aparter‹ Klang, eine auffällige Schreibung, eine modische Form –, das kann das heranwachsende Kind in der Schule, im Umgang mit Freunden und selbst noch im Berufsleben und im Verkehr mit Behörden unnötig belasten und ihm manche Schwierigkeiten bereiten. (...) Man sollte aber nicht das Besondere um jeden Preis suchen, und auch da, wo eine persönliche Beziehung oder Verbundenheit der Eltern mit einem solchen Namen ausgedrückt werden soll, ist immer zu fragen, ob man das Kind damit belasten darf, dem diese Beziehung später vielleicht gar nichts mehr bedeutet. Der Name der thailändischen Königin Sirikit ist z.B. durch den Besuch des Königspaares in Deutschland allgemein bekannt geworden. Ein Vater, der seine Tochter nach ihr nennen will, könnte sich vor dem Standesamt auf diese Tatsache berufen. Wird aber der fremdartige Name später noch auf das Mädchen passen?«

Die Empfehlung geht deutlich auf das Unauffällige hin. Das bedeutet im Umkehrschluss, dass die Wirkung eines auffälligen Namens für sehr groß gehalten wird. Die Namens-Lexika betonen dabei die »Last«; es wird nicht erwähnt, dass ungewöhnliche Vornamen auch Herausforderung oder sogar Chance sein können.
Eltern, die mutiger in der Namens-Vergabe sein wollten, wissen zu berichten, dass sich Standesbeamt-inn-e-n zum Teil massiv in die Namensgebung eingemischt hätten. Warum geschieht das in einer so persönlichen Entscheidung? Doch wohl nur, weil der Namensgebung ein so entscheidender Einfluss auf die Entwicklung eines

Menschen zugeschrieben wird. Das aber bedeutet, dass alle Menschen eine Ahnung davon haben, dass Namen tatsächlich nicht nur Schall und Rauch sind.
Noch ein Nebenaspekt: Interessant ist, dass die Historie den Gleichheitsgrundsatz im deutschen Namensrecht zunichte macht. Nur in Ostfriesland sind Familien-Zwischen-Namen aus landschaftlicher Überlieferung heraus noch üblich und werden vom Standesamt anerkannt (also, dass der Vorname des Vater im Genitiv als zweiter Vorname des Kindes erscheint, zum Beispiel Enno Hinrichs Timmermann oder Gesa Hinrichs Timmermann als Name von Bruder und Schwester).
Zu Namen wie Kai, Toni, Friedel oder Gustel müssen von Amts wegen zusätzliche geschlechtsmäßig eindeutige Vornamen dazugegeben werden.

Wer kann und mag noch nachfragen?
Selbst-Interview ②
Zur Vornamen-Wahl

- Wissen Sie, wie Ihre Eltern verfahrenstechnisch vorgegangen sind, als sie Ihren Vornamen gesucht haben?
- Wer stand dabei mit Pate?
- Haben sie Bücher gewälzt?
- Haben sie die Ahnentafel hervorgeholt?
- Haben sie sich an echten oder historischen Vorbildern orientiert oder in Namenslexika nachgeschlagen?
- Wie sind Sie selbst vorgegangen, als Sie einen Vornamen gesucht haben?
- Warum quälen sich manche Eltern oft Monate, streiten und ringen miteinander oder mit Großeltern um die Namenssuche für ihre Kinder?
- Wieso haben viele mit der Tradition gebrochen und die vereinfachenden Rituale von früher über Bord geworfen, die ihren Kindern schlicht die Ahnen durch Großmutter- und Großvater-Namen an die Seite stellten?
- Warum haben wiederum andere an diesem Brauch fest gehalten?
- Was war der tiefe Sinn dieser Sitte?
- Wer war ausschlaggebend für die Wahl: Vater oder Mutter, Großmutter oder Großvater?

- Wie erging es dem/der, die sich nicht durchsetzen konnte, mit der Niederlage?
- Welcher Name entfiel dadurch und wie ist's den heute?
- Welche Fantasien habe ich selbst, warum der Namensgeber/die Namensgeberin diese Wahl traf?
- Was läuft bei der Namensvergabe in der Familie bewusst und was unbewusst ab?
- Wann und warum heißen Kinder nach verflossenen Freundinnen der Väter, nach Cousins, die Selbstmord gemacht haben, oder nach im Krieg gefallenen Brüdern?
- Und welche Hypothek stellt so ein Hintergrund für alle Beteiligten dar?
- Weshalb glauben manche, jemandem den Vornamen ansehen zu können?

Ein sensibler Bereich: Selbst-Interview ③ Zum Verhältnis zu Vor- und Zunamen

- Erinnern Sie sich? Wie und wodurch ist es geschehen, dass sich Ihr Verhältnis zu Ihrem eigenen Namen wandelte, seit Sie ihn als einjähriges Kind entdeckten: über die Schulzeit bis hin zum Erwachsenwerden und -sein?
- Warum suchen sich Menschen neue Namen in der Pubertät?
- Wieso werden vor allem in dieser Zeit Namen gern verkleinert, verballhornt oder verhohnepipelt?
- Warum ist Namensveräppelung so verletzend?
- Was hindert Menschen, die ihren Rufnamen nicht mögen – und warum entsteht dieses Problem überhaupt genau –, einen ihrer anderen Vornamen zu wählen oder sich schlicht einen, der ihnen gefällt, für den Umgang zu wählen?
- Wer hat sich das doch getraut – vielleicht sogar amtlich?
- Und was hat die Veränderung gebracht?
- Warum stört viele zutiefst, wenn ihr Name falsch geschrieben wird?
- Was genau verändert sich in der Beziehung zu Gleichnamigen?
- Wie kommt es wellenartig zu Massen- und Modenamen?
- Wer benutzt einen Künstlernamen und warum?

- Wieso war es gerade in den Fünfzigerjahren des 20. Jahrhunderts fast ein Muss für Filmschauspieler-innen, Radio- und TV-Stars, flockiger zu heißen?
- Und warum hatte es eine fast peinliche Dimension, die wahren Namen aufzudecken?
- Welchen Künstler-innen-Namen würden Sie sich geben, wenn Sie einen zu wählen hätten? Welchen als Mann und welchen als Frau?
- Und welchen echten Namen würden Sie sich aussuchen, wenn sie freie Wahl hätten?
- Was sind die Gründe, warum es vielen Erwachsenen schwer fällt, sich auch nur zum Spaß auf so eine Aufgabe einzulassen?
- Wieso beschreiben viele bei der freien Namenswahl ein Gefühl von Verschämtheit?

Na, und nun kommt eine ähnliche Arie noch einmal mit dem Nachnamen – nur mit dem Unterschied, dass die ja bei der Geburt nicht zur Disposition stehen. Der Familienname ist angeboren. Ein Schicksal. Aber ebenso bedeutungs- und wirkungsvoll für den Umgang wie der Vorname. Er hat nur einen Vorzug: Er fängt meist erst an, eine größere Rolle zu spielen, wenn Menschen die besonders verletzliche, verunsichernde Phase der Kindheit durchlaufen haben.
Wissen Sie noch, wie befremdlich es war, als Menschen anfingen, Sie mit dem Namen Ihrer Eltern anzusprechen: Frau Müller, Herr Kaiser? Erst einmal gewöhnungsbedürftig – oder?
Aber dann die Entlastung, der Trost, dass andere, verwandte Menschen genauso heißen. Im Gegensatz zum Vornamen teilen Sie den Nachnamen systematisch. Damit kann der Nachname – je nachdem – vermehrt Sicherheit, aber auch Unsicherheit in der Gruppe schenken.
Ist es nicht ein erstaunliches Phänomen mit den Vor- wie Familiennamen? Was sie können, was sie verhindern, was sie bewirken und was sie verändern:

- mit Stolz oder Scham erfüllen,
- Türen öffnen,
- Türen schließen,
- Dauer-Gesprächs- oder Läster-Punkt werden,
- merkbar oder übersehbar machen,
- herausheben oder auszeichnen,

- der Lächerlichkeit preisgeben (ein Dachdecker mit Namen Wolfgang Mozart berichtet, dass er es auf dem Arbeitsamt oder auf dem Bau oft schwer hatte),
- Schatten werfen,
- erdrücken,
- politisch oder gruppenspezifisch zuordnen,
- verkindschen oder vergreisen,
- Erwartungen wecken oder enttäuschen.

Welche Beispiele fallen Ihnen ein?
Fest steht: Namen verursachen ein höchst unterschiedliches Echo. Wer Kuckuck heißt, muss leiden. Wer Tarzan Kuckuck hieße, müsste sich erschießen.
Kurz und klein: Namen können eindeutig schaden und nützen.
Der Adel wusste früh, warum er bereits beim Vornamen Weichen für das Besondere stellte und die Besitzverhältnisse – ohne Furcht vor Umständlichkeit – durch Mammut-Nachnamen dokumentierte. So geht der Name der letzten Kaiser-Tochter Viktoria Luise hier immerhin über 14 Druckzeilen:
Viktoria Luise Adelheid Mathilde Charlotte Prinzessin von Preußen, Markgräfin zu Brandenburg, Burggräfin zu Nürnberg, Gräfin zu Hohenzollern, Herzogin zu Schlesien wie auch der Grafschaft Glatz, Herzogin vom Niederrhein und Posen, Herzogin zu Sachsen, Westfalen und Engern, zu Pommern, Lüneburg, Holstein und Schleswig, zu Magdeburg, Bremen, Geldern, Kleve, Jülich und Berg, sowie auch der Wenden und Kaschuben, zu Crossen, Lauenburg, Mecklenburg, Landgräfin zu Hessen und Thüringen, Markgräfin der Ober- und Niederlausitz, Prinzessin von Oranien, Fürstin zu Rügen, zu Ostfriesland, zu Paderborn und Pyrmont, zu Halberstadt, Münster, Minden, Osnabrück, Hildesheim, zu Vreden, Cammin, Fulda, Nassau und Moers, gefürstete Gräfin zu Henneberg, Gräfin der Mark, zu Ravensberg, zu Hohenstein, Tecklenburg und Lingen, zu Mansfeld, Sigmaringen und Veringen, Herrin zu Frankfurt.

Wussten Ihre Eltern, auf welche Schiene sie Sie setzten? Wussten Sie es bei Ihren Kindern?
Vermutlich nicht – oder nur für ein bis zwei Stationen. Ob Menschen früher die Rituale dazu genutzt haben, um die Verantwortung für diesen lebensschweren Schritt zu reduzieren, weil sie spürten, dass sich niemand der Tragweite der Namenswahl so recht bewusst sein kann?

Ein Hauch unpersönlicher?
Selbst-Interview ④
Zu Nachnamen

- Bei den Nachnamen mit Adam und Eva zu beginnen ist schwierig. Schließlich hatten die beiden nachweislich noch keinen Nachnamen. Welchen würden Sie den beiden geben?
- Und zur Historie: Wie wäre es, wenn Sie erst einmal selbst fantasieren oder Ihr Wissen hervorholen?
- Was, glauben Sie, sind die ersten Familiennamen?
- Wie haben die sich wohl entwickelt?
- In welchen Regionen hatten welche Nachnamen warum welche Wurzeln?
- Was gab den Ausschlag dafür, ob Berufe, Orte, Eigenschaften oder die soziale Stellung als Familienname vergeben wurden?
- Welche Familiennamen machen Sie als alte und welche als neuere aus?
- Wie gefallen Ihnen die neuen Namen?
- Welche Kinder haben davon geträumt, »von Soundso« zu heißen?
- Welche Mitschüler-innen wurden um den Nachnamen beneidet und welche eher bedauert?
- Was halten Sie von Menschen, die sich einen Namen kaufen?
- Was heißt es, seinen Namen bei der Heirat abzugeben?
- Wie verändert sich ein Mensch, der seine halbe Identität aufgibt?
- Was ändert sich durch Doppel-Namen?
- Was bedeutet es, wenn der eigene Familienname ausstirbt?
- Welchen Nachnamen würden Sie sich geben, wenn Sie sich jetzt einen neuen auszusuchen hätten?
- Tatsächlich hat heutzutage jede-r durch das Internet die Möglichkeit, sich öffentlich mit einem neuen Namen zu präsentieren. Welchen Internet-Namen haben Sie gewählt beziehungsweise welchen würden Sie wählen, wenn Sie nicht Ihren eigenen nehmen?
- Und wenn Sie sich Ihre Reaktionen auf Familiennamen überlegen – wie verändert es Ihre Erwartung, wenn jemand Hocker, Rindfleisch, Ungeheuer, Lederhose oder Meier, Schulze, Schmitz oder Lieberherr, Kuss oder Schönblick heißt?

Alltägliches mit großer Wirkung

Im Alltag geben sich Menschen kaum je gesprächsweise Rechenschaft auf diese Fragen, obwohl sie unentwegt und dauerhaft, unbewusst, vorbewusst oder auch bewusst in unterschiedlichen Beziehungen eine erhebliche Rolle spielen. Allemal beim Kennenlernen. Sind Sie nicht neugieriger auf einen Menschen mit einem schönen Namen als auf einen, der bereits viele Stolpersteine (Czeczik) in sich trägt oder Fantasien über die Abstammung (Armheuser), die soziale Stellung (von Céron), die Vermögensverhältnisse (Flick) auslöst. »Herr Müller« klingt eben ärmer – auch wenn's nicht stimmt – als »Herr von Thauern«, »Frau Schneider« biederer als »Frau Stolzenberg«.
Heutzutage sind Nachnamen hier zu Lande nicht mehr als Herrschaftsinstrument einzusetzen, weil sie per Gesetz als unveränderbar gelten.
Welch bedeutsames politisches Werkzeug die Namensvergabe früher war, belegt in jüngster Vergangenheit der ideologische Umgang mit Vornamen. So gelang es den Nationalsozialisten, vielen Eltern germanische Vornamen für ihre Kinder nahe zu legen. Zu der Zeit war es eine Sache der Gesinnung, seine Kinder »Gudrun« oder »Giselher«, »Gernot« oder »Ingrid« zu nennen. Bei den Juden griff man, um sie zu stigmatisieren, nicht wie in früheren Jahrhunderten in den Nachnamen ein, sondern brandmarkte sie durch Vornamenszusätze: für Frauen »Sarah« und für Männer »Israel«. Solche Strategien belegen, wie sehr sich Vor- und Nachname als Instrumente der offenen oder geheimen Codierung von Mitteilungen eignen. Damit enthalten Namen grundsätzlich eine Fülle von Informationen bewusster und unbewusster Art für unbefangene »Hörer-innen« – auch im öffentlichen Raum.
Erstaunlich ist, wie – angesichts der Bedeutung – vergleichsweise wenig detailliert die Auswirkungen von Namen auf die Träger-innen und die Reagierenden bislang erforscht scheinen. Noch erstaunlicher ist, wie wenig Rechenschaft sich viele Menschen offenbar selbst darüber ablegen, in welcher Weise Namen – der eigene wie der anderer – eindrücklich auf sie zurückwirken – egal ob es sich um einen auffälligen oder einen unauffälligen Namen handelt.
Das grobe Strickmuster scheint dabei ebenso einfach wie kompliziert zugleich – schließlich spielt auch der Zusammenhang mit dem

Nachnamen eine entscheidende Rolle. Wer möchte, dass sein Kind unverwechselbar gerät und dauerhaft zur Kenntnis genommen wird, tut gut daran, ihm einen auffälligen Namen zu geben. Wer möchte, dass es sich einordnet und besser grau in der Menge verschwindet, vergibt eher einen unauffälligen Namen (»Mein Gott, Walter«).

Denk-Punkt

Wenn Sie die Fragen der vorigen Selbst-Interviews für sich beantwortet haben, werden Sie bwahrscheinlich bemerkt haben, dass der Name – wie er klingt, was er bedeutet und was er signalisiert – dauernd mitschwingt und mittut – bei den Betroffenen selbst wie bei denen, auf die sie treffen.

Über dem Namensthema scheint ein unausgesprochenes Tabu zu liegen. Überraschend ist zum Beispiel die Vehemenz, mit der die Bedeutsamkeit und Wirkung von Namen von vielen abgetan wird. Oder ist das vielleicht sogar verständlich? Schließlich ist der Name ebenso intim wie unabänderlich, und über die geheimen Botschaften bei der Wahl und Vergabe wissen alle Beteiligten nicht recht Bescheid. Nur das Gespür für »Grummelgefühle« lässt aufmerken. Und wer selbst einen anderen Namen wählt oder einen Namen tauscht, erlebt bei genauem Hinfühlen die Auswirkungen deutlicher oder bewusster als zuvor (zum Beispiel Frauen bei der Heirat, wenn sie – früher hier zu Lande notgedrungen – ihre halbe Identität aufgeben).

Die schwierigste Hürde bei der Namensvergabe ist, dass vorab ja niemand so recht weiß, was für ein Geschöpf da heranwachsen wird: eine stämmige »Elfe« oder ein schmächtiger »Attila«? Oder gilt es anders herum: wie viel wäre »Annegret« gewachsen, wenn sie »Colette« geheißen hätte? Was wäre aus »Hans-Peter« geworden, wenn er »Gordian« genannt worden wäre?

Oder noch spekulativer: Wie anders wären wir Deutschen als Volk, wenn wir Namen hätten wie »Herbstblüte« oder »Silbermond«, »feurige, saftige Kakteenfeige« oder »Der mit dem Wolf tanzt«, wie das bei fremden Kulturen an der Tagesordnung ist? Schließlich benennen viele deutsche Namen deutlich andere als liebliche oder lyrische Eigenschaften.

- Wo kommen Namen her?
- Was sagten wohl Neandertaler-innen zueinander?
- Wann und warum wurden Namen nötig?
- Und wie haben sie sich entwickelt?

Warum es Namen gibt

Namen sind praktisch. Sie erleichtern uns, miteinander zu kommunizieren. Umständliche Charakterisierungen oder Beschreibungen eines Individuums werden durch kürzere, sprachliche Zeichen ersetzt. Eines der Hauptmotive für Namen ist es, Lebewesen zu kennzeichnen und in der Gruppe zu unterscheiden. Deshalb geben die Menschen ja auch Tieren, Pflanzen, Orten, Landschaften und Kontinenten Namen. Eine Sprache, die ohne Namen auskommen müsste, wäre unökonomisch. Stellen Sie sich vor, was alles nötig wäre, um Sie selbst hinlänglich zu beschreiben: Die große Dunkelhaarige, die von der Hauptstraße nach Süden in der zweiten Straße rechts im dritten Haus wohnt, grüne Augen hat, von Beruf Verwaltungsangestellte ist und drei Kinder hat – alles das steht für »Ursula«. Und noch mehr.

Zusätzlich besteht die Chance, die benannte Person als Individuum besonders hervorzuheben und in ihren Eigenarten zu charakterisieren – Bruno für den Braunhaarigen, Brünhilde für die Stämmige. Auf diese Weise kann mit dem Namen ein besonderes Verhältnis zu der bezeichneten Person entstehen, und damit vermag der Name auch auf die Namensträger-innen zurückzuwirken.

Eigennamen sind die Alternative zu Nummern.

Zur Geschichte der Namen

Für Interessierte: Historisches zur Namens-Entwicklung

Namen gibt es seit der Entwicklung der Zivilisation und vor allem der Sprache. Schon aus dem Altertum – in Runenschriften oder Münzen – sind Namen überliefert (etwa aus dem alten Ägypten die Namen der Pharaonen Ramses, Hatschepsut und vieler weiterer – oder auch ihrer wichtigsten Bediensteten). Doch es existieren nur sehr unscharfe Nachweise darüber. Was den europäischen Raum anbelangt, so sind erste Überlieferungen Tacitus zu verdanken, der die Namen der Germanen beschrieben hat (1.Jahrhundert n.Chr.). Außerdem sind rund 5000 germanische Runeninschriften erhalten. Die ältesten stammen aus dem 2.Jahrhundert n. Chr., sechzig davon wurden im deutschen Sprachraum gefunden, die zahlreiche Namen überlieferten. Die ältesten vollständigen Belege stammen aus dem 6./7.Jahrhundert.
Unsere germanischen Vorfahren hatten ebenso wie die Angehörigen der anderen indogermanischen Völker in der Anfangszeit ihrer Kulturen nur einen nicht erblichen Namen, der einer bestimmten lebenden Person zu Eigen war. Von diesen frühen Eigennamen ausgehend, änderte und reicherte sich die Namensgebung entsprechend der Geschichte, der Kultur und dem Wachsen und Vergehen der Völker und ihrer Sprachen an.
Von dieser Einnamigkeit waren die Römer jedoch schon früh abgewichen. Bereits in klassischer Zeit hatten sie ein Dreinamensystem entwickelt. Das bestand aus dem Vornamen (zum Beispiel Caius). Dem folgte der (Gentil-)Name des Geschlechts-Verbandes (zum Beispiel Julius). Diesem wiederum folgte das Kognomen, der Zuname, später der Beiname, hier beispielsweise Caesar. Interessanterweise blieb die Einnamigkeit bei Frauen bestehen.
Zweistämmige Eigennamen gehen bis in die indogermanische Zeit

(bis ins 2. beziehungsweise 3. vorchristliche Jahrtausend) zurück. Die vergleichende Sprachforschung hat bewiesen, dass germanische, griechische, slawische und keltische Namen nicht nur das gemeinsame Gesetz der zweistämmigen Namensbildung zeigen, sondern auch noch in vielen Formen die gleiche Bedeutung haben (Beispiel: Damo-kles und Diet-mar – Volk und Ruhm). Kulturgeschichtlich interessant: Der Name Amalrich: »Amal-« – Name der Amaler, Amelungen (ostgot. Königshaus) –, »-rich« – Herrscher; Amalrich wird im Russischen zu Amalrik (heute zum Beispiel Name eines russischen Dissidenten), im Italienischen zu Amerigo. Da man den italienischen Seefahrer Amerigo Vespucci (1451-1512) für den eigentlichen Entdecker des amerikanischen Festlands hielt, wurde 1507 sein Vorname Amerigo zur Bezeichnung für Südamerika. Auf der Karte Mercators von 1538 wurden dann beide Kontinente als »Amerika« benannt.

Jede Nation hat ihre eigene Namenskultur. Bis heute existieren Kulturen, die ihre Mitglieder im Namen mit Wünschen und Attributen aus dem Tier- oder Pflanzenreich versehen, und solche, in denen die Kinder durchnummeriert oder nach dem Tag, an dem sie geboren wurden, benannt werden, zum Beispiel in den Elendsvierteln der Großstädte von Südamerika.

Die Tatsache, dass in anderen Sprachen und Kulturen unterschiedliche Regelungen der Namensgebung, -führung und -verwendung herrschen, führt dazu, dass beispielsweise in Ungarn der Familienname vorrangig ist: Er steht auch in Anschriften und auf Buchtiteln voran. Auch im Deutschen gibt es noch heute mundartliche und regional umgangssprachliche Regeln, nach denen der Familienname vorangestellt wird, so etwa im Bayerischen: Huber Sepp. Im Tschechischen trägt man nur einen Vornamen. In Spanien besteht der Familienname stets aus zwei Namen, nämlich aus dem Familiennamen des Vaters und aus dem der Mutter, und er ändert sich auch bei der Eheschließung nicht. Im Russischen hat jeder Mensch einen Vaternamen, der zwischen dem Vor- und dem Familiennamen eingefügt wird (Fjodor Michailowitsch Dostojewski). Böse Zungen behaupten, dass es der Vater- und nicht der Muttername ist, habe den Grund, dass die Väter nie so genau wüssten, ob sie tatsächlich die Erzeuger seien und sich zumindest so verewigen wollten.

In diesem Buch soll vor allem von deutschsprachigen Sitten und Bräuchen die Rede sein.

Die germanische Namenswelt

Ob »Ey!« die älteste Form der Anrede ist? Warum sonst sagt jede-r instinktiv: »Ey du!« und nicht »Ui« oder »Au du!«?
Die Frage nach der Anrede der Neandertaler-innen ist leider nicht seriös zu beantworten. Unsere Geschichte beginnt mit der germanischen Namenswelt: Die ältesten Ursprünge deutscher Namen sind in der altgermanischen Götter- und Heldenwelt verwurzelt. Kühnheit und Todesverachtung, aber auch Heldenmut und Kampfeslust sind kennzeichnend für diese Namen. Worte wie Waffen, Krieg, Kampf und Sieg tauchen in ihren altdeutschen Formen immer wieder auf. Hild, Gund, Hard, Bard und Wig bedeutet Kampf. Und die daraus abgeleiteten, zunächst nur als Personennamen verwendeten Formen sind Hildebrand, Gundemar, Lodewig usw. Vielen dieser Namen haften Kraft und Stärke mit dem Wort Kühnheit an, das mit Bald gebildet wird: Baldawin, Teudobald, Kunibald usw. Auch als tapfer geltende Tiere: Bären, Eber, Aare und natürlich Wolf und Rabe – die Tiere Odins – finden Eingang in die Namensgebung. Die obersten Götter der Germanen: Wotan, Donar, Ziu, Froh wurden – vermutlich aus religiöser Scheu – weniger verwendet. Dagegen wurde das Reich der Asen und der Naturgötter ebenso gern verwendet wie Namen der Alben oder Elfen. Sie finden sich in Ansheim, Oswin bzw. in Formen wie Albarad, Alfred, Alfwin wieder.
Als fremde Einflüsse und die Macht der Kirche zunahmen, gewannen andere Namen Eingang in den deutschen Namensschatz. Bis zur Mitte des 12.Jahrhunderts waren es noch wenige. Doch seit der Stauferzeit, und zunehmend durch den Verkehr mit Italien, nahm ihre Zahl ständig zu. An erster Stelle standen danach Namen der hervorragenden Apostel: Petrus, Paulus, Johannes, Jakobus. Hinzu kamen Namen der Ortsheiligen und Schutzheiligen einzelner Stände: Georg für die Ritterschaft, Nikolaus für die Kaufleute und Seefahrer. Eine Hochflut dieser Entwicklung setzte mit dem 16. Jahrhundert ein, dem Zeitalter der Reformation.
Durch die Übersetzung der Bibel wurden neue Namen in großer Fülle unters Volk gebracht, und der Fundus der Personennamen reichte nun vom Alten Testament bis zur Offenbarung des Johannes.

Wie sich Familiennamen bilden

Bei den einfachen Verhältnissen der frühen Jahrhunderte, und solange das Leben noch auf enge Kreise beschränkt war, genügte ein einzelner Name zur Bezeichnung einer bestimmten Person. Die Bevölkerungsdichte war verhältnismäßig gering, die Masse der Menschen bodenständig. Handel und Verkehr hatten über den regionalen Rahmen hinaus noch keine große Bedeutung. Familiennamen waren daher ebenso überflüssig wie sie es heute innerhalb einer Familie sind, weil die Gruppe überschaubar war.
Mit den Kreuzzügen entstand mehr Mobilität und ein stärkerer Wechsel im Besitztum: Landbewohner-innen wanderten in die Stadt, Fremde siedelten häufiger anderswohin.
Als Handel und Verkehr zunahmen, stieg mit ihnen die Zahl gerichtlicher Verträge und Urkunden. Damit genügten alte Bezeichnungsweisen nicht mehr. Da alte Namensformen ihre Bedeutung verloren und zu einfachen Gebilden abgeschliffen wurden (so wurde zum Beispiel aus Baldhard, Baldram, Baldewin die Form Baldur), war eine größere Differenzierung vonnöten. Denn es galt, Verwechslungen und Verwirrungen im täglichen Leben zu vermeiden. Deshalb wurden, um eine Person näher zu bezeichnen und zu unterscheiden, Zusätze gemacht. Sie bestanden beispielsweise aus:

- dem Personennamen des Vaters,
- der Angabe des Amtes oder des Berufes,
- persönlichen Eigenschaften oder aus
- Angaben zum Wohnsitz.

So gab es zum Beispiel in den Jahren 1114-1159 unter den Ministralen in Köln nicht weniger als zwölf verschiedene Hermanns. Sie unterschieden sich in einen Ratsos, einen Ditwigs, einen Vogt, einen Schultheis (= Amt), einen Roten, einen Weißen, einen mit dem Bart (Eigenschaften) und einen vom Neumarkt (Wohnort).
Beim Hochadel war mittlerweile die Sitte aufgekommen, dem Personennamen den Namen des Erbhofes oder des Stammsitzes hinzuzufügen. Das war anfänglich offenbar mehr eine Sache des Stolzes als der Notwendigkeit. Bald wurden diese Namen auf die Nachkommen vererbt. Diese Adelssitte weckte in bürgerlichen Kreisen den Wunsch, sich auch besser unterscheiden zu können. Das war augenfällig ein wichtiger Grund, warum sich Familiennamen in verhältnismäßig kurzer Zeit durchsetzen konnten und

warum die Zusätze von nun an auf die Nachkommen übergingen. Erst die Vererbbarkeit begründete das Wesen der Familien- und Geschlechternamen.
Der Zeitpunkt, zu dem diese Wende eintrat, ist durchaus nicht überall derselbe. Die frühesten Familiennamen wurden in Süddeutschland und am Rhein benutzt: In Köln 1106, in Straßburg 1129, in Zürich 1145, in Basel 1168.
Es folgten Mainz und Worms; etwas später Mitteldeutschland, noch später Norddeutschland. In Hamburg 1250-1270, in Pommern nach 1300. Und erst 1303 verordnete der Rat der Stadt Bremen die Führung eines Zunamens. Doch dort dauerte es bis ins 15.Jahrhundert, bis Familiennamen üblich wurden.
Das Wort »familia« wird erst ab dem 16.Jahrhundert gebraucht; in Deutschland mit eindeutiger Dominanz der männlichen Linie.
Trotz dieser Entwicklung sind Familiennamen durchaus nicht immer fest. Im 16.Jahrhundert war es nichts Außergewöhnliches, dass ein Mann mit drei verschiedenen Familiennamen bezeichnet wurde. Außerdem hatte das Festwerden der Familiennamen etwas mit dem sozialen Status zu tun: Zunächst fanden sich Geschlechternamen beim alten Adel. Dann folgte der niedere Adel. Dann folgten die Ministerialen und ritterbürtige Dienstmannen der Bischöfe. Dann hoch stehende Freibürger und Patrizier. Handwerker in den Städten ahmten diesen Brauch zwar nach. Da sie aber aus der Landbevölkerung heirateten und dort noch keine festen Nachnamen üblich waren, zog sich die Entwicklung in die Länge.
Bei der Landbevölkerung hingen die Namen mit dem Grad der errungenen Freiheit zusammen. So hatten freie Landleute von Uri in der Schweiz bereits 1291 eine große Zahl von Familiennamen, während Leibeigene und abhängige Bauern erst im 16.Jahrhundert erbliche Familiennamen trugen – am Niederrhein sogar erst um 1700.
In manchen Gegenden waren sogar bis ins 19.Jahrhundert hinein Knechte und Mägde ohne Familiennamen. Wenn sie Zunamen erhielten, kam es nicht selten vor, dass sie den Familien- oder Rufnamen ihrer Dienstherren erhielten: »Hans Detmer von Hornburg, welcher etliche iahr bey Thimotheus Heidfeldt gewesen und darum Hans Thimotheus ... genennt worden (ist).«
Familiennamen aus Frauennamen waren im Mittelalter sehr selten. Wenn das geschah, war die Ursache entweder ein uneheliches Kind (1277 Heinrich Filius Grede = Hans Grede, der Sohn von Grete; oder 1412 Hans Elsin, der Sohn von Else). Der Familienname Rauschart weist ebenso auf eine uneheliche Geburt (mhd.

»rüschart« = uneheliches Kind) hin wie Namen mit »Halb« (Halfpape, Halbherr).
Frauennamen setzten sich nur in den wenigen Fällen durch, in denen die Frau ihren Mann an Vermögen, Ansehen oder Geltung übertraf.
Grundsätzlich wird vermutet, dass in den meisten Fällen die ersten Namensträger sich selbst den Zunamen beilegten. In anderen Fällen wurde der Name auch von der Umgebung, von einer Behörde, von einem Urkundenschreiber angehängt – und das nicht immer zur Freude der Benannten. Der Taufname blieb viel länger die Hauptsache, was sich darin spiegelt, dass Verzeichnisse stets nach den Anfangsbuchstaben des Vornamens angelegt wurden.

Erst in der zweiten Hälfte des Mittelalters entstanden feste Familiennamen. Das bedeutet, dass der Name des Vaters nicht nur auf den Sohn wechselte, sondern dann für die ganze Familie galt.
Im Gegensatz zu den Veränderungen im allgemeinen Sprachgebrauch gehen Eigennamen nicht mit der Zeit. Sie behalten ihre alten Formen bei. Das führt dazu, dass zum Beispiel die mannigfaltigen Mundarten des Deutschen dazu beitragen, die inhaltliche Bedeutung der Familiennamen zu verhüllen, weil wir sie nicht mehr verstehen. Hierher gehören auch die Verkleinerungsformen »ke« im Niederdeutschen oder »tl« im Oberdeutschen, wie beispielsweise bei Jahnke = kleiner Johannes oder Dietl = kleiner Dietrich.
Auch Namen, die sich von Berufen ableiten, sind auf Grund der landschaftlichen Unterschiede oft sehr verschieden, wie das Beispiel »Schlächter« zeigt: Fleischhauer, Fleischhacker, Fleischer, Metzger.
Beimischungen aus fremden Mundarten (Slawisch, Litauisch, Romanisch und so weiter) tragen ebenfalls dazu bei, die Ursprünge der Familiennamen zu verschleiern.
Im 16. und 17.Jahrhundert gingen viele Familien, vor allem die von Gelehrten, dazu über, ihre Namen zu latinisieren. So kann der Name »Olearius« die Übersetzung von Oelmann, Oelschläger oder Oeler sein.
Die Wissenschaft unterscheidet deutsche Familiennamen heute in drei Schichten, die miteinander verzahnt sind:

1. Alteinheimische, also heidnische Personennamen, wie zum Beispiel Albrecht.
2. Fremde Personennamen aus christlicher Zeit, zum Beispiel Peter

oder Paul. Diese beiden Gruppen haben gemeinsam, dass sie nicht nur als Familiennamen, sondern auch als Personennamen verwendet werden.

3. Bezeichnungen, die ursprünglich nur unterscheidende Zusätze zu Personennamen waren, wie zum Beispiel Weber als Berufsbezeichnung oder Wittenberg als Bezeichnung des Ortes. Solche Namen sind jüngeren Datums.

Systematisches: Wie Familiennamen gebildet wurden

Als sich Familiennamen einbürgerten, war das Nächstliegende, um sich genauer zu bezeichnen, die Abstammung anzugeben – vor allem den Namen des Vaters, besonders wenn das ein Mensch war, der mit Stolz erfüllte. Zum Beispiel: Sohn des Arnold, Sohn Arnolds oder auch einfach Arnolds. Es war auch üblich, den Namen des Großvaters, des Schwiegervaters oder Bruders usw. zu wählen. So wurde zum Beispiel um 1300 in Breslau der Name Nickel, des langen Dietrich Bruder, bald zu Nickel Lang Dietrich. In dieser Zeit tauchen auch altdeutsche Personennamen als Familiennamen auf, vielfach in abgeschliffener Form, verstümmelt oder entstellt. So wird Siegfried zu Siefert und Seifart oder Wolf umgestellt zu Rudolf und Rudloff.

In der Zusammensetzung mit »Sohn« gab es noch weitere Abschleifungs-Formen wie zum Beispiel »sen« oder die Bildung auf »er«.

Fremdsprachige Personennamen wurden oft so eingeschliffen, dass kaum noch Ähnlichkeit mit dem Ursprung bestand: Andreas zu Enders oder zu Drewes, Nikolaus zu Nikel, Claus und Klaas. Oder Hieronymus steht Pate für Grolms, Rhoner und Muss.

Wenn Stand und Gewerbe Namens-Pate wurden, ergänzte man, um einen Johannes näher zu bezeichnen, sein Handwerk oder sein Amt. Solche Bezeichnungen konnten leicht auf den Sohn übergehen, weil der ja häufig die Beschäftigung des Vaters fortsetzte. Das erleichterte die Festsetzung und die Vererbung des Namens.

Zunächst wurden die Bezeichnungen mit einem Artikel an den Namen gehängt (Walter der Müller). Aber das fiel rasch weg. Neben Handwerksnamen war – auch im Mittelalter – das Kriegswesen als Namensgeber sehr beliebt: Harnischmacher, Armbruster, Bolzer, Pfeilsticker.

Aus dem Handwerk der Bücherabschreiber entwickelten sich: Bucher, Buchfeller (der Felle für Bücher bereitete), Rotmaler (der die großen Anfangsbuchstaben malte).
Aus Jagd und Waldwirtschaft kamen: Waider, Waidmann und Zusammensetzungen aus Jäger, Holzknecht und Förster.
Da im Mittelalter auch Ämter meist erblich waren, kam das der Festsetzung der Familiennamen zugute: Meier, Zöllner, Marschall, Münzer, Küster, Sulzer (das war ein Gefängniswärter).
Behörden waren oft nach der Kopfzahl der Angestellten benannt. Daraus entstanden Namen wie Zweier und Dreier.
Oft wurden Namen auch von den Dienstherren abgeleitet. So entstanden Kaiser, Herzog, Papst, Mönch. Es konnten aber auch Namen von Haus- und Wirtshausnamen entliehen sein oder von Verkleidungen, die Personen schon einmal bei der Fastnacht getragen hatten, zum Beispiel als Narr oder in der Rolle des Kaisers.
Manche Namen haben den Beruf, aus dem sie abgeleitet wurden, überlebt. So hieß zum Beispiel ein Händler früher Menger, und dieses alte Wort findet sich noch bei Eisenmenger oder Pferdmenges.
Zur Vielfalt der Namen trugen die mundartlichen und landschaftlichen Verschiedenheiten bei, die für ein und denselben Beruf verschiedene Bezeichnungen hatten, wie das Beispiel für Töpfer zeigt: Töppner, Auler, Eulner, Hafner, Potter.
Die häufige Verbreitung der Namen Müller, Schulze, Meier, Schmidt und Schneider erklärt sich aus dem hohen Verbreitungsgrad dieser Berufe zur Entstehungszeit der Familiennamen. Jedes Dorf hatten einen Schulzen (Bürgermeister), fast jedes seinen Müller.
Auch Werkzeuge und Geräte spielten eine Rolle bei der Vergabe der Familiennamen: für einen Bäcker beispielsweise Flad oder Stoll, bei einem Schuster Schuch oder Schüle, bei einem Böttcher Fässle. Gerätschaften der Küche nahmen einen breiten Raum ein: Schaumlöffel, Kessel, Pfannenstiel, aber es gab natürlich auch Begriffe aus der Landwirtschaft wie Axt, Breitbeil oder Pflug.
Außerdem wurden Namen entlehnt von:

- Lustbarkeiten: Kranz, Kuttruf (das sind Trinkgefäße des späten Mittelalters),
- Kleidungsstücken: Eisenhut, Spitzschuh, Bundschuh, Lederhose,
- Münznamen: Dreier (= Dreher oder Drechsler), Kreuzer oder Pfennig,
- Speisen: Gensfleisch, Süßmilch, Sauerbier, Kalbfleisch.

Familiennamen nach Eigenschaften

Schon früh wurden hervorragenden Personen der Geschichte Beinamen nach Eigenschaften verliehen: Karl der Kahle; Otto der Rote. Aber auch Spottnamen setzten sich durch. So hieß Kaiser Wenzel: der Faule. Später entfiel der Artikel, und so entstanden Nachnamen wie Klug, Kluge, Weiß, Langer, Grober.
Eine besondere Gruppe bilden die Zusammensetzungen mit »mann«: Biedermann, Biermann, Großmann usw.
Es tauchten aber auch abstrakte Zusammensetzungen wie Frischmut, Sanftlebe, Unruh auf.
Namen von Tieren, wie Hund, Vogel, Katze und auch Verwandtschaftsbezeichnungen wie Bräutigam oder Vetter oder Zeit- und Datumsangaben fanden Eingang in die Familiennamen: Sommer, Schönwetter, Jänner, Freitag.
Ebenso erfreuten sich zusammengesetzte Formen mit Körperteilen großer Beliebtheit: Breithaupt, Rauchhaupt, Großkopf, Wittkopf oder Rotbart.
Eine andere besondere Gruppe bilden die Satznamen. Das sind kurze Sätze, meist befehlender Art, die zusammengeschoben und zu Hauptwörtern umgebildet werden. Beispielsweise: Jagddenteufel, Reckdendegen, Streichdenbart, aber auch Leberecht, Fürchtegott, Traugott haben hier ihren Ursprung.
Handwerksgesellen erhielten ihren Familiennamen oft zur Lossprechung: Springinsfeld, Saufaus, Frissumsonst, Seltenfröhlich, Bleibtreu, Trinkaus, Hastdenpflug, die dann später zu Hassenpflug oder Jagenteufel zusammengeschoben wurden.
Auch Spottnamen haben diese Wurzel. Für Raufllustige: Haberecht, Hebenstreit. Für Trinkfreudige: Kehrein, Suchenwirt, Findekeller, Schluckebier. Nur vereinzelt findet man das Gegenteil wie zum Beispiel: Hassenkrug.

Familiennamen nach Herkunft und Wohnstätte

Die von Örtlichkeiten entlehnten Familiennamen gehören zu den ältesten, da sich Menschen, die Grundbesitz hatten, schon sehr früh danach benannten. Nicht nur im Adel, sondern auch ritterliche Sänger und Dichter wie zum Beispiel Walther von der Vogelweide.

Und da die Familien lange Zeit auf demselben Besitz blieben oder an derselben Stelle wohnten, konnten sich diese Namen leicht etablieren.

Ortsnamen zerfallen in zwei Hauptgruppen: jene, die die Herkunft an einem neuen Ort bezeichnen, zum Beispiel: Deutsch, Böhme, Pommern, Westfalen, oder solche, die die Wohnstätte bezeichnen: Auf der Mauer, im Hofe, unter den Weiden, die später zu Ambach, Imhoff usw. zusammengezogen wurden. So erklärt sich auch, warum viele Namen auf Endungen wie -au, -bach, -born, -dorf, -eck, -feld, -haus, -heim, -hof, -horst-, -ingen, -leben, -reut, -stadt, -stein, -tal, -walde haben.

Da es im Mittelalter üblich war, dass Häuser eigene Namen hatten, wurden sie denen, die dort wohnten, häufig angeeignet.

Eine Besonderheit betrifft jüdische Familiennamen: Die gibt es zwar schon im 15.Jahrhundert, doch erst im Gefolge der Emanzipation und nach dem Toleranz-Edikt Kaiser Josephs II. von 1781/82 begannen jüdische Familien feste Familienname anzunehmen.

Erst im Laufe des 19.Jahrhunderts wurden Familiennamen in allen deutschsprachigen Ländern Pflicht. Im Osten der habsburgischen Monarchie, in Galizien und der Bukowina, unterwarfen sich viele Juden nur widerstrebend dieser Regelung, so dass dort manchen von ihnen Familiennamen aufgezwungen wurden. Dabei erhielten einige auffällige, hässliche, demütigende und unwürdige Namen wie zum Beispiel »Leichentritt«, »Galgenstrick«, »Pinkelstein« oder »Matratzenpisser«.

Bei eigener Wahl wurden die Familiennamen ähnlich gebildet wie bei der nicht-jüdischen Bevölkerung (zum Beispiel nach biblischen Vorbildern: Abraham oder Simon), oder sie wurden abgeleitet wie im Fall von Jakobi oder Jakobson.

Beliebt waren in dieser Phase auch Namen, die mit guten Eigenschaften zu tun hatten wie Edel, Ehrlich, Freundlich, Treu, solche, die sich Tiernamen wie Löwe, Hirsch und Adler entlehnten oder Namen, die Zusammensetzungen mit Gold und Silber, mit schönen Dingen wie Rosen und Lilien (Löwenthal, Rosendorf, Lilienthal) waren.

Einer der berühmtesten jüdischen Hausnamen ist der Name »Rothschild«. Seine Geschichte: Im Jahre 1779 kaufte Anselm Meier in Frankfurt ein Haus in der Judengasse 26 und machte hier sein Bankgeschäft auf. Es hatte ein rotes Schild. Das wurde zum Familiennamen.

Die neue Namenswelt und das Namensrecht

Es scheint, dass erst seit einem Jahrhundert der Vorgang des Festwerdens von Familiennamen zum Stillstand gekommen ist. Einen völligen Stillstand gibt es auf diesem Gebiet jedoch nie, denn:

- Familien sterben aus.
- Vorhandene Namen werden immer noch geändert, beispielsweise werden lächerliche oder verächtlich klingende Namen mit Genehmigung der entsprechenden Behörden verändert: Kot wird zu Krot, Brunft zu Bruno, Schwindel zu Schwind.
- Es bilden sich neue Namen, zunächst durch Zusammensetzung zweier Namen, bei Adligen in Folge von Verschmelzung zweier Familien, zum Beispiel von Menickendorf und Hindenburg, Henckel von Donnersmarck.

Nach römischem Recht war im Mittelalter der Name einer Person deren Privatangelegenheit. Jeder durfte seinen Namen verändern oder einen anderen annehmen, sofern dadurch niemand geschädigt wurde (ob das auch für Frauen galt, konnte ich nicht eindeutig klären). Gegenüber der staatlichen Verwaltung heute gilt, dass wir in der Regel unser ganzes Leben lang zwei Namen zu führen haben, nämlich einen Familien- und mindestens einen Vornamen.
Bei Personen, die unter ihrem Geburtsnamen berühmt wurden und ihren Namen nach der Verheiratung beibehalten möchten, wurde zunächst nur in den seltensten Fällen gestattet, einen Doppelnamen zu tragen, um das Aussterben eines berühmten Namens zu verhindern. Krupp von Bohlen und Halbach ist so ein Beispiel. Oder der Kaufmann Johann Jakob Hollweg nannte sich von Bethmann Hollweg, als er die Tochter des Bankherrn von Bethmann heiratete. Der Familienname fällt in Deutschland in den Bereich des öffentlich Rechts und ist heutzutage dem Belieben der Einzelnen entzogen.
Der individuelle Vorname ist privatrechtlicher Natur. Aber es herrscht das Gebot, dass das Geschlecht des Namensträgers eindeutig aus dem Namen hervorzugehen hat. Außerdem dürfen keine Bezeichnungen verwendet werden, die ihrem Wesen nach keine Vornamen sind. Diese Rechtsvorschriften gelten im Wesentlichen für alle deutschsprachigen Länder: Deutschland, Österreich und die Schweiz.

Für die Namensgebung unterscheidet man einen informellen und einen formellen Akt. Das heißt: jeder Mensch kann sich im privaten Umgang Namen geben, wie er lustig ist. Die formelle Namensgebung ist jedoch ein offizieller Akt, der mit Geburtsanmeldung und Taufe vollzogen ist. Er wird schriftlich festgehalten und verpflichtet zum Gebrauch dieses Namens. Änderungen sind zwar nicht ausgeschlossen, aber nur formell möglich, das heißt, es muss eine amtliche Namensänderung erfolgen.

Am 1.Juli 1976 trat erstmals ein neues Namensrecht in Kraft, das Brautpaaren ermöglichen sollte, in Zukunft den Familiennamen selbst zu bestimmen: entweder nach dem Geburtsnamen des Mannes wie bisher oder nach dem der Frau. Gegen eine Gebühr konnte damals auch ein Doppelname gewählt werden. Das galt für die Frau wie für den Mann. Dabei musste der Geburtsname dem Ehenamen vorangestellt werden. Die Kinder konnten allerdings nur den Ehenamen erhalten, da nur der vererbt werden konnte. Das beruhte auf einem Gesetz aus dem Jahre 1958, bei dem der Name des Mannes Familienname blieb und die Frau lediglich berechtigt war, ihren Namen dem des Mannes hinzuzufügen.

Seit dem 1.Juli 1989 gibt es ein neues Ehe- und ein neues Kindschaftsrecht. Die Regelungen sind jetzt im Bürgerlichen Gesetzbuch (BGB) enthalten. Früher galt: Wenn sich Ehepaare nicht auf einen gemeinsamen Namen einigen konnten, wurde automatisch hinter den jeweiligen Familiennamen der Name des Ehemannes angehängt. Das erboste zu Recht eine Bürgerin, die dagegen Verfassungsklage erhob. Daher galt bis zum Jahr 1998, der jetzt gültigen Neuregelung, eine Übergangslösung. Heute ist die Nachnamenwahl frei. Es können Doppelnamen in beliebiger Rangfolge aus den bestehenden Namen gebildet werden oder Mann und Frau behalten ihren Geburtsnamen.

Auch die Namensänderung ist erleichtert: Eine Frau, die eine Namensänderung vornehmen lassen möchte, weil sie nun plötzlich doch einen Doppelnamen oder den ihres Mannes tragen will, kann das beim zuständigen Standesamt beantragen. Sie erhält danach eine entsprechende Bescheinigung. Dieser Vorgang kostet bundeseinheitlich 30 D-Mark. Kostenlos ist die Angelegenheit bei der Eheschließung, weil die Entscheidung während des formellen Akts aktenkundig gemacht wird und in den Kosten für die Trauung inbegriffen ist.

Der folgende Überblick zeigt, wie sich das deutsche Ehenamensrecht im 20. Jahrhundert entwickelte:

01.01.1900	§ 1355 BGB*: Ehename ist der Mannesname (entspricht dem Ehewirkungsstatut).
01.07.1958	§ 1355 BGB: erhält einen Satz 2: Die Frau kann dem Ehenamen ihren Mädchennamen hinzufügen.
16.10.1974	BGH: Es gilt grundsätzlich das Personalstatut, nicht mehr das Ehewirkungsstatut. Möglichkeit, sich unter dem Gesichtspunkt der Umweltbezogenheit für das Ehewirkungsstatut zu entscheiden (StAZ 1971, 216 und 1975, 11).
01.07.1976	§ 1355 BGB wird neugefasst: Zum Ehenamen kann der Name des Mannes oder der der Frau bestimmt werden. Voranstellen statt Hinzufügen des eigenen Namens vor den Ehenamen, Wiederannahme eines früheren Namens durch Geschiedene und Verwitwete.
31.05.1978	BVerfG: Grundgesetzverletzung, weil Altfälle zwischen 1.4.1953 und 3.6.1976 keine Möglichkeit zur Ehenamensbestimmung haben (StAZ 1978, 263).
25.09.1978	BGH: Bei gemischtnationalen Ehen Gesetzesautomatik nur, wenn in beiden Namensrechten möglich – § 1355 Abs. 2 Satz 2 BGB (StAZ 1979, 63).
01.07.1979	Ehenamensänderungsgesetz lässt innerhalb Jahresfrist für alle Altfälle vor dem 1.7.1976 Ehenamensänderung auf den Geburtsnamen der Frau zu (StAZ 1979, 135).
23.12.1980	RdErl. d. Innenmin. NW über Auswirkung und Anwendung des BGH-Beschlusses vom 25.9.78.
10.06.1983	§ 190 Abs. 3a DA schafft dem deutschen Ehegatten die einseitige Erklärung, um zum Ehenamen zu kommen.
28.06.1983	RdErl. d. Innenmin. NW hebt Erlasse vom 21.3.1980 und 23.12.1980 auf.
01.09.1986	IPR-Neuregelungsgesetz mit Neufassung der Art. 5, 10 und 220 EGBGB für das Namensrecht.
08.03.1988	BVerfG sagt, Verpflichtung zur Führung eines Ehenamens kein GG-Verstoß (StAZ 1988, 164).
26.07.1988	AG Tübingen: Ist § 1355 Abs. 2 Satz 2 BGB verfassungswidrig? (StAZ 1988, 297).
05.03.1991	BVerfG: Unvereinbarkeit des § 1355 Abs. 2 Satz 2 BGB mit der Gesetzesautomatik auf den Mannesnamen mit Art. 3 Abs. 2 GG. Die §§ 1355 und 1616 BGB sind ab 29.3.1991 mit einer vorläufigen Maßgabe des BVerfG anzuwenden. Bestimmen Ehegatten keinen Ehenamen, führt jeder seinen bisherigen Namen weiter. Kinder können den Namen des Vaters, den der Mutter oder einen daraus gebildeten Doppelnamen erhalten.
01.04.1994	Gesetz zur Neuordnung des Familiennamensrechts – FamNamRG – vom 16.12.1993 (BGBl. I S. 2054) löst die vorläufige Regelung des BVerfG vom 5.3.1991 ab. Es werden u.a. die §§ 1355 und 1616 BGB neu gefasst. Keine Pflicht zum gemeinsamen Ehenamen; Ehegatten können ihren bei Eheschließung geführten Namen weiterführen. Ihre Kinder erhalten entweder den Namen des Vaters oder den Namen der Mutter. Übergangsregelung für Altfälle.
01.07.1998	Ehegesetz aufgehoben, Eherecht im 4. Buch des BGB ab § 13 geregelt.

* *Abkürzungen:* AG = Amtsgericht; BGB = Bürgerliches Gesetzbuch; BGBl = Bundes-Gesetzblatt; BGH = Bundesgerichtshof; BVerfG = Bundesverfassungsgericht; DA = Dienstanweisung; EGBGB = Einführungen zum BGB; GG = Grundgesetz; IPR = internationales Privatrecht; RdErl. d. Innenmin. NW = Runderlass des Innenministeriums Nordrhein-Westfalen; StAZ = Das Standesamt (Fachzeitschrift).

Die neuen gesetzlichen Regelungen zum Familiennamensrecht gewährleisten bei einer Eheschließung eine sozial angemessenere Auswahl aus mehreren Möglichkeiten der Namensführung. Wie sich das weiter entwickelt und was daraus gemacht wird, hängt weitgehend von denen ab, die sich für die eine oder die andere Möglichkeit entscheiden. Dass der Familienname des Mannes, aber auch der der Frau als Ehename gewählt werden kann, ist kein absolutes Novum (und in anderen Kulturen außerdem an der Tagesordnung). Dass eine Frau ihren Geburtsnamen auch nach der Eheschließung weiter führt, haben beispielsweise Künstlerinnen und Politikerinnen aus den unterschiedlichsten Gründen schon lange praktiziert. Hier zieht die Allgemeinheit formaljuristisch nur nach.

Zur Entwicklung der Vornamen

Das Wort »forenamo« kommt bereits im Althochdeutschen um das Jahr 1000 bei Notker von St.Gallen vor. Da zu der Zeit jedoch Nach- und Familiennamen wenig Verbreitung hatten, ist es wahrscheinlich nicht mit »Vorname« zu übersetzen. Vermutlich bezeichnete es einen Beinamen. Allerdings hatten unsere Vorfahren in der Regel nur einen einzigen Namen, ein so genanntes »Anthroponym«.
Die Forschung unterscheidet folgende Gruppen von Vornamen:

- Tradition (landschaftlich üblich, Sippen- und Erbnamen),
- ethisches Wunschdenken (Heilswunsch),
- religiöse Namensgebung (Heiligenkult),
- dynastische Namensgebung (Anhänglichkeit an die regierenden Häuser, verbunden mit dem Wunsch eines »vornehmen« Vornamens für das Kind,
- politische Motive (Weitergabe der Vornamen von Staatsmännern, Heerführern oder sonstigen verdienten Persönlichkeiten),
- Literatur (Vorbilder, Lieblingspersonen) – an diese Stelle treten heute Namen aus der Film-, Schlager-, Medien- und Fußballwelt,
- Schönheit und Wohlklang (ein Auswahlprinzip, das erst in diesem Jahrhundert zum Tragen kommt; Einschränkung: Goethe, der sich schon früh über den Wohlklang von Namen geäußert hat),
- Originalitätsstreben,
- Wunsch nach Unauffälligkeit,
- ausländische Vornamen (seit dem späten 19.Jahrhundert).

Die Geschichte der deutschen Vornamen-Bücher beginnt mit dem *Namenbüchlein*, das 1537 in Wittenberg erschien und ab 1554 unter dem Namen Martin Luthers herausgebracht wurde, vermutlich aber von einem Johann Carion verfasst wurde. Gottfried Wegener veröffentlichte 1674 in Leipzig eine neue Fassung mit umfangreichen Anmerkungen und Erläuterungen.
Erst in den letzten 300 Jahren wurde die Konzentration auf einige wenige Namen abgebaut und der Vornamensbestand ständig vermehrt – vor allem dadurch, dass man Vornamen aus den verschiedensten Sprachen entlehnte.

Zur Auswahl von Vornamen

Im Prinzip steht es Eltern grundsätzlich frei, ihrem Kind einen Vornamen auszuwählen.
Je nach Familie und Tradition und je nach Schichtzugehörigkeit sind die Beweggründe für die Entscheidung bei der Wahl der Vornamen:

- Traditionen familiärer, religiöser, regionaler Art (Vornamen der Familien, der Paten, eines Kirchenreformators, aus dem Heiligenkalender oder nach den Patronaten) = Stadt-Land-Gefälle;
- Vorbilder aus Herrscherfamilien, erfolgreiche und bekannte Persönlichkeiten aus Politik, Wirtschaft, Kunst, Literatur, Schauspiel, Oper und Wissenschaft = Bildungsgefälle;
- Idole aus Büchern, Schlagern, Film, Funk, Fernsehen, Show und Sport = Unterschichtsgefälle;
- moderne wohlklingende Vornamen aus anderen Sprachen und Ländern (bevorzugt werden zurzeit Namen aus dem Nordischen, Französischen oder aus angloamerikanischen Regionen) = Neuzeitgefälle;
- äußerst seltene, ausgefallene oder aber bewusst gewählt gängige, unauffällige Vornamen = Individualgefälle;
- Wunschnamen, die mit einer bestimmten Bedeutung etwas aussagen = Magiegefälle.

Auch heute noch lassen sich neue Vornamen unter Beachtung einiger Regeln des guten Geschmacks, der Eindeutigkeit und der gesetzlichen Bestimmungen finden, so werden zum Beispiel männliche

Vornamen in weibliche umgekehrt, althochdeutsche Namen wiederbelebt oder Blumennamen gegeben.
Standesbeamte haben Richtlinien, die verbieten:

- die Vergabe von Familiennamen als Vornamen (im Gegensatz zu den USA darf hier ein Name wie Martin Luther King nicht vergeben werden),
- die Wahl von Bezeichnungen, die nicht als Vornamen gebräuchlich sind (dazu gehören etwa Standesbezeichnungen wie Prinzessin, Graf oder Earl),
- die Wahl anstößiger Namen oder auch sinnloser Bezeichnungen (so wurden während der vergangenen Jahre Vornamen abgelehnt wie: Christus, Ché, Sputnik, Jesus, Galadriel, Grammophon, Princess Anne. Genehmigt wurden dagegen: Farina, Lenin, Europa, Germania, Hosea Ché, Jasmin, Rapunzel, Philipp, Pumuckl, Robinson, Taiga, Timpe und Winnetou).

Nicht verboten, aber als ungeeignet bezeichnet werden Vornamen, die das Geschlecht des Kindes nicht erkennen lassen. Ausnahme ist »Maria« (dieser Name ist als Zweitname auch für Knaben zulässig). Untersagt dagegen sind Namen wie »Andrea« für Buben (in Italien als Jungenname sehr gebräuchlich). Das Namensgesetz schränkt die Anzahl der Vornamen nicht ein. Allerdings erweisen sich mehr als drei Vornamen im Zeitalter der elektronischen Datenverarbeitung mit ihren oft begrenzten Namensfeldern als unpraktisch.

Ganz abgesehen von der rechtlichen Situation haben sich auch Sprachkundler-innen zu dem Thema geäußert. Sie empfehlen:

- Kindern möglichst keine stark landschaftsgebundenen Namen zu geben (weil Sepp in Bayern zuvor lustig, im Norden hingegen eher zu Spott animierend sei),
- Acht zu geben, dass Vor- und Zuname zueinander passen,
- dass sich Vor- und Zuname nicht reimen,
- dass der Vorname auf einen anderen Laut ausgehen solle, als der Nachname beginnt,
- dass Selbstlaute, also Vokale, im Vor- und im Zunamen nicht zu aufdringlich übereinstimmen sollten,
- dass Vor- und Zuname rhythmisch aufeinander abgestimmt werden sollten, etwa dass bei einem langen Nachnamen ein kurzer Vorname gewählt werde und umgekehrt,

- dass betonte und unbetonte Silben in einen harmonischen Wechsel treten sollten,
- historische Namenskopplungen zu vermeiden seien (Julius Cäsar, Friedrich Schiller usw.),
- zu bedenken, dass modische Namen schnell altern und wieder verschwinden würden,
- dass auch Namen vermieden werden sollten, die sich mit volksläufigen Vorstellungen verbinden – wenn zum Beispiel Siegfried oder Brunhild schmächtig würden, könne das eine Hypothek sein.

Wissenschaftler-innen unterstreichen, dass Vornamen zum einen die Persönlichkeit der Benannten betonen und die Person aus der Anonymität herausheben. Gleichzeitig nehme der Vorname die Person auch in die Verantwortung, weil sie durch ihn unverwechselbar wird.
In der Regel denken sich die Eltern bei der Namensvergabe etwas. Sie wollen ihren Kindern etwas mit auf den Weg geben: Einen Hauch von Schönheit in Form von Wohlklang oder einen Anspruch: »Werde so wie der oder die, dessen Namen du trägst.«

In vielen Völkern möchten Eltern ihren Kindern mit dem Namen eine Lebenshilfe mitgeben. Zum Beispiel bei den Indianer-inne-n: »Wilder Büffel« oder »Brennender Pfeil«.
Perser-innen nannten einen Sohn »Kaspar«, damit er reich wie ein »Schatzmeister« werden solle, und eine Tochter »Esther«, damit sie leuchte wie ein »Stern«.
Fromme Juden und Araber verschmolzen Stoßgebete zu Namen: »Gott richte dich auf« (hebr.: Joachim) oder: »Gott gebe Vermehrung« (hebr.: Joseph). Mädchen erhielten Wunschbilder als Namen: »Bestrickende« (hebr.: Rebekka) oder »Friedensreiche« (hebr.: Salome).
Die Griech-inn-en machten es ähnlich: Sie nannten Knaben etwa »Herrscher« (Hektor) oder »Der Beste« (Aristides). Auch die Herkunft eines Kindes wurde im Namen festgehalten: etwa »Anatol«, (griech.: Der aus dem Morgenland), »Barbara« (griech. für: Ausländerin) oder »Judith« (griech. für: Frau aus Juda).
Römer-innen gaben gern Sippen-Vornamen: Emil (lat. für: Aus der Sippe der Aemilier), Livia (lat. für Aus der Sippe der Livier). Allerdings zählten sie ihre Kinder auch häufig durch: Quintus (Der Fünfte), Sextus (Der Sechste), Oktavus (Der Achte) – unser

achter Monat soll übrigens nach dem Kaiser Augustus benannt worden sein und deshalb 31 Tage haben (obwohl 30 dran gewesen wären), weil ein kurzer Monat unkaiserlich gewesen wäre.

Wie heißen anderer Völker Kinder? Ausflug um den Globus*

Griechenland

Die neugriechischen Vornamen lassen sich nach Herkunft und Bedeutung in acht Gruppen einteilen:

1. *Mythologische Namen, also Namen aus der Welt der griechischen Götter und Sagen: Achilleas, Danai.*
2. *Namen kirchlicher Tradition, insbesondere Namen von Evangelisten (zum Beispiel Ioannis), Aposteln (alle zwölf Apostelnamen sind als Vornamen sehr beliebt) sowie Heiligen; der Heilige soll Patron für das Kind sein und es soll seine Tugenden übernehmen.*
3. *Namen historischer Persönlichkeiten aus der altgriechischen und byzantinischen Geschichte, zum Beispiel Epaminondas nach dem Feldherrn gleichen Namens.*
4. *Namen aus der Tradition des Westens, vor allem Vornamen, die während der kurzen fränkischen Herrschaft übernommen wurden, zum Beispiel Frangiskos.*
5. *Namen, die körperliche Eigenschaften bezeichnen.*
6. *Namen, die Tugenden bezeichnen, wie etwa Dialekti (»die Außergewöhnliche«).*
7. *Namen nach Edelsteinen und Edelmetallen, zum Beispiel Asimo (wörtlich »die Silberne«), Chriso (»die Goldene«), Diamanto (»die Diamantene«).*
8. *Botanische Namen.*

* Zitiert nach Margit Eberhard-Wabnitz/Horst Leisering: *Knaurs Vornamenbuch*, München 1983.

Türkei

Als Rückorientierung an die eigene Vergangenheit werden von den heutigen Bewohnern der Türkei gern alttürkische (seldschukische) Vornamen wie Alpaslan gewählt; in »modernistischen« Kreisen greift man gern zu Neuschöpfungen wie zum Beispiel Deniz.

Neben den eigentlichen türkischen Namen spielen solche arabischer oder persischer Herkunft (wie Banu oder Bülent) eine wichtige Rolle. Die bei männlichen Vornamen oft verwendete Endung -ettin (eigentlich -eddin, aus Gründen der Vokalharmonie auch in anderen Formen wie attin) kommt aus dem Arabischen und soll den Bezug zum Glauben herstellen. »Din« heißt Glaube, Religion; enthalten ist diese Endsilbe zum Beispiel in Cemalettin (wörtlich etwa »ein herrlicher Glaube«).
Weibliche Vornamen haben oft die ebenfalls aus dem Arabischen stammende Endung -iye, mit der auch einige männliche Namen in weibliche umgewandelt werden können (Aliye aus Ali); eine ähnliche Funktion hat -e (Habibe aus Habib).

Israel *(Iwrith)*

Hier herrschen Vornamen biblischen Ursprungs vor. Es sind häufig auch bei uns bekannte Namen; aber sie erscheinen in einer anderen Laufform: Ytzhak = Isaak.
Verbreitete Männernamen: Moshe, Ytzhak (Itzik), David, Chaim (wörtlich »Leben«), Yakov, Josef (gilt als häufigster Männername) (Josi), Daniel (Dani), Schimon, Menachem (»der Tröstende«), Meni.
Verbreitete Frauennamen: Rachel, Lea, Esther, Sara(h), Shoshana, Pnina (wörtlich »Perle«), Ilona, Ruth, Ofra, Bracha (»Segen«), Nava.

Arabische Länder

Arabische Namen nehmen im gesamten Einflussbereich des Islam eine herausragende Stellung ein. Hier werden in erster Linie religiöse Vornamen verwendet. Der Name des Propheten Mohammed ist einer der häufigsten und beliebtesten Vornamen. Die Tradition der Namensgebung greift auch gern auf Nachkommen oder Familienangehörige des Propheten zurück. Will man einen Namen nicht zu häufig gebrauchen, so bietet die arabische Sprache die Möglichkeit, durch ein vorangestelltes Element wie Ibn oder Abu die Anrede zu variieren; so könnte dieselbe Person, je nach Blickwinkel, etwa als Ibn Saud oder Abu Hassan bezeichnet werden, wörtlich »Vater des Saud« oder »Sohn des Hassan«.

Häufige arabische Männernamen sind: Abdul, Achmed, Ali, Hamid, Hassan, Hussein, Ibrahim, Jussuf, Mustafa, Said.
Häufige Frauennamen: Aischa, Amina, Chadidscha, Fatima, Halima, Miriam, Sachra, Sarah.

Japan

Japanische Vornamen werden wie ungarische (und chinesische) stets dem Familiennamen nachgestellt.
Die große Mehrzahl der weiblichen Vornamen wird seit etwa hundert Jahren mit der Nachsilbe -ko (»Kind«) gebildet, doch greift man neuerdings auch wieder auf die ältere Form (ohne -ko) zurück: Hanako (hana = Blume), Michiko (michi = Weg), Noriko (nori = Gesetz), Fumiko (fumi = Schrift, Buch), Ayako (aya = Muster) oder aber Hana, Michi, Fumi und so weiter. Seltener sind Namen auf -e: Sachie (sachi = Glück), Yoshie (yoshi = gut).
Bei männlichen Vornamen gibt es wesentlich mehr Möglichkeiten: Einer der häufigsten Typen wird gebildet durch Kombination eines zweisilbigen Wortstammes (von positiver Bedeutung wie shige = üppig, kiyo = rein, take = mutig) mit -o (»Mann«), -hiko (»junger Mann«) oder -rô (»junger Mann«): Kazuo, Fumio, Nobuo, Kiyohiko, Shigehiko, Takerô, Toshirô.
Ein zweiter, heute eher als altmodisch angesehener Typ entsteht durch Kombination von zweien der erwähnten Wortstämme: Toshikiyo, Tsunekazu, Hiroshige.
Beliebt sind heute, und das ist ein dritter Typ, einsilbige (sinojapanische) Namen wie Gen, Jun, Dan, Kô und andere. Ferner gibt es Namen, die von einem einzigen Verb oder Adjektiv gebildet werden: Hikaru (»glänzend«), Susumu (»voranschreiten«), Manabu (»lernen«); Hiroshi (»weit«), Kiyoshi (»rein«), Takeshi (»mutig«). Etwas seltener sind Namen, die aus zwei sinojapanischen Elementen zusammengesetzt sind: Sôhei, Bungo, Kanzô, Kakuei (Name des ehemaligen Ministerpräsidenten Tanaka Kakuei).
Alle Vornamen werden in der Regel mit chinesischen Schriftzeichen geschrieben, obwohl es auch mit japanischer Silbenschrift geschriebene Namen gibt. Dabei kann man durch eine raffinierte Auswahl der Schriftzeichen dem Namen verschiedene Bedeutungen unterlegen. Bei Namen aus sinojapanischen Elementen bietet sich diese Möglichkeit in besonderem Maße.
Bei älteren Schriftstellern wurde der Künstlername an die Stelle des persönlichen Vornamens gesetzt. Aus Mori Rintarô wird so Mori Ôgai. In diesen Fällen ist der zweite Name also nicht der Vorname.

China

Chinesische Vornamen sind individuelle Namen, die im Einzelfall von den Eltern für das Kind neu erfunden werden. Es gibt deshalb nur wenige typische chinesische Vornamen. Zu beachten ist, dass chinesische Vornamen, wie auch ungarische und japanische, nachgestellt werden – der Vorname Huas ist also Kuo-feng (wörtlich etwa »Stadt auf dem Berggipfel«). In China ist es weithin üblich, einen einsilbigen Familiennamen und einen zweisilbigen, mit Bindestrich geschriebenen Vornamen zu haben, so dass man in den meisten Fällen den Vornamen an diesem Merkmal erkennen kann. Zumindest galt dies bis vor kurzer Zeit. Für die Übertragung chinesischer Namen und Wörter in lateinische Schriftzeichen – ein Problem, für das es früher keine international verbindliche Lösung gab – hat die Volksrepublik China 1979 das Pin-yin-System eingeführt, das sich international durchsetzt. In diesem System werden die Doppelvornamen nicht mit Bindestrich geschrieben, sondern getrennt, sodass dieses Kennzeichen nicht mehr vorhanden ist.

Da Ostasiat-inn-en, wenn sie mit Europäer-inne-n oder Amerikaner-inne-n in Kontakt treten, häufig die ursprüngliche Reihenfolge – erst Familienname, dann Vorname(n) – ändern, kann man heute, wenn man auf einen lateinisch gedruckten chinesischen Personennamen stößt, nicht ohne weiteres entscheiden, welches der Vor- und welches der Nachname ist.

Indien

Hindi-Vornamen sind wie die arabischen meist religiösen Ursprungs. Sie sind von den verschiedenen Gottheiten des Hinduismus abgeleitet, wobei Frauennamen (meist mittels der Endsilbe -[n]a) auch von den Namen männlicher Götter abgeleitet werden können. Häufig werden Namen gewählt, die Eigenschaften eines Gottes bezeichnen.

Folgende Männernamen sind verbreitet: Krishn (nach dem Gott Krishna), Vinod (Name eines Gottes), Ram (zu Rama, dem Bruder Krishnas), Shiv (zu Shiva), Anil (wörtlich etwa »Reinheit«), Sundeep (etwa »Licht, Helligkeit, die ein Gott ausstrahlt«), Deepak (etwa »Gefäß, in dem ein Licht für eine religiöse Zeremonie angezündet wird«).

Verbreitete Mädchennamen: Krishna (weibliche Form zu Krishn), Arna (Name einer Göttin), Uma (Name einer Göttin), Gopi (Freundin Krishnas).

Afrika

In Afrika besteht weitgehend die Neigung, durchsichtige Vornamen zu geben, das heisst Vornamen, die eine dem Sprachbenutzer verständliche Bedeutung haben. Weitgehend deshalb, weil hier nicht für alle der vielen hundert afrikanischen Sprachen Angaben gemacht werden können. Solche »sprechenden« Namen können zum Beispiel Aussagen über die Umstände der Geburt enthalten: ob sie in der Regen- oder Trockenzeit stattfand, ob sie leicht oder schwierig war. Es können Segenswünsche im Vornamen stecken. Aber es gibt auch Vornamen, die einen Fluch enthalten. Solche abstoßenden Namen (sie kommen auch in anderen Kulturkreisen vor) werden gewählt, um Dämonen zu überlisten: die bösen Geister sollen durch einen Namen, der etwas Gering-zu-Schätzendes vorspiegelt, von der Person abgelenkt werden. Häufig enthalten die Namen auch bildhafte Vergleiche.

So wird etwa Jomo, der Vorname des 1978 verstorbenen kenianischen Staatspräsidenten Kenyatta, mit »flammender Speer« übersetzt.

In Ghana werden in der Sprache **Twi** *die Kinder häufig nach Wochentagen benannt (zum Beispiel Kofi = Freitag).*

In **Ewe** *– eine Sprache, die in Ghana und Togo gesprochen wird – könnte ein am Sonntag geborener Junge Kwasi, ein Mädchen Akosiwo heißen, beide Namen sind Ableitungen aus kwasida = Sonntag.*

Die afrikanischen Vornamen können heute zu Familiennamen werden – wenn in einem Land ein Namensrecht nach europäischem Vorbild eingeführt wird, das erbliche Familiennamen und individuelle Vornamen vorschreibt.

Für ***Yoruba****, eine wichtige Sprache Westafrikas, die vor allem im Süden Nigerias gesprochen wird, seien nachfolgend, stellvertretend für andere Sprachen, nähere Angaben zur Namensgebung gemacht. Sie stützen sich im wesentlichen auf das* Dictionary of Modern Yoruba *von R. C. Abraham, London 1958.*

Es gibt im Yoruba drei Namenstypen:

- *Der Erste wird als Orile-Name bezeichnet und entspricht einem Sippennamen.*
- *Der Zweite ist der Oriki-Name, der vertraulich verwendet wird und deshalb gegenüber einem höher Gestellten nicht verwendet werden kann. Er wird dem Kind nach der Geburt gegeben. Oriki-Namen für Jungen sind zum Beispiel Ajamun (wörtlich etwa »der, der kämpft, um zu bekommen«), Akanbi (etwa »jemand, der an der Reihe ist, geboren zu werden«), Alade (»der, der die Reihe unterbricht«; wird gegeben, wenn etwa nach mehreren Mädchen ein*

Junge geboren wird). Für Mädchen werden geradezu schmeichlerische Namen gewählt, zum Beispiel Abeke (etwa »die, bei der die Leute wetteifern, sie zu hätscheln«), Awero (etwa, »die, die man wäscht und hübsch anzieht«), Ayoka (etwa »die, die ringsum Freude verbreitet«).

- *Der dritte Typ ist der Oruko-Name, der offizielle Vorname. Er kann auch muslimisch oder christlich sein. Einem Jungen wird er am neunten Tag, einem Mädchen am siebten Tag und Zwillingen am achten Tag nach der Geburt gegeben.*
  Zwillinge spielen in der Religion der Yoruba (Yoruba ist auch die Bezeichnung für das Volk) eine wichtige Rolle; der erstgeborene Zwilling wird Taiwo, der zweite Ketinde genannt. Eine Kategorie für Oruko-Vornamen ist auch hier die Beschreibung der Geburtsumstände. Ein Kind, das mit den Füßen zuerst geboren wurde, heißt Ojo, wenn es ein Junge ist. Aimon ist gebräuchlich für Jungen und Mädchen, die mit der Nabelschnur um den Hals geboren wurden. Oke wird ein Kind genannt, wenn die Fruchtblase, die es umgibt, nicht zerrissen war; ist sie zwar zerrissen, aber noch in Teilen am Körper, so wählt man für Mädchen Talabi, für Buben Salako; ein Kind mit Haaren kann Dada genannt werden.

Ein voller Yoruba-Name, der die Person eindeutig festlegt, setzt sich aus oruko-, oriki- und orile-Namen zusammen.

Welche Auswirkungen es wohl hat, wenn ein Mensch sein Leben lang mit den Umständen seiner Geburt angesprochen wird?

Zurück zu uns

Bis ins indogermanische Altertum geht eine Vorliebe zurück, die auch bei den Griech-inn-en, Kelt-inn-en und German-inn-en zu finden ist: der zweigliedrige Vorname. Das waren gesteigerte Wünsche: Es wurde verdoppelt, was dem Kind vorgezeichnet werden sollte. Ein Mädchen, das man sich wehrhaft wünschte, hieß »Kampf-Kampf«, also Hiltgund, oder man fügte der einen ersehnten Eigenschaft eine zweite, verwandte hinzu, zum Beispiel »Erbe und Herrscher« also Ulrich, »Schwert und kühn« = Eckehard, »Gottes Geschenk« = Theodor, »Wille und Schutz« = Wilhelm. Nach dem Germanenrecht war jemand, der noch keinen Namen hatte, ein »Nasciturus«, einer, der erst noch geboren werden soll.

Während es um 1100 noch etwa tausend heimische Namen gab, reduzierte sich deren Zahl hundert Jahre später auf nur noch 366. Als Ursache wird vermutet, dass die ursprüngliche Bedeutung nicht mehr verstanden wurde, Aussagen bedeutungsloser wurden und Hebräisch als Sprache weitgehend unbekannt war. Außerdem bewirkten Wellen des Antisemitismus, dass alttestamentarische Namen zurückgingen, während die aus dem Neuen Testament erst langsam benutzt wurden. Dafür breiteten sich zu jener Zeit alte Namen aus, die in bestimmten Gegenden zu Modenamen wurden: Burkhard in Basel; Heinrich in Zürich oder Hermann in Köln.

In der Zeit der Bettelorden wurde für die Heiligenverehrung geworben. Kirchenpatrone wurden ernannt: Kilian in Würzburg, Emmeran in Regensburg, Wenzel in Böhmen. Auch Schirmherren für Berufe oder Stände: Georg für Ritter und Michael für »alle«.

Im 14.Jahrhundert wird Peter immer beliebter und es wird begonnen, Vornamen zu verkürzen. Aus Johannes wird Jan oder John oder Hannes. Bis ins 15.Jahrhundert blieb Joseph unbeliebt. Und erst ab dem 16.Jahrhundert verliert sich die Scheu, ein Mädchen Maria zu nennen. Heiligennamen füllen die Lücken, die durch die Schrumpfung der alten Namen entstanden waren. Zu Beginn der Reformation machten sie 90 Prozent aller Namen aus.

Obwohl die Kirche erst nach der Reformation die Weisung ausgab, Heiligennamen zu benutzen, hatte sich das Volk schon während der Pestzeit des 14.Jahrhunderts daran gewöhnt, einen der vierzehn Nothelfer durch Namensgebung zu ehren. Auf diese Weise bürgerten sich die Taufpatron-inn-e-n ein.

Im 16.Jahrhundert wurden die altdeutschen ebenso wie die Namen aus dem Alten Testament wiederbelebt oder Heiligennamen teilweise umgebildet.

Die Humanisten erinnerten sich der alten klassischen Namen. Sie bevorzugten Vornamen der griechischen und römischen Antike wie Claudius, Julius, Cornelia, Helena und Silvia. Deutsche Vornamen wurden von ihnen in diese Sprachen übersetzt (Erasmus, Melanchthon, Molitor). Zuerst begannen die Gelehrten, dann die Fürsten und schließlich auch die Bürger-innen, ihre Kinder Hektor, Cornelia, Virgil und Dorothea zu nennen.

1534 beeinflusste der Reformator Calvin den Genfer Rat zu einer Verordnung, derzufolge reformierte Eltern alttestamentarische Namen verwenden sollten. Um sich abzusetzen, verwiesen Katholik-inn-en ihre Gefolgschaft vermehrt auf die Heiligennamen. Zu dieser Zeit entstand die Sitte, den Namen nach den

Pat-inn-en zu wählen. Im Gegeneinander protestantischer und katholischer Anschauungen bildeten sich »Namens-Landschaften«. Das erklärt, warum bis heute der Anteil altheimischer Namen in Norddeutschland größer ist als im Süden, wo die Heiligen stärker verehrt wurden.
Erst allmählich setzten sich auch Einflüsse aus dem Ausland durch (Spanien, Frankreich, England, Russland). Dadurch entstanden neue Endungen: Heinrich zu Henri und Henriette, Ludwig zu Louis und Louise, Friedrich zu Friede oder Friederike.
In der Zeit der Romantik und ihrer Verklärung von Ritter- und Räuberdichtung im 19.Jahrhundert wurden viele altheimische Vornamen wieder lebendig: Kuno, Ottokar, Hedwig, Hildegard. Aus Dichtung und Opern stammen: Hermann, Lotte, Agathe, Eva.
Aus den oberitalienischen Besitzungen führte man romanische Vornamen ein: Rosa, Eleonore, Isabella, aber auch Namen von Herrschergestalten waren populär: Luise, Ruprecht, Franz-Joseph, Albert.
Allmählich wurden Regeln und Bräuche gelockert und der Sinn für Qualität geschärft. Immer mehr Menschen überlegten, ob sie ihrem Kind ein Leitbild, einen Wunsch oder einen Wohllaut mitgeben. Freiheit machte die Wahl zur Qual: Sollte das Ausgefallene gewählt werden oder stand zu Gebote, sich »beim Nachbarn« zu orientieren? In einer Gegend gab es Ende des 18.Jahrhunderts nur zwölf männliche und sechs weibliche Vornamen. Innerhalb von vierzig Jahren, bis 1820, hatte sich ihre Zahl bereits verdoppelt, die der weiblichen sogar vervierfacht. Ein Jahrhundert später waren es erneut drei Mal so viele geworden.

Trotz der Vielzahl der Namen wurden die meisten nur selten gebraucht, während sich eine Minderzahl ständig wiederholte. So wählten etwa Münchner Eltern im Jahr 1965 von 433 männlichen Vornamen nur ganze 29 für ihren Nachwuchs. In Berlin wurden 1967 ganze 33 Vornamen von insgesamt 562 für drei Viertel aller Neugeborenen verwendet.
Je mehr sich die Bindungen von kirchlichen und Familienbräuchen lockern, umso mehr unterliegen die Vornamen, besonders die für Mädchen, der Mode. Wer sich scheut, ganz mit dem Althergebrachten zu brechen, wählt als Ausweg, dem Rufnamen alte Familien-, Patrons- oder Patennamen hinzuzufügen.
Erst im 18.Jahrhundert entwickelte sich die Sitte, dem Kind einen oder mehrere Taufpat-inn-en zur Seite zu stellen, deren Namen dann auch Verwendung fanden. Das bedeutete nicht nur eine

größere Anzahl von Vornamen, sondern auch eine Vielzahl von Geschenken für das Kind. Im kirchlichen Bereich erfüllten mittlerweile Taufzeug-inn-en die Funktion des Beurkundens.
Eine weitere, unerschöpfliche Quelle neuer Namen ist die Nutzung von Kurz-, Kose- oder auch »Lallformen« alter Vornamen. Manches gehört schon seit langem zum Bestand: Hans für Johannes, Heinz für Heinrich, heutzutage Bastian für Sebastian, Lisa für Elisabeth. Erst Ende des 19.Jahrhunderts wurde es üblich, dass auch Kurzformen im Standesregister eingetragen wurden: Elsa, Dora, Lotte, Trude, Gerd, Jochen, Klaus, Udo und so weiter.
Parallel zu den Kurzformen gab es einen Hang zu Doppelnamen, die schon im Mittelalter gelegentlich genutzt wurden, sich aber erst seit dem 16.Jahrhundert, also im Barock, häuften: Hannelore, Hansjürgen, Karlheiz. In den Dreißiger- bis Fünfzigerjahren des 20.Jahrhunderts folgten die Bindestrich-Namen: Hans-Peter, Kai-Uwe, Karl-Heinz, Johann-Christian, Eva-Maria, Anna-Katharina.
In heutiger Zeit spielen religiöse, politische oder soziale Gründe bei der Vornamenswahl eine deutlich geringere Rolle. Vor allem seit der Nazizeit mit ihrer Namens-Germanisierung wird oft ausschließlich nach dem Klang gewählt, der als schick, modern, exotisch oder auf eine andere Art als schön empfunden wird. An der Spitze stehen niederdeutsche Formen bekannter Vornamen, wie zum Beispiel Jan, Lars, Sven, Torsten; Antje, Frauke, Heike, Silke; daneben haben solche romanischen Ursprungs Konjunktur wie: Mario, René, Denise, Julia, Nadine, Nicole; beliebt sind aber auch angloamerikanische: Oliver, Patrick, Roger, Sabrina).

Politische Namen

1825 beobachtete Johann Christian Dolz, dass die Mode mit Namen wie Gottfried, Friederich, Christian abgelöst wurde durch Namen wie Emil, Gustav, Emma und so weiter. Solche Wechsel laufen seither offenbar in immer kürzeren Rhythmen ab.
Schon 1828 hatte der Romantiker Jean Paul einen »Rath« zu urdeutschen Taufnamen veröffentlicht. Doch erst langsam, gefördert durch das erstarkende Nationalbewusstsein, besonders nach der Reichsgründung 1871 und entsprechende pädagogische Bemühungen um eine »reine deutsche Sprache«, gewannen germanische Namen wie Helmut, Reinhold, Eberhard, Wolfgang, Hildegard, Gertrud wieder an Beliebtheit.

Es ist unklar, ab wann Untertanen ihre Untertänigkeit in der Namensgleichheit mit den Herren ausdrücken »durften«. Vielleicht war das Ritual, Namen nur nach den eigenen Vorfahren zu wählen, auch ein Schutz vor dem politischen Missbrauch der Namenswahl durch beide Seiten – durch die Herrschenden wie durch die Beherrschten. Mit dem Verkümmern dieser Sitte wird der Name auch zum politischen Instrument: Kaisertreue Fürstenfans, politisch Gesinnte konnten mit dem Namen ihrer Kinder »Flagge« zeigen – Identifikation statt Distanz, Nähe statt Tabu wurden durch Namen möglich.

Zeugnisse über die Wirkung, was es bedeutete, wie der Kaiser, wie Marx oder schließlich wie Hitler zu heißen, sind nicht verbürgt – höchstens die Scham einiger lebender »Kinder des Dritten Reichs« kennen wir. Die betrifft weite Bevölkerungsgruppen. Denn ein Erlass der Nationalsozialisten vom 14. März 1937 bestimmte: »Die Kinder deutscher Volksgenossen sollen grundsätzlich nur deutsche Vornamen erhalten.« Entsprechende Namenbücher führen nur Namen germanischer Herkunft an. Schon nach 1933 sank allerdings die Häufigkeit von Adolf; dagegen stieg die von Horst (eigentlich ein mittelalterlicher Pferdename, der in Mode kam, durch den – nach seinem Tod 1930 zum nationalsozialistischen Märtyrer stilisierten – SA-Führer Horst Wessel). (Die Namens-Interviews ab S. 99 geben – eher zwischen den Zeilen – einen Einblick, welche Identitätskrisen die politische Namensvergabe zu dieser Zeit bis heute bewirkt – auch wenn das Thema so gut wie nie oder nur scheinbar locker und unbefangen und ohne Scham besprochen wird.)

Schon während des Zweiten Weltkriegs bahnte sich jedoch eine Entwicklung an, die sich nach 1945 durchsetzte und bis heute in immer neuen Wellen die Namensgebung beherrscht: die Wiederbelebung biblischer und antiker Vornamen: Andreas, Michael, Thomas, Christine, Petra, Sabine, Markus, Sebastian, Daniel, Julia, Stefanie; seit Mitte der Achtzigerjahre: Tobias, Philipp, Anna; in den Neunzigerjahren: Felix, Lukas, Paul, Franziska, Maria, Sophie.

Vom hundertsten Affen

Ein Erklärungsversuch, der die Verbreitung von Namenswellen und Modenamen begreiflich machen könnte, ist das, was Wissenschaftler-innen das »Phänomen des hundertsten Affen« nennen:*
An der Küste des Japanischen Meers beobachteten Zoologen ein Affenweibchen, das herausgefunden hatte, dass man Kartoffeln am besten erst im Meer wäscht, bevor man sie isst. Dann schmecken sie nämlich besser. Zuerst machten es nur ganz wenige Affen nach, dann immer mehr. Als etwa hundert Affen ihre Kartoffeln wuschen, gab es den *Bewusstseinssprung:* Gegenüber, in Taka Sakiyama, und auf anderen Inseln begannen Affen ebenfalls, ihre Kartoffeln zu waschen. Es gab keine Verbindung zwischen den Affen auf den verschiedenen Inseln. Es gab nur den »Bewusstseinssprung«.
Andere Wissenschaftler haben ähnliche Beobachtungen mit Ratten gemacht. Nachdem englische Ratten in mühsamen Prozeduren während 24 Generationen ein bestimmtes Fressverhalten gelernt hatten, machte es neuseeländischen Ratten keine Mühe mehr, dasselbe Verhalten in nur zwei bis drei Generationen zu lernen. Offenbar muss eine gewisse Anzahl von Individuen – *»die kritische Masse«* – das neue Verhalten aufgenommen haben. Dann verbreitet es sich schnell.
Eine der wissenschaftlichen Theorien, die solch eine sprunghafte Veränderung von länger konstant bleibenden Bewusstseinszuständen zu erklären versucht, ist die der *»morphogenetischen Felder«*. Sie wird zwar von der Schulwissenschaft noch bekämpft, aber am Phänomen des Bewusstseinssprungs wird kaum noch gezweifelt, zumal man ihn täglich beobachten kann und er anderen Sprüngen in der Natur genau entspricht. Vom Quantensprung bis zum Artensprung – die ganze Evolution verläuft in Sprüngen. In der modernen Biologie gilt ja auch: Jede einzelne Zelle enthält eine Information, jede und jeder von uns kann der hundertste Affe sein, der durch die eigene Veränderung die gesamte Qualität verändern kann (zum Beispiel ließen sich so Luther und die Verbreitung der Reformation, der Erfolg von manchen Bestsellern, weltweite Modewellen wie Jeanstragen oder Ohrringe für Männer unter anderem miterklären). Unweigerlich dazu gehört jedoch das Phänomen des richtigen Zeitpunkts, des »glücklichen Sterns«, aus dem griechische Philosophen unter dem Begriff »en kairo« eine

* Aus: Carmen Thomas: *Vom Zauber des Zufalls*, Köln 1998.

ganze Wissenschaft machten, die sich damit beschäftigte, wann die Zeit für die Sache, um die es geht, reif ist.
Entsprechend dem Prinzip der Synchronizität, wie es der Schweizer Tiefenpsychologe Carl Gustav Jung entwickelt hat, zeigen sich diese Gesetze des Öfteren auch in Spielkasinos. Dort wiederholt sich häufig ein Vorfall so auffällig, dass er über den Zufall hinausgeht. Amerikanische Spielbankleiter kennen das »*Gesetz der Serie*« und beschäftigen daher Fachleute für Synchronizität, »for serial happenings«, um ihre Gewinne noch wirkungsvoller maximieren zu können.
Auch in einem Vogelschwarm herrscht solche Synchronizität. Man weiß heute, dass bei einem größeren Schwarm keine Leittiere existieren. Trotzdem fliegt eine wohlformierte Gruppe von Vögeln gemeinsam ihre Bahn, ändert dann spontan ihre Richtung oder fliegt abrupt in die entgegengesetzte Richtung, ohne die Form zu verlieren.
Interessierte können sich hier unser »Namens-Vogelschwarm-Verhalten« anschauen: den Überblick der »Hit-Namen« seit 1979, zusammengestellt von der Gesellschaft für Deutsche Sprache in Wiesbaden.
Wenn Sie die politischen Veränderungen mit den Namens-Modewellen vergleichen, ergibt sich ein interessanter Spiegel zum sich verändernden politischen Klima – und vielleicht gewinnen Sie auch einen Eindruck davon, wie aktiv ausgeprägt unser steinzeitliches Rudel-Gen möglicherweise immer noch ist.

Namen-Hitlisten

Die 10 beliebtesten Vornamen 1979 bis 1999 in Deutschland*

1979	Jungen	Mädchen
	1. Christian	Christine, -a
	2. Michael	Stefanie
	3. Daniel	Melanie
	4. Andreas	Kathrin
	5. Stefan	Julia
	6. Markus	Nicole
	7. Alexander	Sandra
	8. Sebastian	Nadine
	9. Thomas	Tanja
	10. Tobias	Daniela

1980	Jungen	Mädchen
	1. Christian	Stefanie
	2. Michael	Sabrina
	3. Stefan	Christine, -a
	4. Daniel	Melanie
	5. Markus	Kathrin
	6. Andreas	Nicole
	7. Matthias	Julia
	8. Alexander	Sandra
	9. Sebastian	Daniela
	10. Tobias	Nadine

1981	Jungen	Mädchen
	1. Christian	Christine, -a
	2. Michael	Stefanie
	3. Daniel	Julia
	4. Stefan	Sabrina
	5. Andreas	Melanie
	6. Sebastian	Nadine
	7. Matthias	Kathrin
	8. Markus	Katharina
	9. Alexander	Nicole
	10. Thomas	Anna, -e

1982	Jungen	Mädchen
	1. Christian	Stefanie
	2. Daniel	Christine, -a
	3. Michael	Julia
	4. Stefan	Katharina
	5. Sebastian	Nadine
	6. Matthias	Melanie
	7. Andreas	Nicole
	8. Alexander	Anna, -e
	9. Benjamin	Kathrin
	10. Thomas	Daniela

1983	Jungen	Mädchen
	1. Christian	Stefanie
	2. Sebastian	Julia
	3. Michael	Christina, -e
	4. Daniel	Katharina
	5. Alexander	Anna, -e
	6. Stefan	Kathrin
	7. Benjamin	Melanie
	8. Florian	Nadine
	9. Thomas	Sarah
	10. Andreas	Nicole

1984	Jungen	Mädchen
	1. Christian	Stefanie
	2. Sebastian	Christina, -e
	3. Daniel	Julia
	4. Stefan	Katharina
	5. Michael	Anna, -e
	6. Alexander	Sabrina
	7. Benjamin	Melanie
	8. Andreas	Kathrin
	9. Jan	Sarah
	10. Florian	Maria

* 1979-1990 = nur alte Bundesländer

1985	Jungen	Mädchen
	1. Christian	Stefanie
	2. Sebastian	Katharina
	3. Daniel	Julia
	4. Michael	Christine
	5. Alexander	Anna, -e
	6. Stefan	Jennifer
	7. Philipp	Sarah
	8. Benjamin	Kathrin
	9. Dennis	Maria
	10. Andreas	Sabrina

1986	Jungen	Mädchen
	1. Christian	Katharina
	2. Daniel	Christina, -e
	3. Sebastian	Jennifer
	4. Michael	Sarah
	5. Alexander	Julia
	6. Stefan	Stefanie
	7. Dennis	Nadine
	8. Patrick	Anna, -e
	9. Tobias	Kathrin
	10. Philipp	Sabrina

1987	Jungen	Mädchen
	1. Christian	Katharina
	2. Daniel	Stefanie
	3. Michael	Christina, -e
	4. Sebastian	Julia
	5. Alexander	Sarah
	6. Tobias	Jennifer
	7. Stefan	Anna, -e
	8. Andreas	Sabrina
	9. Philipp	Kathrin
	10. Florian	Nadine

1988	Jungen	Mädchen
	1. Daniel	Katharina
	2. Christian	Sarah
	3. Alexander	Julia
	4. Sebastian	Anna, -e
	5. Michael	Christina, -e
	6. Patrick	Stefanie
	7. Philipp	Jennifer
	8. Tobias	Sabrina
	9. Jan	Lisa
	10. Florian	Maria

1989	Jungen	Mädchen
	1. Christian	Katharina
	2. Daniel	Sarah
	3. Alexander	Anna, -e
	4. Jan	Julia
	5. Patrick	Christina, -e
	6. Sebastian	Lisa
	7. Michael	Stefanie
	8. Tobias	Jennifer
	9. Philipp	Sabrina
	10. Dennis	Nadine

1990	Jungen	Mädchen
	1. Daniel	Anna, -e
	2. Christian	Christina, -e
	3. Alexander	Katharina
	4. Patrick	Lisa
	5. Tobias	Julia
	6. Sebastian	Sarah
	7. Jan	Maria
	8. Philipp	Laura
	9. Dennis	Jennifer
	10. Michael	Nadine

Alte Bundesländer			Neue Bundesländer		
1991	**Jungen**	**Mädchen**	**1991**	**Jungen**	**Mädchen**
	1. Daniel	Lisa		1. Philipp	Lisa
	2. Alexander	Julia		2. Patrick	Stefanie
	3. Kevin	Anna, -e		3. Martin	Julia
	4. Patrick	Katharina		4. Christian	Maria
	5. Christian	Sarah		5. Kevin	Franziska
	6. Philipp	Laura		6. Sebastian	Sarah
	7. Jan	Jennifer		7. Robert	Anna, -e
	8. Sebastian	Christina, -e		8. Florian	Nicole
	9. Tobias	Maria		9. David	Melanie
	10. Marcel	Vanessa		10. Markus	Jennifer
1992	**Jungen**	**Mädchen**	**1992**	**Jungen**	**Mädchen**
	1. Alexander	Julia		1. Philipp	Lisa
	2. Daniel	Maria		2. Patrick	Maria
	3. Michael	Lisa		3. Christian	Julia
	4. Patrik	Sarah		4. Sebastian	Franziska
	5. Kevin	Katharina		5. Kevin	Anne, -a
	6. Christian	Anne, -a		6. Florian	Stefanie
	7. Tobias	Christina, -e		7. Paul	Sarah
	8. Sebastian	Vanessa		8. Maximilian	Jennifer
	9. Maximilian	Laura		9. Martin	Sophie
	10. Florian	Jennifer		10. David	Jessica
1993	**Jungen**	**Mädchen**	**1993**	**Jungen**	**Mädchen**
	1. Christian	Julia		1. Philipp	Lisa
	2. Daniel	Lisa		2. Sebastian	Maria
	3. Alexander	Katharina		3. Florian	Anne, -a
	4. Jan	Anna, -e		4. Kevin	Franziska
	5. Patrick	Sarah		5. Christian	Julia
	6. Sebastian	Maria		6. Martin	Sarah
	7. Michael	Laura		7. Paul	Stefanie
	8. Tobias	Franziska		8. Felix	Sophie
	9. Philipp	Vanessa		9. Tom	Laura
	10. Dennis	Jessica		10. Tobias	Jennifer

Alte Bundesländer

1994	Jungen	Mädchen
	1. Alexander	Julia
	2. Daniel	Katharina
	3. Maximilian	Maria
	4. Christian	Laura
	5. Lukas	Anna
	6. Tobias	Lisa
	7. Kevin	Sarah
	8. Marcel	Vanessa
	9. Philipp	Jessica
	10. Sebastian	Franziska

1995	Jungen	Mädchen
	1. Alexander	Maria
	2. Maximilian	Katharina
	3. Daniel	Laura
	4. Lukas	Julia
	5. Philipp	Lisa
	6. Christian	Sarah
	7. Marcel	Maria
	8. Michael	Sophie
	9. Tobias	Anna, -e
	10. Dominik	Vanessa

1996	Jungen	Mädchen
	1. Alexander	Maria
	2. Lukas	Julia
	3. Maximilian	Katharina
	4. Daniel	Anna, -e
	5. Michael	Laura
	6. Christian	Marie
	7. Philipp	Sophie
	8. Marcel	Lisa
	9. Jan	Sarah
	10. Tobias	Lena

Neue Bundesländer

1994	Jungen	Mädchen
	1. Philipp	Lisa
	2. Maximilian	Maria
	3. Paul	Julia
	4. Kevin	Anne, -a
	5. Sebastian	Sarah
	6. Florian	Franziska
	7. Felix	Jessica
	8. Tobias	Sophie
	9. Max	Laura
	10. Alexander	Jennifer

1995	Jungen	Mädchen
	1. Maximilian	Maria
	2. Philipp	Lisa
	3. Florian	Laura
	4. Felix	Julia
	5. Paul	Anna, -e
	6. Lukas	Sophia
	7. Alexander	Sarah
	8. Sebastian	Jessica
	9. Kevin	Franziska
	10. Tobias	Jennifer

1996	Jungen	Mädchen
	1. Maximilian	Maria
	2. Lukas	Lisa
	3. Philipp	Laura
	4. Florian	Anna, -e
	5. Kevin	Sophia
	6. Max	Julia
	7. Felix	Sarah
	8. Paul	Michelle
	9. Tom	Vanessa
	10. Erik	Jessica

Gesamte Bundesrepublick

1997	Jungen	Mädchen	1998	Jungen	Mädchen
	1. Alexander	Maria / Marie		1. Lukas	Maria
	2. Maximilian	Sophia / Sophie		2. Alexander	Julia
	3. Lukas	Julia		3. Maximilian	Anna, -e
	4. Philipp	Laura		4. Daniel	Sophie
	5. Daniel	Anna, -e		5. Philipp	Marie
	6. Jan	Sara(h)		6. Felix	Laura
	7. Florian	Lisa		7. Tim	Lisa
	8. Niklas	Katharina		8. Jan	Vanessa
	9. Felix	Vanessa		9. Florian	Sarah
	10. Dominik	Michelle		10. Jonas	Katharina

1999	Jungen	Mädchen
	1. Lukas	Marie
	2. Alexander	Maria
	3. Maximilian	Sophie
	4. Leon	Anna (Anne)
	5. Tim	Laura
	6. Daniel	Sarah
	7. Niklas	Julia
	8. Jan	Michell
	9. Philipp	Lea
	10. Paul	Katharina

Quelle: Gesellschaft für Deutsche Sprache / *Der Sprachdienst,* 1979 bis 1999; wer selbst nachfragen will, wendet sich an:
Gesellschaft für Deutsche Sprache, Spiegelgasse 13, 65183 Wiesbaden, Tel. (06 11) 99 95 50, Fax (06 11) 9 99 55 30

Die 10 beliebtesten Vornamen 1990 bis 1998 in Österreich

1990	Jungen	Mädchen
	1. Michael	Julia
	2. Thomas	Lisa
	3. Patrik	Katharina
	4. Daniel	Melanie
	5. Stefan	Sabrina
	6. Christoph	Stefanie
	7. Andreas	Sandra
	8. Markus	Christina
	9. Manuel	Daniela
	10. Martin	Nicole

1991	Jungen	Mädchen
	1. Michael	Julia
	2. Patrick	Lisa
	3. Daniel	Stefanie
	4. Stefan	Melanie
	5. Thomas	Katharina
	6. Christoph	Sabrina
	7. Dominik	Sandra
	8. Markus	Christina
	9. Manuel	Katrin
	10. Lukas	Sarah

1992	Jungen	Mädchen
	1. Michael	Julia
	2. Patrik	Lisa
	3. Stefan	Stefanie
	4. Daniel	Katharina
	5. Thomas	Melanie
	6. Christoph	Christina
	7. Dominik	Sabrina
	8. Lukas	Sarah
	9. Philipp	Anna
	10. Florian	Sandra

1993	Jungen	Mädchen
	1. Michael	Julia
	2. Patrik	Lisa
	3. Stefan	Stefanie
	4. Daniel	Sarah
	5. Thomas	Katharina
	6. Dominik	Melanie
	7. Lukas	Anna
	8. Philipp	Christinaa
	9. Christoph	Sabrina
	10. Alexander	Sandra

1994	Jungen	Mädchen
	1. Michael	Julia
	2. Daniel	Lisa
	3. Dominik	Melanie
	4. Lukas	Stefanie
	5. Stefan	Katharina
	6. Thomas	Sarah
	7. Patrick	Christina
	8. Florian	Anna
	9. Philipp	Sabrina
	10. Alexander	Sandra

1995	Jungen	Mädchen
	1. Michael	Julia
	2. Lukas	Lisa
	3. Daniel	Stefanie
	4. Stefan	Melanie
	5. Dominik	Katharina
	6. Patrick	Sarah
	7. Philipp	Anna
	8. Thomas	Christina
	9. Alexander	Sabrina
	10. Florian	Theresa

1996	Jungen	Mädchen
	1. Lukas	Julia
	2. Michael	Lisa
	3. Daniel	Sarah
	4. Dominik	Katharina
	5. Florian	Anna
	6. Stefan	Stefanie
	7. Alexander	Melanie
	8. Philipp	Christina
	9. Thomas	Sabrina
	10. Patrick	Viktoria

1997	Jungen	Mädchen
	1. Lukas	Julia
	2. Michael	Lisa
	3. Alexander	Sarah
	4. Stefan	Anna
	5. Florian	Katharina
	6. Daniel	Stefanie
	7. Dominik	Melanie
	8. Philipp	Laura
	9. Thomas	Christina
	10. Manuel	Vanessa

1998	Jungen	Mädchen
	1. Lukas	Julia
	2. Michael	Lisa
	3. Florian	Anna
	4. Philipp	Katharina
	5. Alexander	Sarah
	6. Daniel	Laura
	7. Stefan	Christina
	8. Dominik	Viktoria
	9. Thomas	Stefanie
	10. Manuel	Vanessa

Quelle: Statistik Österreich, Wien

Die 10 beliebtesten Vornamen 1990 bis 1997 in der deutschsprachigen Schweiz

1990	Jungen	Mädchen	1991	Jungen	Mädchen
	1. Michael	Mélanie		1. Kevin	Mélanie
	2. Kevin	Sabrina		2. Michael	Sarah
	3. David	Sarah		3. David	Laura
	4. Patrik	Laura		4. Patrick	Sabrina
	5. Marco	Nicole		5. Simon	Jessica
	6. Simon	Sandra		6. Marco	Sandra
	7. Daniel	Fabienne		7. Daniel	Nicole
	8. Fabian	Andrea		8. Pascal	Andrea
	9. Pascal	Jessica		9. Fabian	Stéphanie
	10. Thomas	Stéphanie		10. Thomas	Nadine

1992	Jungen	Mädchen	1993	Jungen	Mädchen
	1. Kevin	Mélanie		1. Michael	Mélanie
	2. Michael	Sarah		2. Kevin	Sarah
	3. Simon	Laura		3. Simon	Laura
	4. Patrick	Jessica		4. David	Jessica
	5. David	Sabrina		5. Marco	Sabrina
	6. Marco	Sandra		6. Patrick	Fabienne
	7. Daniel	Fabienne		7. Pascal	Vanessa
	8. Pascal	Nicole/Vanessa		8. Fabian	Nicole
	9. Fabian			9. Daniel	Sandra
	10. Stefan	Tamara		10. Luca	Nadine

1994	Jungen	Mädchen	1995	Jungen	Mädchen
	1. Michael	Mélanie		1. David	Laura
	2. David	Laura		2. Luca	Sarah
	3. Simon	Sarah		3. Michael	Mélanie
	4. Marco	Jessica		4. Simon	Jessica
	5. Kevin	Vanessa		5. Marco	Vanessa
	6. Pascal	Sabrina		6. Pascal	Jasmin
	7. Patrick	Jasmin		7. Lukas	Fabienne
	8. Luca	Fabienne		8. Patrick	Sabrina
	9. Lukas	Nadine		9. Kevin	Nicole
	10. Fabian	Julia		10. Joël	Sara

1996	Jungen	Mädchen	1997	Jungen	Mädchen
	1. David	Laura		1. Luca	Laura
	2. Simon	Sarah		2. Simon	Céline
	3. Luca	Céline		3. David	Sarah
	4. Michael	Mélanie		4. Marco	Mélanie
	5. Marco	Jessica		5. Joël	Léa
	6. Joël	Léa		6. Michael	Vanessa
	7. Lukas/Pascal	Michelle		7. Lukas	Jessica
	8.	Vanessa		8. Fabian	Michelle
	9. Fabian	Sara		9. Pascal	Jasmin
	10. Daniel	Jasmin		10. Kevin	Julia

Quelle: Bundesamt für Statistik, Neuchâtel

Namensmagie

Namen wird in verschiedenen Wissenschaften magische Bedeutung zugeschrieben. So beschäftigen sich Ethnolog-inn-en, Anthropolog-inn-en, Religionshistoriker-innen, Volkskundler-innen damit. Den Namen eines Wesens zu kennen wird so verstanden, dass man Gewalt über es hat. Gleichzeitig glaubte man, den Teufel, Dämonen oder andere böse Geister und Kräfte herbeirufen zu können, wenn man ihre Namen aussprach. Aus dieser Vorstellung erwuchsen eine Vielzahl von Bräuchen und Verhaltensweisen wie Namenscheu (bei Gottesverehrung) oder Namentabus. Solche magischen Vorstellungen liegen der Namensgebung – auch den Wunschnamen und der Benennung nach Verwandten oder Vorbildern – zu Grunde. Von daher ist davon auszugehen, dass die Namensmagie in vielen Menschen in abgeschwächter Form auch heute noch weiter existiert. Sein Sinnbild findet der magische Zugang zum Namen in der Lebendigkeit des Zitats: »Nomen est omen« (siehe auch Seite 86ff.).

Die Namensmagie fußt also auf dem uralten Glauben, dass der

Name das Wesen der Benannten »erfasst« und man ihrer – durch genaue Nennung des Namens – habhaft werden kann. Auf diese Weise ließ sich ein Wesen wie das Rumpelstilzchen »entmachten«. Und man konnte es herbeirufen: »Wird der Teufel genannt, kommt er gerannt.«
Tote soll man nicht mit Namen rufen, um ihre Ruhe nicht zu stören. Wenn man sie allerdings in der Leichenstarre lockern wollte, musste man sie dreimal laut beim Vornamen rufen. Diese Vorstellungen wirk(t)en sich auch im Alltag aus. Zum Beispiel zwang in der magischen Vorstellung dreimaliges Rufen beim Namen die Gerufenen auch in der Ferne, an den Rufenden zu denken. Auch Prügeln auf Entfernung tat weh, wenn man auf irgendetwas einschlug und dabei den Namen des-r »Gemeinten« aussprach.
Manche Krankheit ließ sich mit Namensmagie heilen: der Name des Patienten oder der Patientin wurde auf einen Zettel geschrieben und in den Rauchfang gehängt oder verpflöckt.
Der Anfangsbuchstabe der oder des zukünftigen Geliebten konnte daraus gelesen werden, was für eine Kringelform die behutsam an einem Stück geschälte Schale eines Apfels bildet, die man an Silvester hinter sich warf. Von einer erfolgreichen Anwendung dieses »Namensorakels« erzählt Robert Hopcke in seinem Buch *Zufälle gibt es nicht:*

> Sharon erzählte mir, dass die Frauen in ihrer Familie über Generation hinweg starke und medial begabte Persönlichkeiten waren. Mit zwölf Jahren, als sie sich allmählich für Jungen zu interessieren begann, tat ihre Großmutter etwas, was Sharon nie vergaß: Sharon half ihrer Großmutter beim Kuchenbacken, und ihre Großmutter forderte sie auf, einen Apfel zu nehmen und ihn sorgfältig zu schälen, dass die Schale einen einzigen langen Streifen bildete. Sharon tat, was ihre Großmutter sie geheißen hatte, denn sie wusste, dass die weise, alte Frau aus den Appalachen über viel überliefertes Wissen verfügte, und »Dinge sehen« konnte. Dann sagte ihre Großmutter, sie solle den Apfelschalenstreifen in die Hand nehmen, ganz fest an den Mann denken, der die einzige, wahre Liebe ihres Lebens sein würde, und die Schale über ihre linke Schulter werfen. »Der Buchstabe, den die Schale auf dem Boden bildet, ist der Anfangsbuchstabe des Vornamens deiner großen Liebe«, erklärte sie. Sharon und ihre Großmutter betrachteten die Form der auf dem Boden liegenden Schale und waren sich völlig einig, dass

Abb. 1: Geschenkidee – Kalender mit Monatsthemen aus Anagrammen (siehe S. 221).

Abb. 8: Freundschafts-Bild – Vier Anagramme verbergen sich in »Sirmo Karamanli«: »Rom«, »Kran«, »Mai« und »Lisa«. Lisa Schäfer hat sie im Namen des Freundes entdeckt. Ihr eigener Vorname ist auch dabei.

O
ANLI

Abb. 9: Geheimname – Christina Schwarz hat für Ihre Freundin Ilona Thaele ein T-Shirt bemalt (vgl. S. 221 f.).

Abb. 10: T-Shirt für einen explosiven Typ – »Florian Heinen« bekommt dieses bunte T-Shirt von seinem Freund Sebastian Schmitz (siehe S. 255).

das nur ein P sein konnte. Sharon, die offenbar auch etwas von der medialen Begabung ihrer weiblichen Vorfahren mitbekommen hatte, beschloss, die traditionelle Methode zu verfeinern und die Schale noch einmal zu werfen, um auch den Anfangsbuchstaben des Nachnamens ihrer großen Liebe zu erfahren. Wieder bildete die Schale ein P. Sharon und ihre Großmutter mutmaßten lachend, dass Sharon offenbar dazu bestimmt sei, Peter Pfeifer zu heiraten und diese Figur aus einem bekannten englischen Kinderlied einen Viertelscheffel eingelegter Pfefferschoten zu verlesen. Sharon vergaß den Vorfall nie – schließlich stammte sie aus einer Familie, für die Phänomene wie prophetische Träume und die telepathischen Verbindungen zwischen den Frauen etwas ganz Alltägliches waren. Sie sprach zwar mit niemandem darüber, doch als sie mit Jungen auszugehen begann, achtete sie sehr genau auf die Anfangsbuchstaben ihrer Vor- und Nachnamen.

Natürlich war kein einziger mit den Initialen P. P. darunter. Nach dem College verliebte Sharon sich zum ersten Mal in ihrem Leben unsterblich – in einen Mann namens David. Nach ein paar Monaten verlobten sie sich, dann heirateten sie, und Sharon schenkte der Weissagung aus ihrer Kindheit keine Beachtung mehr. Einige Jahre später besuchten die beiden Davids Vater, dessen Frau im Jahr zuvor gestorben war. Sharons Schwiegervater wollte das Haus der Familie verkaufen, und Sharon und David halfen ihm, den Dachboden zu entrümpeln. Während sie herumstöberten und Dinge sortierten, stieß David auf eine Schachtel mit Spielsachen, die seine Mutter aus Nostalgie aufgehoben hatte. Lachend hob er eine alte schwarze Flöte hoch – eine dieser Flöten, die Schulkinder im Musikunterricht bekommen, damit sie sich an ein Instrument gewöhnen und Noten lesen lernen. Sein Vater schüttelte gerührt den Kopf und fragte David, ob er sich noch daran erinnere, wie er seine Familie mit dieser Flöte einst fast zum Wahnsinn getrieben hatte, weil er ein ganzes Jahr lang ständig darauf herumspielte.

David ahnte natürlich nicht, welche Bedeutung seine Worte für Sharon hatten, als er daraufhin ganz beiläufig bemerkte: »Ja, sie fingen schon an, mich Peter Pfeifer zu nennen. Mein Bruder brachte sogar die Kinder in der Schule dazu, mich so zu rufen. Das war meinem musikalischen Selbstbewusstsein nicht gerade förderlich!«

Sharon gestand mir, dass sie bis heute nicht den Mut gefunden

habe, ihrem Mann zu erzählen, dass eine Apfelschale ihre Beziehung »vorausgesagt« hatte. Erst auf mein Versprechen, die Namen zu ändern, erlaubte sie mir, ihre Geschichte zu verwenden. Sie zeigt, dass unsere Lebensgeschichte, selbst wenn wir sie zu kennen glauben, bisweilen Handlungsstränge enthält, die uns nur ein synchronistisches Ereignis bewusst machen kann.
Auf den ersten Blick gehört Sharon zu dem Schlag von Menschen, die der Zyniker in uns verdächtigen könnte, in allen Geschehnissen Synchronizitäten zu entdecken. Da sie aus einer Familie stammt, in der die Frauen seit Generationen mediale Fähigkeiten besaßen, glaubte sie daran, dass die Form einer Apfelschale einen Blick in die Zukunft ermöglichte. Doch dass der Spitzname ihres Mannes ausgerechnet der Name der Figur aus einem Kinderlied war, über die sie und ihre Großmutter Jahre zuvor gelacht hatten, ist ein Zufall, den sie kaum »erfunden« haben kann. Das äußere Ereignis hatte ganz einfach eine Bedeutung für sie, sie empfand es als Bestätigung, dass sie mit dem richtigen Mann zusammen war. Brauchte sie diese Botschaft? Offensichtlich nicht, denn ihren eigenen Worten nach war sie mit ihrem Mann glücklich, obwohl er nicht die »richtigen« Initialen hatte. Aber der Zufall vermittelte ihr das Gefühl, dass ihr Leben tatsächlich ein zusammenhängendes Ganzes war, dass ihre Kindheit und ihr besonderes Familienerbe – die mediale Begabung – mit ihrem gegenwärtigen Leben und ihrer Zukunft mit dem Mann, den sie geheiratet hatte, verknüpft waren. Der Spitzname und seine Initialen waren ein Symbol, das – wie in einer fiktiven Geschichte – zwei scheinbar unzusammenhängende Handlungsstränge zusammenfügte, sodass sich für Sharon ein Kreis schloss.

Namenlosigkeit und Verschweigen des Namens waren bei Neugeborenen von besonderem Belang. Hatte der Vater dem Kind bei den Germanen noch keinen Namen gegeben, wurde eine Tötung des Kindes kaum geahndet.
Starben Kinder, die noch keinen Namen erhalten hatten, mussten sie herumirren. Bevor ein Kind getauft war, musste sein Name verschwiegen werden, um es vor bösen Zugriffen zu schützen. Ersatzweise gab man ihnen manchmal Ekelnamen wie »Wuzerl« (Schweinchen), die Böses fern halten sollten.
Das Wahrsagen aus Namen war im Mittelalter weit verbreitet. 1438 verfasste Johannes Hartmann, der Leibarzt des Herzogs in Mün-

chen, darüber ein Lehrbuch. Damit konnte man unter anderem bei Zweikämpfen (un)günstige Kampfzeiten bestimmen. Dazu wurden die Buchstaben des Namens in bestimmte Zahlen umgesetzt. Das funktioniert am Beispiel des Namens Hans so: H = 6 plus A = 3 plus N = 12 plus S = 20 ergab die Zahl 41. Diese Zahl wurde nach festen Regeln mit der Zahl des Stichtags, dem Mondverlauf usw. verrechnet. Kam dann zum Beispiel 19 (XIX) heraus, bedeutete dieser Tag den »bitteren Tod«.

Ein Phänomen: Pseudonyme

Pseudonyme (griech. »pseudos« = Täuschung, Lüge, und »ónyma« = Name) sind Namen, die jemand zusätzlich zu seinem bürgerlichen Namen angenommen hat. Sie werden gerne als Deck- oder Tarnnamen verwendet. Bei Künstler-inne-n oder Schriftsteller-inne-n tritt der bürgerliche Name oft ganz in den Hintergrund. Wer weiß heute noch, dass Hans Fallada eigentlich Rudolf Ditzen hieß oder Joachim Ringelnatz' bürgerlicher Name Hans Bötticher war? Theodor Heuss etwa hat als junger Journalist Artikel unter Theodor Brackenburg geschrieben, Walter Jens veröffentlicht seine Fernsehkritiken in der *Zeit* unter Momos (griech. die Tadelsucht). Tucholsky benutzte als Mitarbeiter der *Weltbühne* gleichzeitig vier Pseudonyme, Jonathan Swift gar zwanzig. Voltaire (ebenfalls ein Pseudonym) hielt den absoluten Rekord mit 160 falschen Namen.

Im Falle Willy Brandts (geboren als Herbert Ernst Karl Frahm) wurde der Name sogar faktisch geändert. Lenin, abgeleitet vom Flussnamen Lena, hieß eigentlich Wladimir Iljitsch Uljanow, Stalin (»der Stählerne«) war auf Jossif Wissarionowitsch Dschugaschwili und Molotow (»der Hammer«) auf Wjatscheslaw Michailowitsch Skrjabin getauft.

Aber nicht nur Künstler-innen und Politiker-innen arbeiten unter falschem Namen. Auch Agent-inn-en und Spion-inn-e-n, Kriminelle (Heiratsschwindler oder andere Ganoven) leg(t)en sich neue Namen zu.

Außerdem geben Gruppen, Vereine, Sekten oder Geheimgesellschaften für ihre Mitglieder gern spezielle Namen aus. Dazu gehören auch Klöster und Orden.

Auch Menschen, die mit ihrem jüdisch klingenden Namen gegen Vorurteile und Verfolgungen zu kämpfen hatten, legten sich deshalb oft andere Namen zu: Aus Theodor Wiesengrund wurde Theodor W. Adorno, aus Löb Baruch wurde Ludwig Börne. Frauen, die oft keine Chance hatten, anerkannt zu werden, versuchten, sich mit Männernamen durchzusetzen: George Sand heißt eigentlich Aurore Dudevant geb. Dupin; die deutsche Schriftstellerin Genoveva Hartlaub verkürzte ihren Namen auf Geno. Nur selten nutzten Männer einen Frauennamen. Einer der wenigen ist der Verfasser von Mädchenbüchern L. Frank Baum, der auf den Namen Edith von Dyne verfiel.

Drei Muster dienen zur Pseudonym-Bildung:

- als vollständiger Name (Karl May publizierte unter Namen wie Wilhelm Meier, Fritz Perner, M. Gisela, Fred Holm, D. Jam, Emma Pollmer [Name seiner ersten Frau], Ernst von Linden, P. van der Löwen, Karl Hohenthal, Prinz Muhamed Latreaumont),
- als Einzelname mit Familiennamencharakter (Voltaire, Loriot),
- als Einzelname mit Vornamencharakter (Heino, Manuela).

Zur Pseudonymbildung wurden und werden verschiedene Verfahren verwendet:

1. Gruppe: Pseudonyme unter Verwendung des Eigennamens:

- Umstellung der Buchstaben, zum Beispiel Arov(u)et l.j. zu Voltaire, Carl Heun zu H. Clauren, Hermann Strübe (mit Tilgung des Umlauts) zu Hermann S. Burte, Adolf Glasbrenner zu Adolf Brennglas.
- Anagramme: François Rabelais (Pseudonym: Alcofrybas Nasier), Christoffel von Grimmelshausen (Pseudonym unter anderem aus dem Anagramm: German Schleifheim von Sulsfort).
- Kürzung des Namens, zum Beispiel: wie Peter Krausenecker zu Peter Kraus.
- Funktionsänderung des Vornamens: aus Johann Paul Friedrich Richter wurde Jean Paul, aus Heinrich Georg Schulze wurde Heinrich George.
- Änderung der Schreibweise: aus Berthold Brecht wurde Bertolt Brecht, aus Marta Maria Dagholfer wurde Lil Dagover, aus Charles Aznavourjan wurde Charles Aznavour.
- Übersetzung des Namens in eine andere Sprache: Fred Austerlitz wurde zu Fred Astaire, Ray Antonini zu Ray Anthony.

2. Gruppe: Pseudonyme, die ohne Bezug zum originalen Namen gebildet sind:

- Namen von Familienangehörigen, zum Beispiel Simone Kaminker wurde zu Simone Signoret, Rosemarie Albach-Retty zu Romy Schneider.
- Ortsnamen: Jacob Eberst wurde (mit Französierung des Vornamens) zu Jacques Offenbach (Geburtsort des Vaters); Henri Beyle zu Frédéric Stendhal (dem Geburtsort Stendal des von ihm verehrten J. J. Winckelmann); Erich Ohser zu E. O. Plauen (nach dem Wohnort); Hieronymus van Aken zu Hieronymus Bosch (nach dem Geburtsort s'Hertogenbosch).
- Namen realer oder fiktiver Personen wurden angenommen; zum Beispiel: Neftali Ricardo Reyes Basoalto zu Pablo Neruda (nach dem tschechischen Schriftsteller Jan Neruda); Françoise Quoirez zu Françoise Sagan (nach einer Gestalt in Prousts *Auf der Suche nach der verlorenen Zeit).*
- Spitznamen werden als Pseudonym gewählt: so wurde Edith Gassion zu Edith Piaf (»Piaf« heißt der »Spatz« im Pariser Slang).
- Exotische und sinnbildliche Namen werden genutzt; so wurde Kurt Erich Suckert (mit Italianisierung) zu Curzio Malaparte (»schlimmes Schicksal«); Vicco von Bülow zu Loriot (frz.»Pirol«, was der Wappenvogel derer von Bülow ist).
- Reine Fantasiegebilde: Friederike Christine Henriette John wurde zu Eugenie Marlitt; Theodor Schmitz zu Theo Lingen.

Gerade im frühen 18.Jahrhundert existierte eine Flut pseudonymer und anonymer Veröffentlichungen. Es gab verschiedene Ursachen dafür: Einmal garantierte der Absolutismus keine freie Meinungsäußerung. Zum anderen galt zu der Zeit Poesie als unproduktive Nebenbeschäftigung. Auch für die Verfasser »galanter« Dichtungen war es besser, sich zu verstecken.

Aus der Namenpsychologie

»Der Eigenname eines Menschen ist nicht etwa wie ein Mantel,
der bloß um ihn herumhängt
und an dem man allenfalls noch zupfen und zerren kann,
sondern ein vollkommen passendes Kleid,
ja wie die Haut selbst,
ihm über und über angewachsen,
an der man nicht schaben und schinden darf.«

Johann Wolfgang von Goethe

Bereits bevor das Ich-Bewusstsein erwacht, identifiziert sich ein Kind mit dem Namen, mit dem es am häufigsten gerufen wird. Deshalb ist die Selbstidentifikation über den Namen ein wichtiger Faktor bei der Ich-Findung und der Entwicklung des Selbst. Daraus erklärt sich, dass der eigene Name später als »ein Stück des Seins und der Seele« (Thomas Mann) empfunden wird.

In der individuellen Entwicklungspsychologie spielt die Verwendung und Einschätzung des eigenen Namens eine große Rolle. Das Kind bezeichnet sich, bevor es etwa mit drei Jahren »ich« sagen lernt, mit dem eigenen Vornamen: »Susi will raus.« Namensvarianten dabei zu benutzen befördert sein Rollenbewusstsein: »Liebe Susanne«, um sich zu loben, oder »Susi, sei jetzt endlich still!«, um sich selbst zur Ordnung zu rufen.

Die Versuche, Selbstkonzepte in der Vorpubertät zu finden, spiegeln sich im Rückwärtslesen des eigenen Namens und im Einüben einer Unterschrift. Auffällig ist, dass dabei die Signatur des Vornamens emotional häufig anders ausfällt als die des Familiennames.

Die psychische Bedeutung des Namens bei der Persönlichkeitsbildung zeigt sich auch während der Pubertät. In dieser Entwicklungsphase wechseln Perioden, in denen Menschen in ihren eigenen Namen verliebt oder komplett unzufrieden damit sind. Serienmäßig wird der Wunsch durchgespielt, einen anderen Namen zu besitzen. Dahinter steckt oftmals der Wunsch, auch ein anderer Mensch zu werden, eine andere Rolle zu übernehmen.

Die Intensität solcher seelischen Kämpfe hängt von der Auffälligkeit oder Unauffälligkeit des Namens ab. In dieser Zeit existiert auch das Phänomen, sich seinem Namen irgendwie verpflichtet zu fühlen,

oder der Wunsch, Namensbedeutung und Wesensart in Einklang zu bringen. Viele Menschen bemühen sich dann, dem Bild, das der Name von ihnen entwirft, zu entsprechen – oft unabhängig von dessen abstammungsmäßiger oder wörtlicher Bedeutung.
Im Laufe der Sozialisation kommt der Familienname ebenfalls als Bestandteil der engen Name-Ich-Beziehung hinzu. So erklärt sich auch die Verletzlichkeit, wenn mit den Namen von Menschen gespielt wird.
Psychische Förderung oder Belastung durch den eigenen Namen ist (laut *dtv-Atlas Namenkunde*, München 1998) vielfach bezeugt. Mit seinem Namen rechtfertigte der Maler Anselm Feuerbach das »Feuer in meinen Adern«, während Franz Grillparzer angeblich seinen Namen so widerlich fand, dass er das in seinen Tagebüchern mit der noch schlimmeren Selbstbenennung »Fixlmüllner« kompensierte. Thomas Bernhard schrieb einmal: »Jeder von uns war in seinem viel sagenden Namen eingeschlossen und konnte nicht mehr heraus.«
Wenn ein Mensch einen Namen hört, entsteht unwillkürlich ein Bild der Person. Es wird hervorgerufen durch den Klangwert des Namens, durch Assoziationen zur Bedeutung oder zu ähnlichen Namen, gleichnamigen Personen und so weiter.
Im Test lässt sich feststellen, inwieweit solche Vorstellungen (= Physiognomie von Namen) nicht nur subjektiv sind, sondern bei mehreren Personen übereinstimmen. Der Rollentest ermittelt etwa, wie sich die Physiognomie (= das »Gesicht«) eines Namens und das Image einer Rolle decken. So wurden fünf Namen und fünf Berufe vorgegeben. Die Zuordnung durch die Befragten erfolgte mit großer Mehrheit: So wurde einem Portier der Name »Felix Behrendt« zugeordnet, einem Brauereibesitzer dagegen »Franz-Joseph Ipfelkofer«, einem Oberleutnant »Uwe Hasselhorst«, einem Notar »Egon Judassohn« und einem Schachgroßmeister der Name »Wenzel Panofsky«.
Bei einem weiteren Versuch trugen die Versuchspersonen auf einer Skala ein, ob sie den Namen eher »hässlich« oder »schön« empfanden. Die angeführten Gegensätze sollten repräsentativ die denkbaren Polaritäten abdecken. Zum Beispiel ergaben sich bei der Untersuchung des Namens »Ulli Schöps« bei mehreren Versuchsgruppen sehr ähnliche Werte. Der Name wurde als »jung, frisch, froh« eingestuft, wozu die Kurzform mit »i«, die Konsonantenkombination »ps« beitrugen. Zu Ulli Schöps wurde außerdem eine Affinität zu »Gesundheit«, aber nicht zu »Würde« assoziiert. Solche

Tests werden vor allem zur Ermittlung der Werbewirksamkeit von Warennamen eingesetzt.
Diese Beispiele zeigen, wie viel Wahres an dem Satz »Nomen est omen« dran ist.

Andere Sprüche, die mit Namen verbunden sind, spiegeln vor allem das Bild vom guten und schlechten Namen und den Gedanken, dass der Name unsterblicher als der Mensch selbst sein kann.

- *Cicero:* »Namen zu nennen ist heikel.« (»Nomina sunt odiosa« – aus *Pro Roscio Amerino, 16, 47;* wörtlich: »Namen sind verpönt.«)
- *Persisches Sprichwort:* »Nur der ist tot, der keinen guten Namen hinterlässt.«
- *Galizisches Sprichwort:* »Wer einen schlechten Namen hat, ist halb gehangen.«
- *Englisches Sprichwort:* »Nehmt mir meinen guten Namen und nehmt mir das Leben.«
- *Sprichwort:* »Böser Name tötet den Mann.«
- *Sprichwort:* »Guter Name ist ein schönes Heiratsgut.«
- *Sprichwort:* »Ein guter Name ist besser als Reichtum.«
- *Alter Spruch:* »Guter Nam' und Redlichkeit / übertrifft den Reichtum weit.«
- *Alter Spruch:* »Der beste Segen, der mir gedeiht / ist der gute Name zu aller Zeit.«
- *Im Talmud heißt es:* »Es sind drei Kronen: des Richters, des Priesters, des Königs, aber die Krone eines guten Namens ist höher als alle.«
- *Jesus Sirach, 41, 15:* »Siehe zu, dass du einen guten Namen behaltest; der bleibt gewisser denn tausend Schätze Gold.«
- *Jesus Sirach, 41, 16:* »Ein guter Name bleibt ewiglich.«
- *Goethe* (aus dem *Faust):* »Wer darf das Kind beim rechten Namen nennen?« – »Bei Euch, Ihr Herren, kann man das Wesen / gewöhnlich aus dem Namen lesen.«
- *Schiller:* »Wenn der Leib in Staub zerfallen, / lebt der große Name noch« (aus dem Gedicht *»Das Siegesfest«).*
- *Schiller (Maria Stuart, 1, 8):* »Ein hohes Kleinod ist der gute Name.«
- *Heine* (*Reisebilder, II: Italien:* Die Bäder von Lucca): »Es kommt auf dieser Welt viel darauf an, wie man heißt; der Name tut viel.«

➤ *Shakespeare (Othello, II, 3):* »Oh, ich habe meinen guten Namen verloren. Ich habe das unsterbliche Teil von mir selbst verloren, und was übrig bleibt, ist tierisch.«

In schriftstellerischen Texten dienen Namen oft als Orientierungshilfe. Ihre Funktion ist, die betreffenden Personen von vornherein »bedeutungsvoll« zu charakterisieren und eine Sensibilität für ihre Ausstrahlung zu schaffen. Das ist das Phänomen der Aura eines Namens. Literarische Werke gelten deshalb als besonders ergiebige Quelle für namenpsychologische Beobachtungen.
Laut Statistik ist jede-r Vierte mit seinem/ihrem Vornamen unzufrieden. Der Psychologe Dr. Robert Nikolay will sogar nachgewiesen haben, dass Leute, die ihren Vornamen als »peinlich« empfinden, leichter straffällig werden als andere. Auch andere Untersuchungen bestätigen den Zusammenhang zwischen psychischen Problemen eines Menschen und seinem Vornamen.
Wenn Zweit-, Dritt- und Viertnamen vermutlich ursprünglich nicht nur dazu dienten, Geschenke einzuheimsen, sondern auch dazu, den Neugeborenen Ahnen an die Seite zu stellen oder aber Heilige, die die Person beschützen sollten, so könnte der Bruch mit dieser Tradition aus dem Wunsch erwachsen sein, nichts wiederholen zu wollen, und aus der Scham, die mit der Nazizeit und ihren germanischen Namen verbunden war. Das wäre eine Erklärung für den Wunsch, gerade ab den Sechziger-, Siebzigerjahren des 20.Jahrhunderts mit diesen Ritualen und Traditionen zu brechen.
Dabei wäre eine These, dass die Namenwahl und -vergabe heute nur vordergründig nach geschmacklichen Aspekten getroffen wird. Dahinter könnte ein großer Spielraum für unbewusste Botschaften der Eltern an ihre Kinder liegen, weil die Entscheidung gerade heutzutage so komplett unbewusst fällt. Deutlich ist, dass Vor- und Nachnamen schon immer ein Spiegel einer Zeit und ihrer Werte waren und sind. Im Gegensatz zu den Nationalsozialist-inn-en, die sich der Wirkung von Namen sehr wohl bewusst waren, scheinen die heutige Gesellschaft und Forschung dieses Thema in Bezug auf seine persönliche, soziale und politische Bedeutung (auch wissenschaftlich) zu unterschätzen. Literatur über Vornamen und ihre Bedeutung existiert zwar zu Hauf, aber es fehlen – gemessen an der enormen Auswirkung des Namens auf das Leben und Schicksal eines Menschen – groß angelegte Studien darüber, welche Namen wie wirken: Wie verändern Namen – im Zusammenhang mit Her-

kunft, Aussehen und Beruf einer Person – diesen Menschen? Das wir darüber nichts Genaues wissen, ist umso erstaunlicher, als dieses Thema alle Menschen betrifft.

Die Tatsache, dass überraschend viele Menschen keine Ahnung haben, warum gerade ihr Vorname aus den Tausenden zur Verfügung stehenden Möglichkeiten ausgewählt wurde, könnte ein Hinweis darauf sein, dass Kinder ein Gespür für unbewusst-aggressive oder problematische Botschaften im Namen haben, oder dafür, dass sie vorbewusst registrieren, dass ihren Eltern selbst das Motiv nicht bewusst war. Schließlich ist bekannt, dass Kinder Eltern gern mit Fragen verschonen, wenn sie Konfliktpotenzial spüren (beispielsweise stellen Kinder aus prüden Familien nie Fragen nach Zeugung und Geburt).

So berichtet eine Frau, dass – Jahre nach der Geburt ihres eigenen Sohnes – ihre Mutter den Satz fallen ließ: »Komisch, dass du dein Kind X. genannt hast. So hieß der einzige Verwandte, der im Krieg von einer Brandbombe getroffen wurde.« Und sie erzählt: »Meine Reaktion war Bestürzung. Denn plötzlich erinnerte ich mich daran, dass ich diese Geschichte und den Namen sehr wohl als Kind mit einer Art angenehmem Grauen und tiefem Mitgefühl gehört hatte. Als kleines Mädchen hatte ich den Namen stets ganz doof und langweilig gefunden. Meine Betroffenheit zeigt mir, dass diese Geschichte unbewusst eine Rolle gespielt haben muss. Bis heute habe ich sie meinem Sohn nicht erzählt, und ich bewahre sie wie ein ominöses Geheimnis vor allen anderen. Dazu fällt mir dann stets das Muster der griechischen Tragödien ein, wo die Helden stets in genau dies, ihr verheimlichtes Schicksal laufen. Und das beklemmt mich, obwohl ich ein unmagischer Mensch bin und Flüche dem Mittelalter zurechne. Mein Motiv ist mir dabei gänzlich unklar. Ich spüre nur, dass ich mich der zerstörerischen Facette richtig schäme. Rein rational ist der Name nämlich schön und positiv bedeutungsvoll. Bitte schreiben Sie ihn nicht. Mein Sohn soll nie etwas davon wissen.«

Auch ohne solche Hintergrundgeschichten ist das Zusammenspiel von Vor- und Familienname sowohl melodisch-klanglich wie auch von der Aussage her ein beachtliches Steuerungsinstrument. Wenn jemand Müller oder Meier heißt, ist ein Vorname wie »Tordis« oder »Askan« eine Chance, die Person aus dem Meer gleicher Namensträger-innen hervorzuheben. Wer dagegen »Heinz« Müller oder »Hannelore« Meier heißt, hat im Vornamen den Nachnamen in puncto Unauffälligkeit noch einmal gedoppelt.

Es zeigt sich, dass der Name ein besonders wirkungsvolles Instrument ist, um einen Lebensauftrag zu codieren – sei er bewusst oder unbewusst in dieser Absicht gegeben – und der Person damit ihre Stellung in der Gesellschaft zu erleichtern oder – eher unbewusst – zu erschweren. Eine Berta Drescher wird – allein schon durch den Vornamen – anders wahrgenommen als eine Oktavia Drescher. Wer Armand, Brunko oder Seraphim Jansen heißt, führt als Folge davon ein anderes Leben als Ferdinand, Karl-Heinz oder Suitbert Jansen; Dina, Gloria oder Violetta Jansen nehmen eine andere Entwicklung als Ilse, Heidi oder Renate Jansen – schon allein deshalb, weil ihre Umgebung anders auf sie reagiert. Auch das eigene Verhältnis zu sich selbst wird mit dem Namen gewandelt. Wie viel Verpflichtung schwingt in Klang und Bedeutung eines Namens mit und wie viel Lust oder Last ist es, zu einer Familie zu gehören? Wie viel Ansporn zur Anstrengung liegt in Vor- und Zunamen? Wie viel Ehrgeiz oder Verzweiflung löst der Familienname aus, wenn jemand einen »großen« Namen trägt oder einer Familientradition gerecht werden soll? (Der Träger eines berühmten Namens sagte den bezeichnenden Satz: »Unter Eichen wächst nichts.«) Was ist die Bedeutung und was die Botschaft im mitgegebenen Namen? Es können viele Aufträge mit Namen verbunden sein, zum Beispiel: »Fall nicht auf«, »Bleib bescheiden und unsichtbar«, »Tanz nicht aus der Reihe« oder »Tritt hervor«, »Bewähre dich«, »Tu etwas Besonderes.«
Die folgenden Interviews zeigen, wer um welche Bedeutung im eigenen Namen weiß, und wie groß die bewusste und die unbewusste Hypothek sein kann, die der Name mit gibt. Manchmal zeichnen sich tiefe Kränkungen und echte Familiendramen um die Namensvergabe-Geschichten ab. Da sie oft fast arglos erzählt werden, steht vieles eher unmerklich zwischen den Zeilen. Wer genau hinschaut, wird es herauslesen können.

Namens-Geschichten zum Vergleichen

Zum Verfahren

Um herauszufinden, was für unterschiedliche Beziehungen Menschen zu ihren Namen haben, was sie von Anagrammen wissen und welche spontanen Ideen ihnen zu ihrer Verwendung kommen, wurden über hundert Gespräche geführt. Aus diesen Interviews wurden 16 ausgewählt.
Um Ihnen als Leser-innen mehr zu bieten als ein paar individuelle Geschichten, wurden die Gespräche mit Hilfe eines »Interview-Geländers« geführt. Das heißt, dass alle Personen das Gleiche gefragt wurden:

1. Welche Namen halten Sie für typische Frauen- und Männernamen, Mädchen- und Jungennamen? *(Die Antworten auf diese Frage lassen Muster erkennen. Vielleicht haben Sie Lust, selbst darüber nachzudenken, wie durch Namen unsere Auffassung von Normalität und Alter auf den Begriff gebracht wird, welche Klischees dabei produziert werden und welche Aussagen über den Zeitgeist sich dahinter verbergen.)*
2. Wie viel wissen Sie darüber, warum Sie Ihren Namen tragen?
3. Wie ist Ihr Verhältnis zum Vor-, wie der zum Nachnamen?
4. Was sind Anagramme? *(Interessant war, dass nur zwei von über hundertPersonen spontan genau wussten, was das ist. Die anderen hatten den Begriff noch nie gehört.)*
5. Stellen Sie eine Vermutung an, warum Anagramme entwickelt wurden.
6. Was könnten Sie selbst damit anfangen?
7. Was würde es für Sie bedeuten, wenn Sie selbst Anagramme als Geschenk erhielten?
8. Ein Teil der Befragten wurde eingeladen, eigene Anagramme zu bilden.

Viele Reaktionen auf die Idee, Anagramme zu bilden, belegen, wie präsent die Ängste vor Mystischem und Magischem sein müssen. Gelassene Neugier kam – angesichts des fremden und neuen Geheimnisses im Namen – nicht bei allen auf. Die Haltung »Prima, mal sehen, was mir der Zufall so alles beschert« war weit seltener als die Reaktion: »Ach, da glaub ich sowieso nicht dran.« (Wer hatte das verlangt?) Die Fantasien über die Wortbedeutung (die Frage lautete: »Was könnte das Wort ›Anagramm‹ bedeuten«) wiesen überraschend stark in Richtung »Vorherbestimmung« und »tiefe Aussagen zur Persönlichkeit«.

Im Vergleich der Interviews wird besonders deutlich, was für ein intimer und verletzlicher Bereich Namen offenbar sein können.

Erstaunlicherweise zeigte sich, dass die meisten Menschen gern Anagramme geschenkt bekämen, Anagramme selber jedoch ungern verschenkten. Allerdings wurden auch interessante Ideen zur Verwendung von Anagrammen zusammengetragen (dazu mehr ab S. 210).

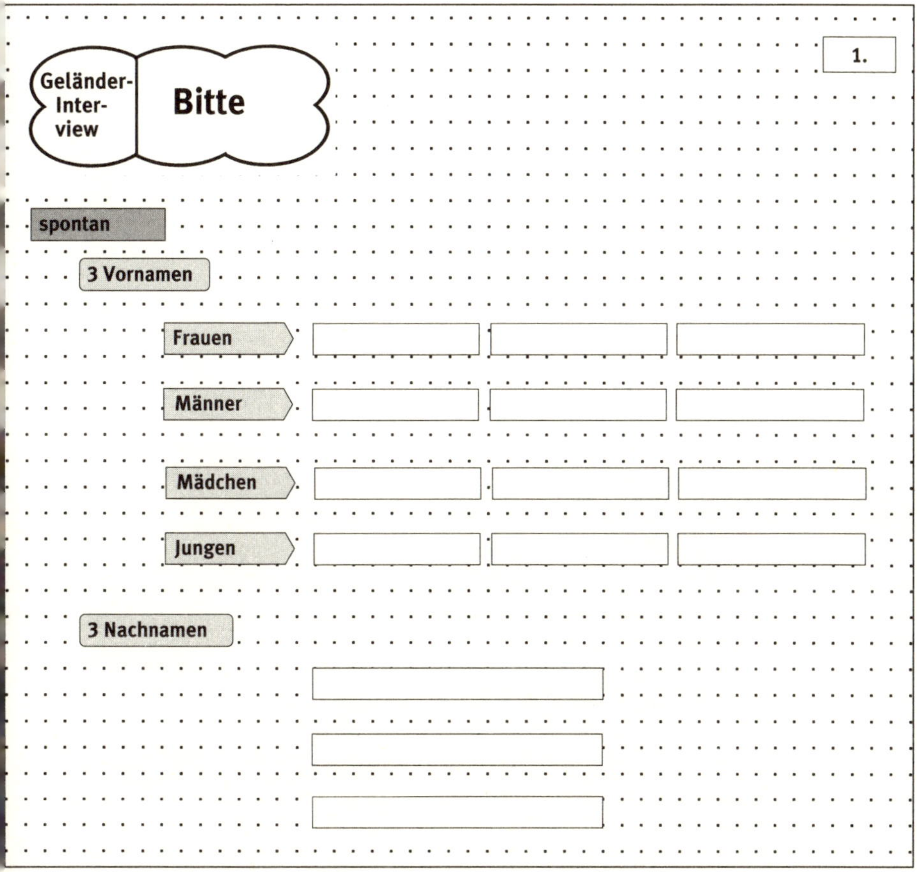

2.

Geländer-Interview – Namenshintergrund

mein Name | ist | ___

Vorgeschichte

Bedeutung – für mich / für andere

3.

Einstieg

Voll-Anagramm

Anagramm | schon mal gehört?

wenn nein | was könnte das sein | 

Einfälle

wenn ja | wo / wie | welche Wirkung

4.

Anagramm – was heißt das?

das ist | »scrabbeln« | in vornehm

= Spiel mit Buchstaben-Neuordnung

reicht das?

5.

Geländer-Interview: Namens-Anagramme

Anagramme	Beispiele	Teil-Anagramm	Kristina Roth	ihr Rat ist ok (N)
		Voll-Anagramm	Anton Auster	Stern an Auto
	Meinung	1. Reaktion		
	Idee zu A.	was damit tun		
	Motive zu A.	woher kommt das	was steckt wohl dahinter	
	Nutzen	wem	wie	warum
	Schenken	wann		
	eigene Reaktion	Geburtstagsrede aus A-Wörtern	Vorstellung	
	sonstige Wortspiele	welche	wann praktiziert	
Testen ?	eigenen Namen	sofort	später	
	andere Namen			
falls sofort	Ergebnis	Bedeutung	Wirkung	

Grundsätzlich reagierten die meisten Befragten so, wie es mit allem Neuen und Fremden geht: erstmal irritiert und reserviert. Aber nach Beendigung der Gespräche fing es in vielen an zu arbeiten. Manche beschäftigten sich dann kurz darauf lange und eingehend mit ihren eigenen Anagrammen und mit denen von Familienmitgliedern. Dabei machten sie die Entdeckung, dass Anagrammieren eine Sache der Übung ist – was anfangs schwierig erscheint, ging den meisten nachher zunehmend leichter von der Hand.

Lesehilfe zu den Geländer-Interviews

Die Symbole am Rand möchten Ihnen beim Lesen ermöglichen, nicht nur die einzelnen Geschichten wahrzunehmen, sondern die Interviews besser miteinander vergleichen und die Gesamtschau als weiteres Ergebnis wahrnehmen zu können. Die Symbole machen folgende Antwort-Struktur transparent:

Symbole	Bedeutung
	spontane Einfälle zu typischen deutschen Vornamen
	zur eigenen Vornamens-Geschichte
	zum eigenen Familiennamen
	Vermutungen über Anagramme
	spontane Ideen, was mit Anagrammen zu tun sei
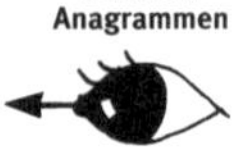	Ideen zum Ursprung des Anagramms
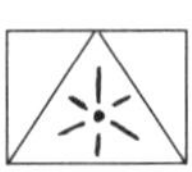	andere Wort-Spiele
	Anagramme verschenken

Symbole	**Bedeutung**
 Ana-gramme bekommen	Anagramme geschenkt bekommen
 Spielregel-Ideen	Spielregel-Ideen zu Anagrammen
 Erkenntnisse	Erkenntnisse zum Thema
 Kindernamen	Namen der eigenen Kinder
 Anagramme	Anagramme zum eigenen Namen
 Fragen	Fragen
	Problem stört
 Klang-Assoziation	Klang-Assoziation
 Farb-Assoziation	Farb-Assoziationen

Wenn sich Gedanken in den verschiedenen Interviews wiederholten, wurden sie nicht herausgestrichen. Dopplungen machen schließlich erst deutlich, für wie relevant ein Gedanke gehalten wird: Wenn zehn Personen Wert darauf legen, dass nur Anagramme mit positivem Inhalt verschenkt werden sollten, dann zeigt das die Bedeutsamkeit des Gedankens mehr, als wenn nur eine Person diese Meinung verträte.

Völlig überraschend ist der hohe Prozentsatz (über 40 Prozent) derjenigen, die keine Ahnung davon hatten, warum die Eltern gerade ihren Namen ausgesucht haben. Auch diese Information wird erst durch die Wiederholung zum Politikum – vor allem deshalb, weil die Betroffenen ihre Eltern nie danach gefragt hatten. Dabei wussten sie von sich selbst, mit welcher Akribie sie sich die Namen für ihre eigenen Kinder – sogar die für ihre Hunde oder Katzen – ausgesucht hatten.

Geländer-Interviews

Monika, 46 Jahre alt

typisch deutsche Vornamen

Typisch deutsche Frauenvornamen sind für mich: Anna, Maria, Karin.
Für Männer: Peter, Heinz, Thomas.
Für Mädchen: Anna, Lena, Katharina.
Für Jungen: Denis, Max, Michael.

Typische deutsche Nachnamen sind für mich: Müller, Schmitz, Meier.

Vorname

Warum ich Monika heiße, weiß ich nicht. Ich habe auch nie danach gefragt. Ich vermute mal, dass mir meine Eltern den Namen einfach so, völlig ohne Hintergrund gegeben haben.
Ich fand den Namen immer in Ordnung. Es war nur blöde, dass mehrere in meiner Klasse und Umgebung so hießen. Ich habe allerdings nie davon geträumt anders zu heißen. Denn ich bin voll damit identifiziert, dass mein Name so normal ist. Nur mein zweiter Name: Christel, mit dem bin ich früher oft aufzogen worden, als es den Film *Christel von der Post* gab.
Der Ursprung meines Namens ist mir unbekannt, obwohl ich den sicher schon mal nachgeguckt habe. Aber ich habe es vergessen. Heute kenne ich noch eine Hebamme und eine Freundin, die so heißen. Die Reaktion auf meinen Namen ist normalerweise gut.

Anagramm das heißt:

Anagramme? Ich vermute mal, dass das irgendetwas mit der Ordnung des Ursprungs zu tun hat oder irgendetwas mit Organisation. Ich weiß auch, dass Anna im Türkischen »Mutter« heißt. Nein, das Wort »Anagramm« selbst habe ich noch nie gehört.

Ideen zu Anagrammen

Jetzt, wo ich weiß, was es heißt, denke ich, dass es ein lustiges Gesellschaftsspiel ist. Wenn, dann könnte ich so etwas samstags mal mit den Kindern spielen. Aber neugierig auf mein eigenes Anagramm bin ich eigentlich nicht. Ich messe ihm keinerlei Bedeutung bei.

Ich glaube, mich interessiert das Anagramm auch deshalb nicht, weil schon mein Name keine Bedeutung für mich hat. Ich habe mehr Interesse an Lebensgeschichten, nicht an dem Zufälligem, was in Anagrammen drinsteckt. Ich glaube nicht, dass der Name irgendeine Bestimmung hat.

woher kommen Anagramme?

Die Wurzel der Anagramme vermute ich in Griechenland. Was das Motiv für die Erfindung sein könnte, dazu habe ich keinen Einfall.

Ideen zu Anagrammen

Anagramme auf spielerisch, witzige Weise einzusetzen, könnte ich mir schon vorstellen. Wenn ich zum Beispiel einen Namen für eine Firma suchte, würde ich vielleicht mit dem Anagramm spielen. Wahrscheinlich würde ich mir auch ein Buch über Anagramme kaufen, wenn mir das genau erläutern würde, wie ich damit umgehen könnte.

Anagramme verschenken

Ich selbst würde Anagramme nicht verschenken.

Anagramme bekommen

Aber wenn ich selbst ein Anagramm als Geschenk bekäme, fände ich das total schön. Das würde mir zeigen, wie aufmerksam der Schenker oder die Schenkerin gewesen ist. Und dass sie sich eingehend mit mir beschäftigt haben. Deren Sicht über mich interessiert mich dann überhaupt mehr als meine eigene. Ich muss von mir aus nichts über mich selbst wissen.

Kindernamen

Die Namen meiner Kinder habe ich eigentlich gegen den Widerstand meines Mannes ausgesucht.
Meine Tochter heißt Jamila. Ich wollte, dass sie ganz unverwechselbar heißt. Und dass der Name etwas Schönes bedeutet. Jamila bedeutet »Die Schöne«.
Meine zweite Tochter heißt Mara, weil ich das so wunderschön vom Klang her fand, und weil er – wie »Monika« – auch mit a endet. Mara heißt allerdings im Hebräischen »bitter«. Und während wir unserer Tochter Jamila immer sagen, dass das »Die Schöne« heißt, sagen wir Mara nie, dass es »bitter« bedeutet.

Familienname

Zuerst trugen meine Kinder meinen Nachnamen, nach fünf Jahren haben sie ihn gewechselt, weil wir geheiratet haben und jetzt haben sie den Nachnamen des Vater. Was das für die Kinder bedeutet oder wie das den Hintersinn im Anagramm ändert, das weiß ich natürlich gar nicht.
Vielleicht will ich es auch gar nicht wissen.

Dorothea, 39 Jahre alt

Typische Namen, die mir einfallen, sind:
für Frauen: Maria, Beate, Sandra;
für Männer: Lukas, Peter, Paul;
für Mädchen: Lea, Anna-Maria, Luisa;
für Jungen: Felix, Oliver und Jonas.

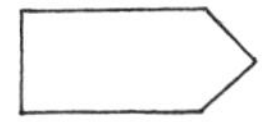

typisch deutsche Vornamen

Typische Familiennamen: Breuer, Schwarz und Feldhoff.

Dorothea? Ich weiß eigentlich nicht genau, warum ich so heiße. Angeblich soll eine frühere Freundin meines Vaters »Dorothea« geheißen haben. Aber das weiß ich nicht genau. Das kann auch ein Joke sein. Und über diese Freundin weiß ich eigentlich auch nichts Genaues.

Vorname

Ich finde den Namen okay. Allerdings sage ich oft nur »Dorothe«, wenn ich mich vorstellen und nicht Dorothea.
Ich weiß, dass es »Geschenk Gottes« auf Griechisch heißt. Das finde ich ein bisschen theatralisch. Es erinnert mich an die griechische Mythologie.
Wenn ich mich Menschen mit meinem Vornamen vorstelle, dann reagieren sie meist nicht darauf.
Ich hatte als Kind nie einen Traumnamen, wie ich lieber hätte heißen wollen.
Mein zweiter Name, der von meiner Patentante Maria, gefällt mir eigentlich auch sehr gut. Manchmal nennt mein Freund mich so.
Ich finde den Namen nicht so wichtig. Allerdings würde ich nicht gerne »Jaqueline« oder »Tatjana« heißen. Das klingt so nach Prostitution.

Mein Einfall zu Anagrammen ist erst mal: Piktogramme und Organigramme. Ana? Was heißt das bloß? Vielleicht Name? Meine Mutter heißt Anna. Wenn ich einen Einfall äußern soll, fällt mir ein, dass es vielleicht eine Übersicht über Jahrhunderte hinweg bedeuten könnte.

Anagramm das heißt:

Oder hat es vielleicht etwas mit dem Zufall zu tun? Anagramme erinnern mich an Würfel und indianische Bräuche. Jetzt habe ich spontan ein Bild im Kopf: ein Medizinmann würfelt (obwohl – der tut das ja mit Knochen).

Ideen zu Anagrammen

Wenn ich jetzt weiß, was Anagramm bedeutet, fällt mir ein, dass es mit Würfeln ja viel leichter wäre, Anagramme zu scrabbeln. Wenn ich Würfel mit meinen Buchstaben hätte, dann könnte ich Wortbedeutungen erwürfeln.

Warum sich Menschen mit ihren Anagrammen beschäftigen? Ich vermute mal, weil sich jeder gerne mit sich selbst beschäftigt. Und vielleicht auch, weil jeder gerne etwas anderes wäre. Vielleicht enthalten die Anagramme ja Wunschvorstellungen über die Person: Das, was man nicht schafft, oder das, was schön gewesen wäre, zu schaffen, im Anagramm mitzubekommen.

Eventuell könnte ich mir schon vorstellen, aktiv selbst Anagramme zu vergeben.
Meine Fantasien, wie ich das nutzen könnte, sind, dass Anagramme vielleicht Botschaften oder Hinweise für meine Existenz enthalten könnten. Mir fällt jetzt plötzlich die Geschichte ein, die in Ihrem Zufalls-Buch steht: Dass ein Mensch über sein Anagramm einen Hinweis auf seine Abstammung bekommt (vgl. *Urschrei in Taba*, Seite 18ff.). Allerdings ist das Ganze sehr intuitiv und zufällig.
Vielleicht könnte man es auch für die Familienhistorie benutzen, wenn man die Geschichte der eigenen Familie aufrollt und Stammbäume erstellt. Es könnte ja sein, dass es eine Methode ist, um den Ursprung zu erforschen und zugleich damit Hinweise für die Zukunft zu erhalten.

Wenn mir jemand ein Anagramm schenken würde, würde ich mich darüber freuen. Ich fände das ein sehr persönliches Geschenk.
Ich selbst wäre nie auf die Idee gekommen, so etwas zu verschenken. Aber mir gefällt die Idee, zum Beispiel ein Anagramm als Rolle, als Papyrus zu haben, den man sich an die Wand hängen kann. Ich weiß allerdings nicht, wie umfänglich so etwas ist.

Uta, 44 Jahre

typisch deutsche Vornamen

Klischee-Vornamen für Frauen, die mir einfallen, sind:
Anna (später korrigiert in: Sabine), Brigitte, Renate;
Männernamen: Thomas, Michael, Bernd;
Mädchen: Anna, Katharina, Ina;
Jungen: Alexander, Denis und Ralf.

Drei typische Nachnamen: Müller, Meier, Schmitz.

Vorname

An meinem eigenen Vornamen gefällt mir die Unverwechselbarkeit. Als Kind hätte ich lieber einen gewöhnlichen Namen gehabt. Ich finde ihn eigentlich zu kurz. Und ich bin auch traurig, dass ich nicht noch weitere Namen dazu habe.
Meine Mutter hat gesagt, dass Uta von Nauenburg als Schutzheilige die Namensgeberin gewesen ist. Ich weiß nicht, wovor Uta von Naumburg schützt. Einmal habe ich eine Nachbildung ihres Kopfes erhalten. Das fand ich als Kind blöd. Meine Mutter wollte unbedingt, dass der Name nicht abkürzbar ist, »nicht verstümmelt werden kann«, so hat sie es immer gesagt. Das war ihr besonders bedeutsam. Man muss dazu wissen, dass mein Vater eine verstümmelte Hand durch einen Chemieunfall hat. Außerdem fällt mir noch dazu ein, dass meine Mutter am liebsten fünf Söhne gehabt hätte, so dass mir heute auch die Interpretation in den Sinn kommt, dass Uta – frei nach Freud – auch ein Symbol für »die weibliche Verstümmelung« sein könnte: sozusagen kein Junge.
Ich kenne wenig Menschen, die genauso heißen wie ich. Einmal habe ich eine andere Erwachsene getroffen. Das fand ich sowohl schön als auch störend.
Ich habe noch nie eine Reaktion auf diesen Vornamen bekommen. Wenn, dann missverstehen die Leute oft nur »Ute«.
Im Nachhinein empfinde ich den Vornamen doch als eine Kastration, weil er überhaupt keine Bilder in den Kopf ruft.
Ich weiß, dass Uta germanischen Ursprungs ist und irgendetwas Erdliches bedeutet.*

Anagramm das heißt:

Von Anagrammen habe ich schon einmal gehört. Ich habe davon in irgendeinem Buch gelesen. Und ich weiß auch vom Wortstamm, dass griechisch »grapho« »schreiben« heißt.

*Auf Japanisch heißt »Uta«: »Tanzender Schmetterling« (Anm. d. Autorin)

Ideen zu Anagrammen

Meine erste Reaktion: Es ist ein lustiges Spiel, neue Wörter und andere Bedeutungen zu finden. Es hat aber auch etwas Unheimliches, weil unklar bleibt, was ich finden werde. Mir ist klar, dass Namen nicht nur Schall und Rauch sind. Anagramme kommen mir vor wie Verborgenes im Traum. Man erzählt einen Traum auch nicht jedem Menschen. Wie Träume sind Anagramme etwas, was nicht an der Oberfläche ist. Anagramme laden zum Fantasieren und Assoziieren ein. Mir scheint, dass nicht nur die ganz klaren Voll-Anagramme eine Bedeutung haben, sondern auch die Einzelwörter, die herauskommen. Es ist wohl eine Methode, sich mit sich selbst zu beschäftigen. Sowohl der Wunsch, etwas zu finden wie auch die Angst, etwas zu finden. Das sind die beiden Polaritäten. Die Rangfolge, in der Menschen etwas aus ihrem Namen herauspuzzeln, hat vermutlich etwas damit zu tun, was sie selbst finden und was sie sehen *wollen.* Das ist anders als bei einem PC-Anagramm-Programm, das ja freiwillig x-tausend Bedeutungen ausspuckt.

Erkenntnisse

Ideen zu Anagrammen

Erkenntnisse

Ich kann das Anagramm wie einen *Brigitte*-Test behandeln. Ein bisschen – wenn das Ergebnis gut ist – lasse ich dann an mich heran. Oder ich sage, es ist eben nur ein *Brigitte*-Test und lasse es nicht an mich heran.
Für mich ist es keine Frage, dass das Anagramm ein Stück meiner eigenen Identität ist. Die Buchstaben sind wie Bilder. Mein Nachname macht zum Beispiel Bilder, mein Vorname nicht. Irgendwie scheint es mir, als ob in Anagrammen das Schicksal greifbarer wird, dass Anagramme eine Methode sind mit dem Schicksal umzugehen, mitzumachen.

Anagramme verschenken

Im Moment kann ich mir keine Situation vorstellen, in der ich die Anagramme nutzen würde. Als Psychotherapeutin arbeite ich allerdings bei sehr offenkundig merkwürdigen Namen von Patientinnen und Patienten manchmal mit dem Namen. Da wären die Anagramme vielleicht eine Zusatz-Möglichkeit.
Dann fiele mir noch ein, dass ich Freunden vielleicht Geschenkpapier machen könnte, das die Anagramme als Grafik nutzt.

Anagramme bekommen

Die Vorstellung, dass jemand eine anagrammatische Rede auf mich hielte, löst bei mir geteilte Gefühle aus. Wenn es Freunde sind ja. Wenn es ein offizielleres Publikum wäre nein. Dann wäre mir das zu intim in großer Runde. Ich würde mich dann vielleicht ausgeliefert fühlen und das Gefühl haben, man macht etwas mit mir. Es ist dann eine Art, jemandem magisch auf die Pelle zu rücken, weil man sich ja von seinem Namen gar nicht distanzieren kann. Das belegen ja auch Spitznamen, wenn sie treffend sind. Das heißt, wenn Menschen nicht achtsam mit Anagrammen umgehen, hätte ich Angst, dass sie mich damit verletzen könnten. Und da die Verletzung von meinem Namen ausginge, wäre das eine tiefe narzistische Verletzung, die ganz nah mit meiner Person zu tun hätte.

Erkenntnisse

Wenn ich mir anschaue, welche Variationen Anagramm-Künstler benutzen, zeigt sich die Möglichkeit, Anagramme auch als Waffe einzusetzen und bewunderte Objekte klein oder lächerlich zu anagrammieren. Das heißt, Anagramme sind eine Möglichkeit zu »dissen«, wie das neue deutsche Wort für herabsetzen heißt.
Mir fällt noch auf, dass das Phänomen der Anagramme immer da ist, ob es genutzt wird oder nicht genutzt wird. Unausweichlich ergeben die Buchstaben eines Namens eine bestimmbare Anzahl neuer Bedeutungen. Es sind unverdeckte oder verdeckte Mitteilungen, die sich in Anagrammen finden: Solche, die jeder Mensch lesen kann und solche, die nur die einzelne Person mit ihrer persönlichen Lebensgeschichte selbst besetzen kann. Die Wörter sind verwertbar oder unverwertbar für das Individuum oder für Außenstehende. Die Rangfolge, welche Anagramme aufgedeckt werden, könnten in Abhängigkeit zu der Person stehen, die die Anagramme verfertigt.

Anagramme bewusst bei der Namenwahl mitzugeben könnte als Übergriff und Hypothek verstanden werden. Wenn es eine schöne Botschaft ist, wirkt sie wie ein Auftrag. Wenn es eine unschöne Botschaft ist, kann sie wie ein Fluch sein. Da die Anagramme aber auf jeden Fall die Botschaften enthalten, bedeutet das – wenn man sie später als erwachsener Mensch entdeckt –, dass sie dadurch eine andere Qualität erhalten: dann ergibt es sich sozusagen. Ich vermute mal, dass die Botschaft, die im Namen steckt, nie vergessen wird. Damit könnte eine Grenze überschritten werden, die den Menschen unfrei machen könnte.

Fragen

Die Frage für mich ist, ob Menschen die Fähigkeit haben, die anderen Bedeutungen unbewusst sozusagen mitzudenken: sowohl bei der Namensvergabe als auch beim Namenhören. Das bewusst eingebaute Anagramm hat jedoch noch eine andere Qualität, weil hier der Auftrag zur Absicht wird.

Erkenntnisse

Also ist für mich die Wirkung der Anagramme zwiespältig: Auf der einen Seite gilt es, ungenutztes Wissen, ungenutzte Informationen aufzuschließen und damit einen Gewinn zu haben: etwas Zusätzliches, was man bisher noch nicht wusste.
Auf der anderen Seite gibt es auch Menschen, die vor dem, was an unbewussten Botschaften im Namen drinsteckt, Furcht empfinden. Und deshalb wollen sie vielleicht lieber nichts darüber wissen. Das wiederum hängt mit der Verletzlichkeit zusammen.

Spielregel-Ideen

Anagramme sollten nicht als Waffe genutzt werden. Deshalb finde ich wichtig, ein Bewusstsein dafür zu schaffen, Anagramme nur mit viel Fingerspitzengefühl und Takt einzusetzen.

Robert, 50 Jahre alt

typisch deutsche Vornamen

Deutsche Frauennamen: Hildegard, Inge, Brunhilde, Heide.
Männernamen: Horst, Franz, Karl.
Mädchen: Laura, Inge, Merrit.
Jungen: Mehmet, Patrick, Valentin.

Vorname

Ich habe meine Eltern nie gefragt, warum ich Robert heiße. Ich bin in Amerika geboren und hieß damals Bobby. Dann wanderten wir nach Israel aus. Dort hieß ich Michael, weil man einen hebräischen Namen haben sollte. Bobby fand ich immer okay. Ich glaube, ich habe nach Robert auch deshalb nicht gefragt, weil meistens düstere Dinge auftauchten, wenn meine Eltern etwas von früher erzählt haben. Mein Bruder heißt Peter. In meiner Familie wurde durch die Namen nie ein Hinweis auf unsere jüdische Vergangenheit gegeben. Ich interpretiere das als einen Abbruch mit der jüdischen Tradition. Meine beiden Eltern hießen auch nicht besonders jüdisch: nämlich Beate und Heinrich, nach einer alten österreichischen k.u.k-Tradition.
Mein eigenes Verhältnis zu meinem Vornamen ist gestört. Ich freue mich immer noch über Menschen, die mich Bobby nennen. Es gibt auch weit mehr Menschen, für die ich Bobby heiße, als solche, für die ich Robert heiße. Eigentlich heiße ich erst seit 1975, seit ich 28 bin, Robert.
Ich erinnere mich noch an eine Geschichte, als ich in die 1. Klasse kam und meinen Namen auf ein Heft schreiben sollte. Ich wusste zwar, wie mein Nachname war, aber eigentlich nicht, wie ich mit Vornamen hieß. Ich traute mich aber nicht, meinen Vater danach

zu fragen. So bat ich ihn unter dem Vorwand, dass er doch eine so schöne Schrift habe, meinen Namen auf das Heft zu schreiben. Das tat er. Und da erfuhr ich zum ersten Mal, dass mein eigentlicher Vorname Robert ist.
Wenn jemand Robert zu mir sagt, zucke ich immer noch ein wenig zusammen, weil es so fremd für mich ist, und das, obwohl auch meine Kinder »Robert« zu mir sagen. Das hat mir allerdings geholfen, mich mit meinem Vornamen zu befreunden.
Was die Bedeutung von »Robert« ist, habe ich vergessen, obwohl ich ziemlich sicher bin, dass ich es schon einmal im Wörterbuch nachgeschlagen habe.

Anagramm das heißt:

Anagramme – davon habe ich schon mal gehört. Ich kann mich aber nicht erinnern wo. Es war irgendetwas Spielerisches, nichts Ernstes. Vielleicht sogar etwas, was bis zum Esoterischen und in die Astrologie reicht. Es hat wohl auch etwas mit der hebräischen Kabbala zu tun.

Ideen zu Anagrammen

Jetzt, da ich es weiß, beunruhigt mich der Gedanke der Anagramme. Ich will ihn nicht. Ich finde es nicht richtig, mit meinen Namen rumzuspielen. Da hört die Spontaneität auf. Ich habe Angst, ich könnte mir damit einen Floh über Düsteres, Dunkles, nichts Gutes ins Ohr setzen.

Anagramme bekommen

Der Gedanke, meine Eltern hätten in meinem Vor- und Nachnamen ein schönes Anagramm versteckt, ist jedoch eine wunderbare Idee. Das wäre eine freundliche Methode, wie ein Glückwunsch auf dem Lebensweg.

Anagramme verschenken

Jemand ein Anagramm zu schenken ist eine wirklich schöne Vorstellung. Ich stelle mir dann vor, dass das Anagramm nicht direkt gesagt wird, sondern wie ein Spiel als Geschenk aus dem Namen genommen werden könnte.

Erkenntnisse

Selbstverständlich ist der Name etwas sehr Starkes. Er bestimmt das Sein im Guten wie im Schlechten. Der Name ist etwas Kostbares, sehr Nahes und sehr Intimes. Offen gestanden bin ich jetzt doch neugierig geworden, was meine Anagramme sein könnten. Gleichzeitig habe ich Angst vor etwas Düsterem.
Aber das hat – wie gesagt – vermutlich auch mit meiner Lebensgeschichte zu tun.

Ingrid, 59 Jahre alt

typisch deutsche Vornamen

Meine drei Frauennamen: Barbara, Margret, Iris.
Drei Männernamen: Jürgen, Klaus, Rolf.
Drei Mächennamen: Natalie, Miriam, Sabine.
Drei Jungennamen: Sven, Karsten, Kevin.

Drei typische Nachnamen: Müller, Meier, Schulze

Vorname

Das mit meinem Vornamen ist relativ einfach. Ich hatte eine Großmutter, die in dem Jahr, als meine Mutter mit mir schwanger geworden war, gestorben ist. Und die hatte den Wunsch, mir einen germanischen Namen wie Ingrid zu geben. Es ist ein nordischer Name. Es gibt ihn in ähnlicher Form in Schweden und Norwegen. Er war in der Zeit, als ich geboren wurde, aktueller als heute. Also wünschte sich die Großmutter, dass das Enkelkind Ingrid heißt. Mein Vater wollte einen anderen Namen.
Mein Vorname ist mir immer fremd geblieben – vermutlich auch, weil meine Eltern ihn nie als Namen akzeptiert haben. Sie haben mir dann immer Kosenamen gegeben. Auch die Geschwister: »Gigi« zum Beispiel.
Wie mein Umfeld reagiert hat, kann ich eigentlich nicht wirklich beurteilen. Vielleicht liegt das an meiner eigenen Einstellung zu dem Namen, weil ich ihn selber nicht so ganz akzeptiert habe. Ich habe mir immer eingeredet, dass der Name nicht zu mir passt. Aber das kann ich gar nicht richtig beurteilen. Ich sehe das mit dem Namen jetzt ziemlich distanziert. Ingrid finde ich einen sehr kalten Namen. Sehr kalt.

Familienname

Über meinen Nachnamen weiß ich, dass er aus Ostpreußen, dem heutigen polnischen Gebiet kommt. Was er wirklich bedeutet, weiß ich nicht. Ich weiß, dass einige in der Familie Namensforschung betrieben haben. Mir war das zu ideologisch. Das wollte ich gar nicht wissen.
Mein Nachname ist meine berufliche Identität. Meinen ersten Namenswechsel, als ich heiratete, habe ich als einen ganz schweren Identitätsverlust beruflicher Art empfunden. Alles, was ich veröffentlicht hatte, war unter meinem Mädchennamen. Es war ein richtiger Bruch. Ich hatte das Gefühl, dass ich ganz von vorn anfangen musste. Einen Doppelnamen zu tragen, fand ich blöde. Auch vom Klang her wäre das ganz idiotisch gewesen. Ich habe allerdings nach meiner Scheidung nicht erwogen, zu meinem Mädchennamen

zurückzukehren. Denn der neue Name ist jetzt doch zu meiner beruflichen Identität geworden. Ich hätte auch gar keine Lust, erklären zu müssen, warum ich wieder einen anderen Namen trage.

Anagramm das heißt:

Das Wort Anagramme habe ich schon einmal gehört. Aber ich weiß nicht, was mir dazu einfallen sollte. Vielleicht bedeutet es: etwas festlegen, transkribieren, irgendetwas Festhalten.

Ideen zu Anagrammen

Jetzt, wo ich's weiß, ist mein erster Eindruck vom Anagramm: Ein hübsches Spiel, was dazu dient, das Hirn zu trainieren. Vielleicht liegt es auch nahe, über die Buchstaben, die man sonst einfach so dahinlabert, nachzudenken, weil man sie auch umdrehen kann, und es dann etwas anderes bedeutet. Man denkt ja normalerweise gar nicht über solche Bedeutungen nach. Gerade mit dem Namen.

woher kommen Anagramme?

Ja, jetzt fällt es mir ein: Hat nicht der Orden der Rosenkreuzer solche Sachen gemacht: aus Namen und Zahlen, vor allem aus Symbolen von Namen, die Buchstaben verändert und auch Bedeutungen dahinter versteckt? Rosenkreuzer, das waren doch solche Menschen aus freimaurerischen und esoterischen Bünden.

Ich könnte mir vorstellen, dass das Anagramm daher kommt, dass man Bedeutungen untersuchen möchte. Vielleicht gehört auch der Wunsch dazu, über den Namen, der ja schon sehr prägt, eine Bedeutung zu finden – und zwar eine andere Bedeutung als die, die einem vordergründig auffällt. Anagramme nützen vielleicht auch solchen Menschen, die andere Aspekte von sich finden wollen. Denn es hat ja schon eine Bedeutung, wenn man aus seinem eigenen Namen eine Bedeutung findet.

Anagramme verschenken

Ich könnte mir nicht vorstellen, Anagramme zu verschenken, weil ich mir nicht darüber im Klaren bin, was sie bei dem, dem ich so etwas schenke, auslösen: Ob er damit umgehen kann. Ob das nicht ein Schock ist. Ob nicht eine tiefere Bedeutung hineinzuinterpretieren ist, die man selbst nicht ahnen kann. Denn das, was dabei herauskommt, kann ja auch nur für mich als Außenstehende schön sein. Also, ich wäre da sehr vorsichtig.

Meinem Sohn, dem könnte ich vielleicht so etwas schenken. Allerdings müsste es situativ sein, so, dass ich das Gefühl hätte, dass er es akzeptieren kann. Ich würde es ihm schenken, damit er vielleicht leichter zu sich selbst findet.

Anagramme bekommen

Eine Geburtstagsrede aus Anagramm-Wörtern für mich fände ich ganz witzig. Das würde mich auch nicht stören. Denn wenn andere mir Anagramme schenkten, kann ich ja sehen, was sich die anderen dabei gedacht haben. Irgendwie ist es sogar eine Art von Zuwendung. Wenn negative Worte dabei herauskämen, fände ich das für mich nicht schlimm.

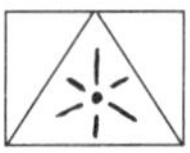
Wort-Spiele

Klang-Assoziation

An Wortspielen kenne ich sonst noch, dass man zusammengesetzte Wörter benennt und dann muss der erste oder zweite Teil des Wortes aufgenommen werden, um ein neues Wort zu finden. Oder dass man zu einer Reihe von Wörtern Bilder schreiben lässt, um sie besser zu behalten. Ich kenne auch das Spiel, dass man zu Namen Farben, Gerüche oder Melodien sagt. Es gibt sogar Personen, die Melodien in mir auslösen. Keine bekannten – nur so Töne.

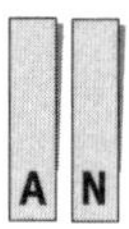

Anagramme

Wenn ich jetzt meinen Namen ganz schnell anagrammiere, finde ich nur Teil-Anagramme heraus: »Sag«, »Gras«, »Irland«, »Darling«. Ich bin nicht jemand, den man »Darling« nennt. Mich irritiert, dass ich so wenig Namens-Buchstaben habe. Mir fällt auf, dass ich jetzt sogar finde, dass die einzelnen Buchstaben von mir hart klingen. Ich weiß jedoch nicht, ob das daran liegt, dass ich meine eigenen Namens-Buchstaben benutze, oder ob mir das bei Buchstaben-Neuordnungen grundsätzlich so gehen würde.

Sebastian, 19 Jahre alt

typisch deutsche Vornamen

Drei Frauennamen: Ute, Elisabeth, Edeltraud.
Drei Männernamen: Dieter, Peter, Gerd.
Drei Mädchennamen: Ute, Isa und Anna.
Drei Jungennamen: Stefan, Tim, Felix.

Drei Nachnamen: Müller, Schmitz, Meier.

Vorname

Ich würde gern Helge heißen. Tu ich aber leider nicht. Mein großer Bruder heißt Alexander. Dessen Name hat neun Buchstaben. Meine Eltern wollten dann für mich einen Namen, der genau so viel Buchstaben hat. Wegen Gleichberechtigung oder so. Und dann haben sie sich überlegt: Sebastian passt ganz gut. Und außerdem, in

dem Ort, wo meine Oma lebt, die Mutter meiner Mutter, da heißt die Kirche St. Sebastian. Sebastian bedeutet »Der besonders Edle«. Das ist die originale Wortbedeutung. Und es ist auch noch ein Heiliger. Ich selbst hätte am liebsten Maximilian geheißen.
Als Spitznamen benutzten sie meinen Nachnamen, manchmal auch »Sepp«. »Sebi Baby« wurde ich früher mal von meinen Eltern genannt und »Dicker«. Aber das ist schon lange her.
Mittlerweile mag ich meinen Vornamen ganz gern. Aber ich habe ihn lange gehasst, weil ich ihn total doof fand. Ich wollte lieber so einen Modenamen wie Stefan oder Tim. Sebastian ist so ein Allerweltsname. So heißt ja jeder. Mich nennen überhaupt wenige Leute bei meinem Vornamen.

Familienname

Die meisten Menschen – das sind dann aber auch solche, die nicht so wichtig für mich sind – nennen mich bei meinem Nachnamen. Das ist halt der Name, der mich leider mit meiner Familie verbindet. Damit werde ich nicht gerne identifiziert. Die meisten Leute kannten vorher meinen Bruder. Und dann sagten sie immer, das ist der kleine ... Und sie meinten, dass alles, was mein Bruder gemacht hat, auch auf mich zutreffen müsste. Und der war ziemlich chaotisch. So hatte ich bei den meisten Leuten einen schlechten Start. Das ist so eine Bedeutung meines Namens für mich.
Ich weiß aber auch etwas über die Geschichte meines Nachnamens. Das war ein Beruf im Mittelalter. Und zwar waren diese Leute dafür da, wenn eine Stadt belagert wurde, auf die Zinnen zu gehen und die Angreifer so lange zu beleidigen, bis sie endlich angegriffen haben, damit sie dann an den Mauern aufgerieben werden konnten und damit die Belagerung aufhoben wurde. Wahrscheinlich ist der Name mindestens fünf-, sechshundert Jahre alt, vielleicht sogar älter: tausend Jahre. Ob wir Ahnenforschung betrieben haben, weiß ich nicht. Vielleicht die Großeltern bei den Nazis. Aber sicher nicht viel. Im Telefonbuch stehen nur fünf mit unserem Nachnamen. Wir vier und meine Großmutter. Es gibt noch eine Fußballnationalspielerin, die so heißt wie wir.

Anagramm das heißt:

Das Wort Anagramm habe ich schon einmal gehört. Ich weiß aber nicht, was es ist. Wenn ich mich konzentrieren würde, fiele es mir vielleicht wieder ein. Vielleicht ist es eine Krankheit von Rhinozerossen. Ich weiß es nicht. Vermutlich hat es etwas mit Wörtern zu tun. Oder ist es so etwas wie »Lagerregal«, das man vorwärts und rückwärts lesen kann?

Ideen zu Anagrammen

Jetzt, wo ich's weiß, halte ich Anagramme für unnötig. Es ist vermutlich irgendeine intellektuelle Spielerei. Wahrscheinlich hat es sogar gar nichts mit Intellekt zu tun, sondern mit Konzentrationsfähigkeit und mit Leuten, die gern Buchstaben auseinanderpuzzlementieren.
Ich finde es nicht spannend, aus meinem Namen ein Anagramm zu machen. Lustig ja, aber nicht spannend. Habe ich, glaube ich, sogar irgendwann schon mal gemacht. Selbst wenn so etwas wie »toller Held« dabei herauskäme, hätte es für mich keine Bedeutung, weil ich mich mit meinem Namen nicht identifiziere. Ich könnte auch 237543 heißen – das wäre für mich dasselbe. Der Name, mit dem ich mich identifizieren könnte, wäre Helge. Sonst sind Namen für mich irgendwie Schall und Rauch. Vielleicht könnte ich auch noch Sale Bengossa Raibin Mürdin heißen.
Der Nachteil, wenn ich eine Nummer als Namen hätte, wäre der, dass er schwieriger zu merken wäre. Namen hören sich ja auch schön an. Aber sie sagen nichts über einen Menschen aus.

Erkenntnisse

Vielleicht könnte ich mir Anagramme noch als Konzentrationshilfe denken. Mehr nicht. Ich glaube, dass der Spruch »Nomen est omen« keinerlei Bedeutung hat. Für mich nicht. So ein Anagramm hat dann höchstens eine Bedeutung wie ein Horoskop. Da kann dann plötzlich ein Wort eine Bedeutung für einen bekommen. So quasi man macht eine Liste von Wörtern, und man weiß ja im Innern irgendwo, wie man ist. Vielleicht nicht bewusst, sondern unbewusst. Und wenn man das dann sieht, dann ist das eine Reflexionshilfe für einen selbst. Man filtert dann selber für sich etwas heraus. Deshalb könnte ein Anagramm ja vielleicht doch einen Wert haben. Aber im Grunde könnte ich das dann auch mit dem Namen »Fritz Müller« machen. Das wäre dann genauso sinnvoll für mich. Das heißt also, ich bräuchte gar nicht meinen eigenen Namen dazu. Wenn man sich mit seinem eigenen Namen identifiziert, hat das ja eigentlich etwas von Mystik.

woher kommen Anagramme?

Ich vermute mal, dass Anagramme aus dem Lateinischen stammen. Haha: Vermutlich wurden sie von tibetischen Mönchen erfunden. Also, ich habe nicht wirklich eine Idee, woher sie kommen.
Natürlich gibt es Leute, die glauben, dass Namen irgendeine Bedeutung haben. Vielleicht wollten die Anagramm-Erfinder diese Reflexion in Gang bringen – Philosophie für Dumme oder so. Leute, die irgendwie Techniken brauchen, um über sich selbst nachzudenken. Darüber bin ich natürlich schon weit hinaus.

Anagramme verschenken

Ich würde Anagramme nie verschenken. Höchstens, wenn ich für einen Freund ein ganz wunderbares Anagramm gefunden hätte. Dann würde ich dem das einfach mal so geben. So etwas würde ich jedem schenken, den ich gern mag. Aber weil ich mir nichts aus Anagrammen mache, wird es nicht so weit kommen. Es sei denn, ich komme mal durch Zufall drauf. Wenn ich zum Beispiel zwei Freunde namens Peter hätte, und der eine Peter kommt auf mich zu und sagt mir: »Aus meinem Namen kann man das und das machen«, dann würde ich das vielleicht dem anderen Peter erzählen. Aber ich würde das nur mündlich machen.
Was ich mir höchstens vorstellen könnte ist Leuten einen neuen Namen zu geben.

Anagramme bekommen

Wenn mir jemand eine Rede aus Anagramm-Wörtern hielte, würde ich sagen, er hätte sich viel Mühe gegeben. Man könnte ja zum Beispiel eine Charakterisierung mit Anagramm-Wörtern machen. Aber ich glaube nicht, dass das dann mehr über mich aussagt, als wenn die Leute das ohne Anagramme machen würden. Im Gegenteil, es besteht sogar die Gefahr, dass er dann schöne Anagramme findet und Wörter aufschreibt, die gar nicht viel mit mir zu tun haben. Und Wörter, die nicht ins Anagramm passen, lässt er vielleicht aus, obwohl mich die viel mehr charakterisieren würden. Irgendwie schränkt das ein.
Wenn etwas Grausames in meinem Anagramm vorkäme, fände ich das interessant, weil Grausamkeiten ein Hobby von mir sind. Ich lebe sie in Fantasien aus, die ich sogar aufschreibe. Deshalb wäre es mir nicht unangenehm, wenn in meinem Namen auch etwas Schreckliches stünde. Ich glaube zum Beispiel nicht, dass, wenn Schlächter, Blutspritzer oder Kinderkadaver aus meinem Namen herauskäme, ich deshalb ein böser Mensch wäre.

Wort-Spiele

Als Wortspiele kenne ich noch Palindrome: »Otto«, »Ein Neger mit Gazelle zagt im Regen nie.«
Ich kenne noch mehr Wortspiele – zum Beispiel, man sagt ein Wort: »Blumenerde«. Und dann muss der nächste das Wort mit E anfangen, Erdbeere, dann muss es wieder mit E weitergehen. Es gab Zeiten, da habe ich mit Freunden zusammengesessen und Wortspiele gemacht. Und wenn die Stimmung danach ist, dann mache ich so etwas heute noch. Beim Spülen zum Beispiel. Da hat immer einer einen Satz gesagt, dann musste der Nächste sagen, was sich darauf reimt. Daraus haben wir ein Gedicht gemacht. Hatte zum Beispiel was mit Sex zu tun.

Anagramme

Jetzt habe ich ganz schnell ein paar Anagramme gemacht: In meinem Namen steckt »Tibet«, »Taten«, »Anti«, »Beten«, »Sinn«, »Isa«, »Tante«, »Deine«, »Taste«, »Sense« drin. Oh ja, das wäre mir wichtig, wenn Sensenmann aus meinen Buchstaben geht. Geht aber nicht. Der Sensenmann ist nämlich für mich eine Art Idol. Weil der cool ist. Der tötet. »Sintbad« kommt auch noch vor.
Übrigens mache ich das oft mit Zahlen, wenn ich ein Nummernschild sehe. Dann versuche ich, immer aus den Zahlen drei Sechsen zu machen. Also wenn da jetzt steht 369, dann nehme ich von Neun was ab und füge es der Drei zu, sodass es drei Sechsen gibt. Ah! »Anbeißen« geht auch aus meinem Namen. »Niete« finde ich persönlich nicht ganz so gut. »Biss« kommt auch noch heraus. Aber insgesamt bedeutet es mir nichts. Und jetzt möchte ich noch jemanden grüßen. Meine Mama, die mir diesen Namen gegeben hat, und meinen Papa, der mir den Nachnamen gegeben hat, und alle, die mich kennen und lieben.

Sigrid, 75 Jahre alt

typisch deutsche Vornamen

Drei Frauennamen: Anke, Melanie, Susanne.
Drei Männernamen: Richard, Leopold, Klaus.
Drei Mädchennamen: Beate, Lise, Maria.
Drei Jungennamen: Thomas, Christian, Stefan.

Drei typische Nachnamen: Schmitz, Müller, Becker.

Vorname

Sigrid heiße ich nach meiner Patentante, der Schwester meiner Mutter. Und zwar deswegen, weil diese Patentante bei meinen Eltern eine große Rolle gespielt hat. Mein Name gefällt mir nicht. Erstens wurde ich immer nur »Sigrid« genannt, wenn ich was ausgefressen hatte. Sonst hieß ich immer nur »Häschen«. Und schon allein aus dieser Erinnerung heraus ist der Name Sigrid mir immer mit schrecklichem Tadel verbunden. Ich finde, Sigrid klingt ungeheuer kalt und unpersönlich. Ich fühle mich nicht betroffen von dem Namen.

Farb-Assoziation

Die Farben, die ich damit verbinde, sind Grau und Schwarz. Als Spitzname hieß ich auch noch »Puckchen« bei meinen Eltern. Meine Freundinnen nannten mich Siggi und Sigusch. Mein Mann nannte mich »Schatzefräuchen« und »Muckelinachen«.
Ich hätte gerne Babette oder Johanna geheißen. Immer noch. Ich will nie Sigrid heißen. Babette finde ich sehr schön. Irgendwie hatte

ich so das Gefühlt, ich wäre Babette. Zu Babette wären mir Zartgrün und Rosa eingefallen. Also das hätte mir gut gefallen. Ich habe keine weiteren Vornamen. Meine Eltern hatten Doppelnamen. Wenn meine Nichte zum Beispiel Sigrid zu mir sagt, dann denke ich jedes Mal, wer ist das eigentlich? – »Ach ja, das bist ja du.«
Ich kann mich nicht daran erinnern, das sich irgendjemand zu Sigrid geäußert hat. Schön hat noch niemand gesagt. Aber schrecklich auch noch nicht. Mein Mann hat sich auch nie zu meinem Vornamen geäußert. Ich selbst habe ihn auch nie Richard genannt, sondern immer nur »Dick« und »Schatzemännchen«.

Familienname

Meinen Mädchennamen fand ich schön. Der war mir so vertraut. Irgendwie spricht der Name für eine alte Tradition und dafür, dass sich jemand dabei gedacht hat: ein Nachname, der etwas aussagt. Zu dem haben sich auch Leute geäußert, dass sie ihn schön finden. Wir haben viele berühmte Vorfahren, die Ärzte und Wissenschaftler waren. Schon dadurch hat der Name eine Bedeutung. Der Großvater war sogar der Arzt der Tochter des Kaisers. Er hat Königin Friederike von Griechenland zur Welt gebracht und mich auch. Allerdings hat er kurz nach meiner Geburt Selbstmord begangen.
Meine Mutter hat für beide Familien intensiv Forschung betrieben. Ich sehe sie immer noch auf der Erde liegen mit riesigen Büchern, mit aufgeklebten Bilderchen. Ich weiß nicht, wie viele Hunderte Jahre sie zurückgegangen ist. Sie hat Briefe geschrieben und ist an Register herangegangen und hat eine eifrige Arbeit vollbracht. Sie interessierte sich wirklich dafür. Ahnenforschung ist so etwas wie Münzensammeln. Ein Hobby. Das Merkwürdige ist, dass meine Tochter einen Mann geheiratet hat, dessen Vorfahre im 18.Jahrhundert ein hohes Amt inne hatte unter einem Menschen, der der Vorfahre ihres späteren Mannes war.
Weil ich meinen guten Mann bis heute liebe, würde ich nie auf die Idee kommen, wieder meinen klangvolleren Mädchennamen anzunehmen. Mein dreißigjähriges Leben, das ich mit meinem Mann geführt habe, ist in diesen Namen übergegangen.

Anagramm das heißt:

Das Wort Anagramme habe ich noch nie gehört. Was es heißen könnte? Keine Ahnung. Gramm ist ein Gewicht, aber Ana? Weiß ich nicht.

Meine erste Reaktion, jetzt, wo ich's weiß: interessant. Es kommt darauf an, was einem akut einfällt oder dass man es geschickt zu-

Ideen zu Anagrammen

sammensetzt. Natürlich wird man versuchen, etwas sehr Treffendes zu finden. Etwas, das einen auch angeht. Also nicht nur hingehen und brav die Buchstaben erfüllen und irgendwas hinschreiben.

woher kommen Anagramme?

Woher es kommt? Es gibt immer Leute, die sich zu allen Sachen etwas ausdenken. Man geht ja auch hin und sagt »Nomen est omen«, das heißt, dass der Name etwas über den Ursprung des Menschen sagt. Der Nachname meistens. Und da ist viel dran. Neulich hatte ich den Besuch eines Herrn Liebender. Da habe ich gesagt: »Also Donnerwetter, dass Sie den Namen Liebender tragen, wo kommt das denn her?« Da hat er mir alles Mögliche erzählt. Und das war ein Geschäftsmann. Er sah zwar nicht wie ein Liebender aus, aber er ging gerne auf dieses Interesse ein. Er ist sicher schon oft angesprochen worden.
Es gibt diese Wasserzieher-Methode. Wasserzieher war ein berühmter Mann, der bei allen Worten auf den Ursprung zurückging: Warum ist dieses Wort entstanden und was bedeutet es heute für das und das. Es gibt bei jedem Wort einen Ursprung. Und Wasserzieher ist deshalb berühmt geworden, weil er ein Buch darüber geschrieben hat. Mein Mann hat unentwegt darin nachgeschlagen, woher ein Wort stammt. Das ist eine Wissenschaft. Und so kann ich mir denken, dass die Anagramm-Sache auch eine Wissenschaft ist. Ich bin noch nie damit in Berührung gekommen.

Anagramme verschenken

Anagramme zu verschenken, hätte ich Bedenken, weil ich sozusagen jemandem etwas aufklebe, wo er betroffen oder beleidigt sein könnte. Ich finde, so nah sollte man jemandem nicht treten. Vielleicht wenn ich etwas Schönes fände: etwas, was mir zum Beispiel den Namen Sigrid sympathisch machen würde. Aber das müsste man erstmal sehen. Wenn, dann würde ich es nur jemandem schenken, den ich sehr gut kenne. Und das auch nur, wenn ich genau überlegt habe.

Ideen zu Anagrammen

Wenn, dann würde ich das auf ein schönes weißes Papier schreiben. Ich bin ja nicht überzeugt, dass das Anagramm wirklich eine tiefere Bedeutung für einen haben kann, weil es ja so zufällig ist, was man daraus machen und was man nicht daraus machen kann.

Anagramme bekommen

Für mich selbst hätte ich gar nichts dagegen, mir auch unangenehmere Sachen sagen zu lassen. Ich würde das nicht wie das I-Ging nehmen.

Das einziges Wortspiel, das ich mache, ist eines, das mich ein Leben lang verfolgt. Wenn ich im Auto sitze und hinter einem Lastwagen herfahre, wo der Firmenname draufsteht, fange ich an, die Silben zu zählen. Für mich ist eine Firma oder ein Name überhaupt nur dann diskutabel und sympathisch, wenn der Name durch vier teilbar ist. Ich fange an zu zählen – eins, zwei, drei, vier, eins, zwei, drei vier.

Wort-Spiele

Meine Anagramme, die ich jetzt spontan in meinem Namen finde, heißen: »riesig«, »hiesig«, »diesig«, »mies«, »Reisig«, »Gier«, »Heidi«. Ah! Das Kinderbuch *Heidi* war eines meiner Lieblingsbücher. Deshalb wollte ich auch immer Heidi heißen. Meine Kusine Heidi, die ich schon ein Leben lang beneide, ist auch heute noch eine bildschöne Frau. Die sah schon als junges Mädchen so bildschön aus. Und die stand mir bei »Heidi« immer vor Augen. Dass ich jetzt »Heidi« in meinem Namen gefunden habe, wärmt mich. Die Erinnerung an *Heidi* entzückt mich. Denn ich liebte *Heidi* viele Jahre lang. Ich habe mir immer vorgenommen, mein Kind Heidi zu nennen. Also, das finde ich jetzt doch sehr lustig. Ich werde darüber nachdenken, wie ich ein Voll-Anagramm zu stande bringe. Jetzt kann ich mir sogar vorstellen, öfter mal zu anagrammieren.

Anagramme

Erkenntnisse

Annette Dorothee, 40 Jahre alt

Frauenvornamen: Charlotte, Sabine, Isabelle.
Männernamen: Julius, oh Gott, das kann ich nicht so schnell ...
Kleine-Mädchen-Namen: Luise, Ämelie und Klara.
Drei Jungsnamen: Fränzchen, Max ...

typisch deutsche Vornamen

Drei typische Nachnamen: Meier, Müller, Schmitz.

Annette heiße ich, weil meine Eltern den Namen ausgesucht haben. Ich glaube, ihnen schwebte Annette von Droste-Hülshoff vor. Ja, so hat man ihn ausgesucht. Und er ist damals modisch gewesen. Es gibt in meiner Generation viele, die Annette heißen. Es war allerdings kein Kriterium, dass es ein modischer Name sein sollte. Davor kann man sich ja nicht schützen. Das ist so im Zeitgeist. Es war eine Namenswelle. Es stört mich, dass ich zu dieser Welle gehöre. Ich habe Annette auch nie als zu mir wirklich passend akzeptiert. Ich hätte immer gedacht, ich bin eher ein Typ, der Anna heißen muss. Dabei bin ich als Spitznamen immer »Netti« genannt worden. Das ist für mich ein Kindername. Es war eine häufige Abkürzung von

Vorname

»Annette«. Mich stört an Annette, dass es die Verkleinerungsform eines Namens ist. »Anna« ist der Hauptname. »Annette« ist ja eigentlich die französische Form, die »Anna« verkleinert. Ich hätte lieber den großen Namen gehabt und nicht den kleinen. Ich empfinde ihn als kokett. So mag ich ihn nicht.

Im Alter von 15, 16 Jahren hatte ich den ganz starken Wunsch, den größeren Namen haben zu wollen. Ich bin in diesen Namen nie richtig hineingewachsen. Ich nehme ihn nicht wirklich wahr. Ich nehme ihn hin.

Die Leute reagieren indifferent auf meinen Vornamen. Viele verstehen nicht, dass ich diesen Vornamen nicht besonders schätze. Mein Mann nennt mich bei meinem Vornamen. Er akzeptiert ihn also.

Und mein zweiter Name, Dorothee, das ist auch eine Geschichte. Meine Mutter wollte mich nämlich eigentlich Dorothee nennen. Aber von ihren vier Schwestern gab es drei, die ganz scharf auf den Namen Dorothee waren. Alle wollten ihre Töchter, die es noch nicht gab, so nennen. Die älteste Schwester hatte sich den wohl ausgedacht. Als Älteste hatte sie ein Privileg. Und deshalb hat sie den Namen besetzt. Das hieß, meine Mutter durfte mich, als ich geboren wurde, nicht Dorothee nennen. Und das, obwohl sie die Erste war, die ein Kind kriegte. Und dann hat die älteste Schwester, die sich diesen Namen reserviert hatte, nicht geheiratet und nie ein Kind bekommen. Als dann die jüngste Schwester als zweites Kind eine Tochter bekam, hat die älteste Schwester den Anspruch aufgegeben und hat wohl gesagt: »Jawohl, du darfst deine Tochter endlich Dorothee nennen.« Und so habe ich dieses »Dorothee« nur als zweiten Namen. Das heißt, wenn es dieses Besetzen durch die älteste Schwester nicht gegeben hätte, dann wäre mein Name Dorothee geworden. Aber den hätte ich auch nicht besonders gern gehabt. Ich würde ihn auch nicht austauschen gegen Annette.

Farb-Assoziation

Als Farben sehe ich bei »Annette« Blau und bei »Dorothee« Rosa, Altrosa.

Familienname

Für mich bedeutet ein Nachname vielleicht noch mehr als für andere, weil der Familienname mit ländlicher Besitzkultur zusammenhängt. Nachnamen sind oft mit Ortsnamen verbunden. Auf dem Land werden Namen nicht nur einfach als Namen genannt, sondern es wird damit gleichzeitig der Besitz genannt. Die hießen Schulz-Oldendorf oder Meier-Elbeck. Und so hieß ich auch mit dem Hof hinten dran. Deshalb war mein Nachname für mich sehr positiv besetzt. Mein Vater war ein angesehener Landwirt. Und so war der Name gleichzeitig mit dem Beruf des Vaters und mit seiner Person verbunden. Das gab eine ganz starke Identität. Mein Vater war sehr beliebt. Viele Menschen mochten ihn gern. Er spielte eine große Rolle. Ursprünglich hieß unser Hof übrigens anders. Mein Bruder hat jetzt diesen alten Namen, den der Hof ursprünglich hatte, wieder in seinen Namen aufgenommen. Er führt jetzt einen Doppelnamen. Zu Zeiten meiner Eltern war das nicht möglich, weil das sehr viel Geld gekostet hätte. Meinen Eltern war das damals zu teuer. Meine Großmutter hat sich irre darüber gefreut, dass dieser Name wieder an den Boden gebunden wurde.

Farb-Assoziation

Wenn ich meinen Nachnamen sage, dann fallen mir die Farben Gelb, Hellblau oder sowas ein. Meine Lieblingsfarbe ist auch Blau. Ich weiß, dass meine Vorfahren in der Nähe von Toulouse als Hugenotten lebten. Wenn ich Muße hätte, würde ich es auch interessant finden, mich mit Ahnenforschung zu befassen. Ich habe sogar mal eine Arbeit über die politischen Bedingungen für die Agrarsituation geschrieben. Da habe ich mich beim Einwohnermeldeamt informiert. Eigentlich nur, um mir selber auf die Schliche zu kommen: Woher ich eigentlich mein Selbstbewusstsein beziehe oder warum ich mich so wahrnehme, wie ich mich als Kind in einer sehr ständischen Gesellschaft wahrgenommen habe. Mich interessierte, wo diese ständische Gesellschaft eigentlich herkommt. Ich habe damals ganz interessante Sachen anhand meines eigenen Dorfes und auch meiner Familie herausgefunden, wie sich die sozialen Strukturen über die Jahrhunderte verändert haben. Das fand ich spannend.

Anagramm das heißt:

Anagramm? Hat das etwas mit Einstufen von Persönlichem in verschiedene Typen zu tun? So Grundtypen, sagen wir mal so Phänotypen? Ich glaube, ich habe das irgendwie schon mal gehört. Aber ich habe mich nicht weiter damit auseinander gesetzt. Das war irgendwie nicht so interessant für mich.

(Nach der Erklärung): Aha, es ist also ein ähnlicher Begriff.
Für mich ist der Name nicht so wichtig, als dass ich bereit bin, daraus etwas abzuleiten. Meine Eltern haben den ja aus ganz eigenen Erwägungen heraus ausgesucht, die sie selber betrafen. Das hat also relativ wenig mit mir zu tun, dass sie ihn gewählt haben. Ich betrachte es als relativ zufällig, dass ich jetzt Annette heiße. Dass ich meinen Nachnamen trage, schon weniger.

Ideen zu Anagrammen

Klang-Assoziation

Also, ich finde Anagramme ein nettes Spiel. Für mich haben Worte und Musik viel miteinander zu tun. Alles, was klingt, hat für mich gleichzeitig auch eine Klangfarbe. Und deshalb könnte ich mir vorstellen, dass Klangfarben etwas mit meinen Assoziationen zu tun haben.

Kindernamen

So ist das zum Beispiel bei meiner Tochter Antonie. Die haben wir erst benannt, als sie geboren wurde. Wir haben gesagt, hier haben wir ein paar Namen, die ich schön finde. Aber ich will erst einmal das Kind angucken. Vorher sage ich gar nichts. Wir haben das Kind dann allerdings Ruth genannt. Erst wussten wir nicht, was wir ihm für einen Namen dazugeben sollten. Dann habe ich mir das helle, zarte und blonde Kind angeguckt. Und dann war ein Name, den ich ganz schön fand, Antonie. Die Klangfarbe von »Antonie« war für mich Blau, und sie hatte blaue Augen. Das passte einfach. Und deswegen bin ich mit meinem Namen, obwohl ich nicht übermäßig gut mit ihm stehe, doch ganz froh, weil ich auch bei ihm die Farbe Blau sehe.

Ideen zu Anagrammen

Das Anagramm zu benutzten, um einen Namen zu finden, wäre ein Weg. Das finde ich interessanter als den Namen zu durchzusuchen. Den Umkehrschluss, also den Namen nach einem Anagramm auszusuchen, finde ich viel sinnvoller.
Ich könnte mir auch vorstellen, dass es kein Zufall ist, was man als Erstes beim Anagrammieren herausfindet, und was man dahinschreibt. Es ist sicher eine Aussage, welche Anagramme man sich herauspickt, welche Dinge man sieht. Interessant ist sicherlich, sich die ganze Vielfalt von Buchstaben anzugucken und sich darüber Rechenschaft abzulegen, was sehe ich als Erstes. Das, was jemand anspringt aus seinem Namen, das finde ich wirklich interessant.

woher kommen Anagramme?

Vermutlich hat man aus Kurzweilgründen Namens-Anagramme erfunden. Man steht an der Passbehörde und guckt seinen Pass an, und es steht der Name drauf. Man langweilt sich gerade und fängt mit solchen Spielchen an. Und das fand man dann irgendwie interessant und sagte: »Donnerwetter, mal gucken, was da alles rauskommt.« Vielleicht hat das ja jemand mal psychologisch getestet und hat entdeckt, dass gewisse Ableitungen daraus zu ziehen sind, was für ein Anagramm man als Erstes aus seinem Namen holt. Genauso wie man aus Farben und Farbbewertungen psychologische Schlüsse auf die Befindlichkeit ziehen kann wie beim Lüscher-Test.

Ich kann mir auch vorstellen, dass es für manche Leute ganz schön ist, dem Namen ein Bild zu geben, um den Namen plastischer zu machen. Zum Beispiel der Name »Annette« sagt mir nichts. Vielleicht werde ich jetzt wirklich mal anfangen zu überlegen, was er mir sagen könnte. Das wäre ja ganz nett. Unter Umständen könnte ich so ein besseres Verhältnis zu meinem Namen bekommen.

Erkenntnisse

Ich kann mir auch vorstellen, Anagramme zum Geburtstag zu verschenken. Das wäre eine wirklich nette Idee. Wenn jemand irgendwie vierzigsten Geburtstag hat oder so etwas und man etwas Hübsches aus dem Namen herausfindet, was vielleicht gleichzeitig etwas zu der Geschichte dieser Person aussagt, die man mit ihr hat. Oder was man an dem Anderen besonders schätzt. Oder was einen Zukunftswunsch betrifft. Das finde ich nett. Vielleicht würde ich ein Blatt Papier nehmen oder ein Briefchen: »Hier schau mal, was aus deinem Namen herauskommt.« Oder eine Karte mit einem Kleeblatt dazu. Oder eine Rede drum herum dichten.

Anagramme verschenken

Missverständliche Begriffe würde ich in jedem Fall herauslassen. Das wäre mir einfach zu schwer wiegend. Das heißt, ich würde nur positive Dinge auswählen. Das andere fände ich nicht zulässig. Also auch nichts Oberflächliches.

Spielregel-Ideen

Wenn mir jemand so etwas schenkte, was keine gewaltmäßigen Bedeutungen beinhaltete und etwas reinzwänge, fände ich das eine nette Geste, auch eine witzige Idee.

Anagramme bekommen

An Wortspielen kenne ich sonst noch Teekesselchen und Schüttelreime. Dafür bin ich nicht so begabt.

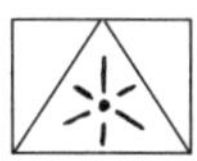
Wort-Spiele

Ulrich, 46 Jahre alt
Frauenvornamen sind für mich: Klara, Isa, Maria.
Männervornamen: Peter, Heinrich, Otto.
Mädchennamen: Isa, Anna, Ursel.
Jungenvornamen: Franz, Julius, Max.

typisch deutsche Vornamen

Nachnamen: Müller, Schulze, Attaburg.

Warum ich Ulrich heiße, weiß ich nicht genau. Ich bin mir nicht im Klaren darüber, wie meine Eltern auf diesen Namen gekommen

Vorname

sind. Ich weiß auch keinen Verwandten, nach dem ich benannt worden bin. Es ist mir merkwürdigerweise nicht in Erinnerung. Als andere Namen habe ich noch August, Otto, Bernhard. Otto heiße ich nach meinem Vorfahren, Bernhard nach seinem älteren Bruder, und August ist auch von den Ahnen entlehnt.
»Ulrich« mag ich. Es gab nie eine Diskussion darüber. Es ist ein Name, den ich gern höre – sowohl wenn er vollständig ausgesprochen wird als auch in der Kurzform: Uli.

Farb-Assoziation

Ich sehe die Farbe Blau zu meinem Namen – das ist auch meine Lieblingsfarbe.

Familienname

Mir gefällt, dass ich aus einer großen Familie stamme und viele meinen Familiennamen mit mir teilen. Das gibt Nestgeruch. Und außerdem bin ich sogar mit vielen von ihnen befreundet. Mir ist klar, dass der Name insofern mit dem eigenen Leben zu tun hat, als er sich ja darauf bezieht, wie das Leben der Eltern gelaufen ist. Wenn ich Schmitz hieße, dann hätte ich sicherlich einen anderen elterlichen Hintergrund mitgebracht und ein anderes Milieu. Dann hätte sich meine Entwicklung auch ganz anders vollzogen. Es müsste ja nicht schlechter gewesen sein, nur anders. Vorzug an meinem Nachnamen ist, dass sich andere ihn gut merken können. Das stelle ich immer wieder fest. Den vergisst keiner. Ich weiß dann oft die Namen der anderen nicht mehr.

Farb-Assoziation

Zu meinem ganzen Namen sehe ich die Farben Blau, Rot, Gold.
Ich interessiere mich nur mäßig für Ahnenforschung. Und wenn mein Vater es nicht gemacht hätte, würde ich es wahrscheinlich nicht tun. Oder erst, wenn ich das Alter von ihm haben würde und das Gefühl, uferlos über Zeit zu verfügen. Die ganzen Verzweigungen über die Großeltern hinaus sind mir nicht wirklich wichtig.

Anagramm das heißt:

»Anagramme« habe ich noch nie gehört. Dabei war ich immer stolz darauf, so viele Fremdwörter zu kennen. Aber das kenne ich wirklich nicht. Vielleicht bedeutet es eine Feststellung, eine Verdeutlichung einer Sache, das Aufspüren eines Sachverhalts.

Ideen zu Anagrammen

Jetzt wo ich sehe, was es heißt, könnte ich mir durchaus vorstellen, mit den Buchstaben zu spielen. Ich stelle mir gerade ausgeschnittene Buchstaben vor, die ich verschiebe und neu ordne. Das setzt Assoziationen frei, mit denen ich nachher etwas anfangen kann. Ich finde das kreativ. Wenn man beispielsweise zum Geburtstag eines Freun-

woher kommen Anagramme?

des etwas vortragen will, dann könnte das auch ein Beitrag für eine Rede sein. Ich würde es mehr als ein intelligentes Spiel auffassen. Vermutlich stammen Anagramme aus dem Spielbedürfnis, das in uns steckt. Vielleicht auch aus dem Wunsch, etwas, was scheinbar so unverrückbar da steht, auch einmal in Bewegung zu bringen. So wie ein Name, den man in der Regel ein Leben lang behält und nie wieder loswird. Das kann ja ein Lebensprinzip sein: Alles Statische soll auch mal verändert werden können. Das finde ich einen interessanten Gedankengang. Von mir aus wäre ich nicht darauf gekommen. Aber mein Name, der ja auch lang genug ist, dürfte eine ganze Menge ergeben. Das finde ich interessant.

Erkenntnisse

Ich stelle mir gerade vor, dass ich in einer Urlaubssituation am Meer meine Buchstaben ausbreite und ein bisschen sortiere: das ist eine phantasievolle Möglichkeit, sich mal zu beschäftigen. Natürlich ist es ein Glücksfall, wenn etwas Schönes dabei herauskommt. Vermutlich ist es auch nicht nur Zufall. Denn es fallen einem in dem Moment, wo man die Buchstaben durcheinander bringt, ja auch Begriffe ein. Und man versucht, diese Worte dann aus seinen Buchstaben zu machen. Das läuft ja sozusagen selektiv. Ich glaube, es geht ineinander über. Man spielt erst mal, und dann hat man eine Idee vor Augen. Dann guckt man. Und dann passt es nicht. Und dann sucht man nach einem verwandten Begriff. Sicher ist normal, dass man erst einmal nach positiven Begriffen sucht und nicht bei den negativen. Es kann ja auch sein, dass sich zufällig etwas fügt, und man sagt: »Oh Gott, das ist mit meinem Namen ja auch möglich.« Im ersten Moment würde es mich sogar treffen, wenn etwas Unangenehmes dabei herauskäme. Dann würde ich sagen: »Ach komm, das ist ja nur ein Spiel. Es ist doch klar, dass sich jeder Name aus Buchstaben zusammensetzt, und dass man mit Buchstaben natürlich alles Erdenkliche zusammenfügen kann. Auch nach dem Willkürprinzip.« Wenn man wie ich drei Viertel des Alphabets in seinem Namen hat, ist ja klar, dass man daraus einen Roman schreiben kann. Bei Negativem würde ich sofort innerlich davon abrücken und dem keine magische Bedeutung beimessen.

Anagramme verschenken

Ein Anagramm würde ich nur verschenken, wenn etwas Intelligentes dabei herauskommt. Also, man hat einen geliebten Freund, dem man etwas zum Fünfzigsten schenken will. Wenn man dann etwas findet, was für den Betreffenden eine Bedeutung hat, dann würde ich das nur als Werkzeug benutzen, um eine Grundaussage in einer

Rede zu treffen. Aber ich würde das Spiel jetzt nicht so weit treiben, dass ich das magisch überhöhen würde. Außerdem würde ich es nur benutzen, wenn es etwas Aussagefähiges wäre, das richtig in den Kontext passt und ebenso noch ein positiv besetzter Begriff ist.

Spielregel-Ideen

Oder das Anagramm könnte mir helfen, das, was ich ohnehin sagen wollte, jetzt noch einmal intelligent umzusetzen, weil es aus den Buchstaben des Namens zusammengefügt ist. Dann würde es das, was ich sagen wollte, wirkungsvoll unterstreichen.

Anagramme bekommen

Wenn mir jemand aus meinen Anagramm-Wörtern eine Rede halten würde, hängt es sehr davon ab, wer das tut. Also, das dürfte niemand aus meiner Berufswelt, weil ich denke, dass es etwas sehr Persönliches ist, einen Namen anzutasten. Es ist fast schon etwas Intimes. So wie man ja auch nur bereit ist, im Rahmen einer Ehe seinen Namen zu ändern. Und dass jeder etwas damit machen kann, so wie es ihm einfällt, das würde mir nicht gefallen.

Spielregel-Ideen

Ernsthaftigkeit und ein gutartiges Motiv müssten vorliegen, dass jemand wirklich etwas aussagen möchte, was mir gut tut, und was ich als etwas intim Zugewandtes auffassen kann. Sonst fände ich das verletzend. Wenn ich mir vorstelle, da macht sich jemand die Mühe, Worte zu finden, die überhaupt Sinn machen, und wenn das von der Aussagekraft in den gedanklichen Zusammenhang passt, den der Betreffende ausdrücken wollte, dann empfinde ich das als eine echte Leistung. In einer entspannten Situation kann ich mir durchaus vorstellen, meinen eigenen Namen auch zu anagrammieren.

Guido, 19 Jahre alt

typisch deutsche Vornamen

Drei Frauennamen: Lena, Isa, Kathi.
Drei Männervornamen für mich sind: Peter, Thomas, Michael.
Drei Mädchennamen: Isabel, Eva, Judith.
Drei Jungennamen: Patrick, Sven, Lukas.

Drei Nachnamen: mein eigener, Schröder, Engelskirchen.

Vorname

Guido heiße ich, weil meine Mutter den Namen so toll fand. Sie kam drauf durch eine Serie in den Siebzigerjahren: *Heiteres Beruferaten.* Auf jeden Fall war da so ein Typ, der immer nur ja oder nein sagen konnte, und der war recht bekannt. Außerdem heiße ich noch Frank wie mein Vater. Jooh, ich mag meinen Namen bis auf das i. Der I-Laut stört mich. Ich finde, das klingt zu schrill, zu aggressiv. Ich möchte eher einen seichteren Klang, dumpfer, wie bei »Thomas«. Aber ansonsten finde ich ihn cool. Ich mag auch, dass er mit u geschrieben wird.

Spitznamen hatte ich auch mal. Früher hieß ich »Odiug«, also »Guido« rückwärts oder »Odi«. Ansonsten nennen mich meine Freunde »Dicker«. Ich identifiziere mich insoweit mit meinem Namen, dass ich sogar denke, dass ich einen Anspruch darauf habe. Wenn andere Leute Guido heißen, dann finde ich das gar nicht witzig. Es bringt einen Bruch in meine Identität. Allerdings passiert mir das auch nur sehr selten. Nicht wie bei »Thomas«, die sind ja alle gleich.

Familienname

Mein Nachname hat ja eine ganz klare Bedeutung. Das finden viele Leute besonders lustig. Ich finde den Nachnamen in Ordnung. Ich stamme aus einer großen Familie. An einem Familientag füllen wir ein ganzes Kurhotel. Da sind auch Verwandte aus England und Amerika dabei. Wir haben auch Ahnenforschung betrieben und deshalb weiß ich, dass wir mit Kepler verwandt sind, der nicht nur das Fernrohr erfunden hat. Aber das interessiert mich weniger.

Anagramm das heißt:

Das Wort Anagramme habe ich schon mal gehört. Aber seine Bedeutung will mir jetzt nicht kommen. Da ich hier dauernd über Namen rede, wird es vielleicht damit zu tun haben. Vielleicht kann man aus verschiedenen Dingen für den Namen irgendetwas als Synonym machen. Den Namen entfremden oder so.

Ideen zu Anagrammen

(Nach der Auflösung): Vermutlich ist es ein lustiges Spiel, um Leute zu beschäftigen. Mir fällt ein, dass so etwas in Vertretungsstunden als Beschäftigung gemacht wurde. Oder als Englisch-Vokabeltraining. So etwas mit dem Namen zu machen ist natürlich lustiger. Aber sonst ...
Wenn ich mir vorstelle, was man mit Anagrammen tun kann, so glaube ich nicht, dass die Wörter, die da rauskommen, für meinen Lebensweg irgendwie maßgeblich sind. Ich würde das alles als blanken Zufall ansehen. Denn ich glaube nicht, dass meine Eltern vorher Anagramme gemacht haben.

Kindernamen

Meinen eigenen Kindern Anagramme mitzugeben, oh ja, das würde ich vielleicht machen. Das wäre noch eine Idee. Nicht willkürlich einen Namen nehmen, sondern einen, der einen »Sinn« in sich birgt. Nicht, dass ich glaube, dass es irgendeine Bedeutung für das Leben hätte, aber das gefällt mir. Man kann ja auch den Namen eines Freundes nehmen, um dem eine Ehre zu machen. Ich würde zum Beispiel nie ein Buch nehmen: Buch auf, Finger rein und dann ... buff: »Max«.

woher kommen Anagramme?

Vermutlich kommen Anagramme von Esoterikern. Ich denke, dass die sich mit so etwas die Zeit vertreiben, wenn das Pendel gerade mal nicht funktioniert. Die sagen dann: »Hey, gib mal deinen Namen her, da kommt ja ›Börse‹ raus: Werden Sie Aktionär.« So etwas passt in meinem Weltbild zu Esoterikern.
Ein Sonderfall wäre lediglich für mich, dass man es als Methode nutzt, um seinem Kind einen Namen zu geben. Das hat dann einen anderen Charakter, als wenn ich mich hinsetze und feststelle, dass nur durch Zufall etwas Schönes herauskommt.

Anagramme verschenken

Dass ich Freunden Anagramme verschenke, glaube ich eigentlich nicht. Vielleicht würde ich ihnen ihr Anagramm sagen, aber ich weiß nicht, wie deren Reaktion darauf wäre. Vermutlich würde ich denen auch eher vorschlagen, selber ihr Anagramm zu machen, als es zu schenken. Ich denke, erst durch das Selbermachen stellt sich ein Verhältnis dazu ein. Ob es gleich ein gutes Verhältnis wird, ist die Frage. Aber immerhin ein Verhältnis.

Anagramme bekommen

Wenn mir jemand ein Anagramm schenkte, hielte ich das für einen lustigen Einfall. So bei einem runden Geburtstag wäre das eigentlich ganz cool. Auch um selber eine Rede daraus zu schreiben.

Wort-Spiele

Wortspiele? Ich kenne sonst noch dieses Würfelspiel, wo auf jedem Würfel Buchstaben sind und man einmal schütteln muss und dann so viele Wörter wie möglich bilden muss. Ansonsten kenne ich noch Wortketten und Scrabble. Das ist wirklich cool.

Anagramme

Jetzt habe ich gerade festgestellt, dass mein Name das Voll-Anagramm »Raus wo die Gaya« ergibt. Gaya ist eine Erdgöttin, und die Bedeutung ist »Geh raus, wo die Gaya lebt«, also »Geh in die Natur«. Sas macht mich ganz zufrieden.

Jutta, 40 Jahre alt

typisch deutsche Vornamen

Frauennamen: Hilde, Andrea, Karin.
Männer: Friedrich, Dieter und Konrad.
Kleine Mädchen: Luise, Marie und Nina.
Kleine Jungs: Jan, Stefan, Kai.

Drei typische Nachnamen: Schmitz, Müller, Meier.

Vorname

Warum ich Jutta heiße? Bin ich völlig überfragt. Ich weiß nur, dass meine Eltern uns Mädchen nach dem Alphabet benannt haben. Nicht so exakt, sondern in der Reihenfolge. Ich war an dritter Stelle und das wurde dann Jutta. Gerade fällt mir ein: Ich hatte auch eine Tante Jutta. Wahrscheinlich bin ich nach der benannt. Meine Schwestern heißen Bärbel und Doris, die letzte Meike. Bis zum Z hat es Vater nicht mehr geschafft. Ich habe keine weiteren Vornamen. Ich habe mir nie einen anderen Vornamen ausgesucht. Eigentlich bin ich immer zufrieden damit gewesen. Als Spitznamen hatte ich »Pasta Chuta« oder »Juttäle«, weil meine Mutter aus Süddeutschland kam. Aber ansonsten hatten wir keine richtigen Spitznamen.
Andere Menschen reagieren relativ neutral auf meinen Vornamen. Ich bin nie irgendwie gehänselt worden. Leute, die mich mochten, mochten auch meinen Namen und die, die mich nicht mochten, mochten auch meinen Namen nicht. Ich denke, die Person füllt den Namen und nicht umgekehrt. Das kennt man ja auch von sich selbst: Wenn man irgendwo eine doofe Karin kennt, würde man sein Kind nie Karin taufen.

Farb-Assoziation

Die Farben, die ich mit meinem Namen verbinde, sind Rot und Schwarz. Das sind auch meine Lieblingsfarben.

Familienname

Och, meinen Nachnamen fand ich immer ganz schön. Meine Vorfahren waren musische Leute, die auch im musischen Bereich bekannt geworden sind, und damit konnte ich mich immer identifizieren. Ich fand, dass das gut in die Vorgeschichte der Familie passte. In unserer Familie selber ist das Musische ein bisschen verloren gegangen. Aber zu mir passt das, was davor war. Ich weiß nicht, wo der Name herkommt. Meinen angeheirateten Namen mag ich, weil er auch als Name bekannt ist. Weh daran hat mir nur getan, dass unser Familienname nun aussterben wird, da mein Vater keinen männlichen Nachkommen hat. Ein Doppelname klingt mir zu gestelzt. Deshalb habe ich ihn nicht dazu getan. Wenn man nicht gerade »Arschkeks« heißt, dann sind mir Namen Schall und Rauch. Es ist mir nicht wichtig.

Anagramm das heißt:

Anagramm? Dazu habe ich gar keine Idee. Das habe ich noch nie gehört.

Ideen zu Anagrammen

Also wenn ich jetzt höre, was »Anagramm« bedeutet, dann würde ich dem Zufall dabei eine große Rolle zugestehen. Es ist eine Spielerei, die aber gedanklich anregend sein kann. Auf diesem Weg macht man sich über sich selbst Gedanken. Der Name ist ja etwas, was man mit sich selber in Zusammenhang bringt. Der Name und ich. Für eine tiefere Bedeutung ist mir das alles jedoch zu zufällig. Vermutlich zieht man immer das raus, was man sehen will.

Erkenntnisse

Freiwillig würde ich nichts mit Anagrammen machen, weil ich andere Dinge für sinnvoller halte. Ich kann zum Beispiel über meinen kreativen Beruf mehr raussuchen als über Buchstaben. Da schreibe ich lieber etwas in mein Tagebuch.

Der Name ist für mich mit zu vielen Zufällen wie zum Beispiel die Entstehung meines Namens, die Änderung meines Namens unterlegt, als dass ich dem irgendwie einen tieferen Sinn zumessen könnte.

Kindernamen

Kinder würde ich überhaupt nicht mit Anagramme belegen. Mir wäre wichtiger, wenn ich jemanden kenne, den ich mag und der mir irgendwie wichtig war im Leben, dass ich dessen Namen nehme und das Positive, was ich durch diesen Menschen erfahren habe, meinem Kind wie einen schönen Start mitgebe. Bei meinen Kindern habe ich das teilweise so gemacht.

woher kommen Anagramme?

Vermutlich entspringen die Anagramme dem Spieltrieb der Menschen. Man trägt seinen Namen ja lange und muss viele, viele Unterschriften tätigen. Und dann fängt man an, damit zu spielen. Also ein positiver Spieltrieb.

Anagramme verschenken

Wenn mir jemandes Anagramm auffiele, kreativ ins Auge fiele, dann könnte ich mir vorstellen, es zu verschenken. Und zwar Menschen, die mir nahe stehen. Ich schreibe viele Briefe. Da läge die Briefform nahe. Es ist auf jeden Fall eine nette Geste.

Wenn ich selbst so ein Anagramm bekäme, würde ich mich auf jeden Fall freuen, wenn sich jemand über mich Gedanken gemacht hat. Das ist ja immer etwas Positives. Wenn jemand anderes diese Form wählt, dann finde ich das in Ordnung.

Ana-gramme bekommen

An Wortspielen kenne ich noch die Erbsen- und Hühnersprache oder Doppeldeutigkeiten von Wörtern und damit spielen. Ich war mal auf einer Hochzeit, da wurde so etwas gemacht, und das hat viel Spaß gemacht. Auf diese Weise kamen die Gäste einander näher.

Wort-Spiele

Jetzt, wo ich ein paar Teil-Anagramme gemacht habe, merke ich, dass ich nur Dinge rausgelegt habe, die mir auch gefallen, oder zu denen ich einen Bezug habe: »Jahr«, »Tatoo«, »nah«, »unten«, »tötete«, »hauen«, nett«, »Hütte«, »Ted«, »ja«, »Nutte«.

Anagramme

Werner, 46 Jahre

Ich weiß, dass ich Max nach dem Vater und Jürgen nach dem Lieblingsbruder der Mutter heiße. Aber warum ich Werner heiße, weiß ich nicht. Ich kenne auch niemanden in der Familie oder Bekanntschaft, der so heißt. Ich habe nie danach gefragt, aber immer gegen den Namen opponiert, weil ich ihn nie leiden konnte. Ich weiß, dass er ein alter germanischer Name ist, der eigentlich von »Wernher« kommt und »Herr« bedeutet.

Vorname

Zu meinem Nachnamen habe ich inzwischen ein ganz gutes Verhältnis. In der Schule habe ich oft darunter gelitten, weil die Kinder ihn aggressiv verballhornten. Im Ausland ist mein Nachname auch schwierig, weil er lang und unaussprechbar für Fremde ist.

Familienname

Als ich für meine eigenen Kinder Namen suchte, habe ich bei meiner Tochter versucht, einen schönen, klangvollen Namen zu finden. Dabei ist mir Laura Ashley, die Modeschöpferin, in den Sinn gekommen. Meiner Frau hat der Name auch sehr gut gefallen. Wir wussten allerdings beide nicht, was das gerade für ein Modename war. Meine Tochter ärgert sich heute, dass so viele auf Laura hören. Sie würde lieber Jennifer heißen. Meine zweite Tochter, mit der ich nicht zusammenlebe, heißt Babette. Bei ihrer Namengebung habe ich nicht mitgewirkt. Aber ich finde Babette ganz nett.

Kindernamen

Ideen zu Anagrammen

Nachdem ich jetzt erfahren habe, was Anagramme sind, fällt mir ein, dass ich – nach der Lektüre *Vom Zauber des Zufalls* – bereits schon einmal versucht habe, meinen Namen zu anagrammieren. Mir erscheint das Anagramm wie ein Rätsel. Ich habe ein spielerisches Interesse daran. Aber gefunden habe ich noch nichts Richtiges. Aber ich habe bisher nur mit den Einzelnamen probiert: also nur Werner und nur mein Nachname separat.

woher kommen Anagramme?

Meine Vermutung, warum Menschen angefangen haben, sich mit Anagrammen zu befassen, ist, dass es vielleicht eine Art archetypischer Forschung ist. Eine Ursprungsforschung, die sich mit etwas befasst, wo man im ersten Moment sagt: »Ach, da kann ja sowieso nichts dran sein.« Und doch verbergen sich in solchen Symbolen oft Weisheit und Dinge, die vielleicht doch eine Botschaft enthalten.

Klang-Assoziation

Mir fällt jetzt gerade der Jazzmusiker Berendt dazu ein: Bei dem ist alles Ton. Er beschreibt, dass Kopernikus die Umlaufbahnen der Sterne in Töne gefasst hat. Bemerkenswert ist, dass dabei nie eine Dissonanz entsteht.
Außerdem soll die Sonne, wenn sie auf die Atmosphäre stößt, einen Ton erzeugen, der dem Cis entspricht. Man hat wohl in München Forschungen damit gemacht, Geranien stundenlang Cis vorzuspielen. Das habe dazu geführt, dass sie unzeitgemäß blühten. Außerdem seien alle berühmten Tempelglocken der Tibeter und anderer Religionen auf Cis gestimmt.

Erkenntnisse

Für mich sind Anagramme eine Möglichkeit, mich selbst zu erfahren und vielleicht doch eine Lebensbotschaft zu finden – so wie eine Art astrologisches Exposé.

Anagramme verschenken

Deshalb könnte ich mir auch vorstellen, sie als Brief zu verschenken, wenn jemand Geburtstag hat oder bei ähnlichen Anlässen.

Pauline, 54 Jahre alt

Als Frauennamen fallen mir ein: Anke, Melanie, Susanne;
als Männernamen: Daniel, Hans, Heinz.
als Mädchennamen: Michelle, Luise, Jennifer;
als Jungennamen: Tristan, Leander und Ben.

typisch deutsche Vornamen

Als Nachnamen: Meier, Schmitz, Schröder.

Ich heiße Pauline, weil mein Vater Paul hieß. Ich habe immer angenommen, dass sich meine Eltern einen Jungen gewünscht haben, denn ich bin als Erstgeborene zur Welt gekommen. Da ich jedoch kein Junge war, hieß ich Pauline. Aber meine Mutter streitet das ab. Es ist aber meine Vermutung, weil »Pauline« ja »kleiner Paul« heißt. Ich stamme aus Neuseeland. Dort ist es üblich, wie der Vater zu heißen. Auf der anderen Seite hätten sie mich, wenn ich ein Junge geworden wäre, vielleicht nicht Paul genannt. Aber ich bin nie dahinter gekommen. Sie haben es mir nie verraten. Ich habe noch einen zweiten Namen. Der ist »Diane«. Ich kann mich nicht daran erinnern, warum ich noch Diane heiße.

Vorname

Auf Englisch gefällt mir mein Name, weil er da anders ausgesprochen wird: »Poolien.« Als ich zuerst nach Deutschland kam, habe ich festgestellt, dass nur sehr alte Frauen Pauline hießen. Und Pferde und Kühe. Und dann gab es diese Geschichte: *Paulinchen war allein zu Haus.* Da bekam ich das Gefühl, dass »Pauline« eigentlich ein Witzname sei. Und das gefiel mir nicht so sehr. Deshalb habe ich am Anfang oft gesagt, ich hieße »Poolien« und nicht »Pauline«. Aber Heinz, mein Mann, hat mich immer Pauline genannt. Und so bin ich zu Pauline geworden. Allerdings habe ich meinen Mann nie gefragt, ob er »Pauline« mag. Aber ich denke, »Pauline« und »Heinz« passen gut zusammen. Das sind Namen aus einer Zeit. Es sind keine moderne Namen.
Wenn ich Leute treffe, sage ich immer noch, dass ich »Poolien« heiße. Dabei habe ich festgestellt, dass Leute jetzt hier viel häufiger angefangen haben, ihre Kinder auch »Pauline« zu nennen.
Als Spitzname heiße ich »Furn«. Das ist die Abkürzung meines englischen Familiennamens. Das heißt eigentlich Farn. Meine Freundin nennt mich heute noch Furn.

Als Farbe sehe ich zu meinem Namen Grün. Als ich jünger war, mochte ich Gelb sehr gern. Das war für mich die Sonnenfarbe. Heute ist mir Gelb zu grell, und ich tendiere eher zu Blau, Grün, Natur.

Farb-Assoziation

Familienname

Meinen Nachnamen mochte ich. Wir sind alle ziemlich stolz auf den Nachnamen. Denn da gehört eine Geschichte dazu. In Neuseeland waren wir eine große und bedeutende Familie in einem kleinen Nest. Es war daher schön, aus dieser Familie zu stammen, weil es mit Positivem zusammenhängt. Als bekannte Großfamilie war man nicht anonym. So war ich ein Teil dieses Ortes.
Ursprünglich stammt die Familie von der Grenze zwischen Schottland und England. Ausgewandert ist die Familie wohl um 1857. Man sagt, dass der Großvater ein Mädchen geheiratet hat, das nicht standesgemäß für die Familie war. Um ein Unglück zwischen den beiden Familien zu vermeiden, seien sie ausgewandert.
Meinen neuen Nachnamen zu bekommen fand ich damals nicht so schlimm. Es war normal, seinen Namen aufzugeben und den Namen des Mannes zu übernehmen. Aber ich habe mich seither ein bisschen weiterentwickelt. Deshalb weiß ich nicht, ob ich nicht heute meinen Mädchennamen dazunehmen würde. Ich denke schon.

Anagramm das heißt:

»Anagramme« habe ich schon einmal gehört. Ist das nicht eine Geschichte über sich selbst? Das leite ich ab von Autogramm, Programm, Grammofon. Alle diese Wörter, die mit »Gramm« was zu tun haben, haben etwas mit Auszeichnungen, Äußerungen zu tun. Ich habe das Wort mal gelesen, aber ich weiß nichts Genaues. Jetzt fällt es mir wieder ein, dass ist ein Spiel in meinem Englischbuch. Aber mit normalen Wörtern. Ja, es ist ein englisches Wortspiel.

(Nach der Erklärung): Natürlich finde ich es toll, wenn man einen wunderbaren Ausdruck aus seinem Namen bilden kann, einen positiven.

Erkenntnisse

Was man mit Anagrammen machen kann? Das kommt sicher darauf an, wie man im Leben steht.
Man kann damit für sich selber werben. Man kann sein Selbstbewusstsein damit stärken: Menschen müssen ja eine Identifizierung mit ihrem Namen haben. Es ist auch wichtig, sich mit seinem Namen zu identifizieren. Wenn dann noch ein schönes Anagramm dazukommt, ist das noch stärker. Wenn Leute Zweifel an ihren Namen haben, könnte es sogar für ihre Selbstversöhnung bedeutsam sein. Ich stehe zu meinem Namen, egal was ich da zusätzlich herausholen würde. Das wäre wahrscheinlich egal. Aber wenn man Bedenken hat, ob man seinen Namen mag – wenn man

den ändern möchte, wäre vielleicht so ein starker Ausdruck aus dem Anagramm hilfreich.

woher kommen Anagramme?

Ich vermute mal, dass Anagramme aus dem Bedürfnis entspringen, dass Menschen heute mehr denn je ein Bedürfnis haben, sich selber zu finden. Deshalb wollen sie sehen: »Was steckt in meinem Namen?« Vielleicht haben heute Namen auch mehr Bedeutung als früher. Es kann sein, dass sich Menschen über ihren Namen mehr Gedanken machen und auch, ob sie eine Beziehung dazu aufbauen können, ob sie ihren Namen mögen. Heute gibt es die Möglichkeit, den Namen zu ändern. Früher gab es das nicht so. Früher haben die Kinder einen Namen bekommen und damit basta. Aber vielleicht haben die Leute heute zu viel Zeit, dass sie sich solche Gedanken über ihren Namen machen. Oder zu viel Kummer. Oder nicht genug Anreiz, dass so etwas interessant geworden ist. Vielleicht dient es dazu, mehr Reiz ins Leben zu bringen.

Anagramme verschenken

Anagramme zu verschenken wäre witzig. Ich würde das zwar nicht tun, aber ich kann mir vorstellen, dass Leute so etwas verschenken. Denn das ist ein Teil von dem Menschen, der die Anagramme herauspickt. Wenn ich es verschenkte, könnte es eine Beilage zu einem Geschenk sein. Vielleicht auf einer Karte.

Ideen zu Anagrammen

Ich könnte mir höchstens vorstellen, dass man versucht, etwas Nettes über jemanden herauszufinden, damit der seine Freude daran hat. Wenn ich selbst eines herausfinde, ist das eine Arbeit von mir für dich, die nichts mit Geld zu tun hat. Es hat eine andere Wertigkeit, dass ich mich geistig mit dir beschäftigt habe. Dadurch ist es vielleicht wertvoller, als wenn ich etwas kaufe.

Spielregel-Ideen

Ich selbst würde eher ein Gedicht schreiben als ein Anagramm machen. Ob ich Anagramm-Wörter dazu benutze, kann ich so spontan nicht beantworten, weil ich ja zum ersten Mal mit dem Phänomen konfrontiert bin. Vielleicht muss ich erst noch darüber nachdenken. Ich bin ja jetzt erstmalig auf diese Idee gebracht. Ich würde dabei darauf achten, dass etwas Positives oder Witziges dabei herauskäme.

Selbstverständlich würde ich beachten, dass nichts im Ergebnis die Person kränkte oder zu persönlich wäre. Obwohl – das Merkwürdige ist, dass ja manchmal auch negative Dinge positiv sein können.

Aber ich denke nicht, dass ich das Recht hätte, einen negativen Anagramm-Begriff zur Charakterisierung zu benutzen. Schließlich will man, wenn man etwas verschenkt, Freude machen. Und Verletzendes ginge mir sicher sehr nah.

Anagramme bekommen

Wenn mir jemand ein Anagramm schenken würde, fände ich das eigentlich ganz witzig und nett, dass sich jemand die Zeit genommen hat, sich mit meinem Namen zu beschäftigen. Ich bin – glaube ich – zu realistisch, um eine direkte Verbindung vom Anagramm zu mir herzustellen. Aber es ist eine nette Idee. Allerdings geht das bei mir nicht so tief. Meine Eltern konnten schließlich nicht wissen, was für ein Mensch ich sein würde, als sie mir den Namen gaben. Sie wussten nicht, ob ich ein großer Paul werden würde, wie mein Vater, oder ob ich wie meine Mutter werden würde. Und sie konnten gar nicht ahnen, ob dieser Name zu mir passen würde oder nicht.

Erkenntnisse

Allerdings denke ich manchmal, dass Namen prägen. Denn »Pauline« ist kein sehr weiblicher Name. Und ich bin auch keine sehr weibliche Frau. Ich bin eher ein bisschen herb. Also, wenn ich Michelle oder Anneliese hieße oder so ähnlich, wäre ich vielleicht weiblicher. Außerdem reagieren die Leute ja auch auf Namen und verhalten sich dann anders. Und ich selbst vermute mal, dass ich, weil »Pauline« auch »kleiner Paul« bedeutet, nicht zu »girlish« werden konnte. Danach kleide ich mich auch nicht. Ich bin nicht für Madamiges. Und das hat wohl auch mit meinem Namen zu tun.

Kindernamen

Deswegen habe ich auch bewusst den Namen meiner Tochter ausgesucht. Ich finde, »Helen« klingt auch nicht sehr weich. Ich dachte, sie muss den Namen ja auch noch tragen, wenn sie groß ist. Soll sie dann Melanie heißen, wenn sie vierzig ist? Ich habe meine Tochter auch Helen genannt, weil ich dachte, Helen kann man nicht abkürzen. Aber das kann man doch: »Heli.« Alles wird in Deutschland abgekürzt.

Jetzt, wo ich etwas über Anagramme gelernt habe, würde ich trotzdem nicht darauf achten, was für ein Anagramm bei einem Namen herauskommt.

Wenn ich meinen Namen selbst anagrammiere, würde ich gern alles herausholen. Ich wäre bestimmt weder erfreut noch beleidigt.

Hannelore, 68 Jahre alt

typisch deutsche Vornamen

Als Frauennamen fallen mir ein: Eugenie, Hannelore, Magdalene;
als Männernamen: Adolph, Rüdiger, Berthold;
drei Mädchennamen: Irene, Maria, Gisela;
drei Jungennamen: Oliver, Gerd, Herbert.

Drei typische Nachnamen: Müller, Meier, Schuster.

Vorname

Ich habe keine Ahnung, warum ich Hannelore heiße. Vermutlich blieb kein anderer Name mehr übrig. Die anderen Namen waren vergriffen. Ich habe zwar nicht so viele Geschwister, aber eine sehr große Familie mit Tanten, Onkeln, Cousins und Cousinen. In der Zeit, als ich geboren wurde, gab es noch gar nicht so viele Namen. Damals war »Hannelore« vielseitig und ein üblicher Name. Ein ganz üblicher deutscher Name. Vermutlich wollte man damit auch ein Exempel setzen. Ich weiß keinen Menschen in meiner Familie, nach dem ich benannt sein könnte. Es ist auch nie darüber gesprochen worden. Man hieß einfach so.
Ich mag meinen Vornamen, denn meine Mutter hat ihn mir gegeben, was immer sie sich dabei gedacht hat. Irgendwas wird sie sich schon gedacht haben. In der Schule hatte ich keine Probleme mit »Hannelore«. Wir waren damals sechs davon in der Klasse.
Die Reaktion anderer Menschen ist ganz normal. Ich wurde nur einmal »Hanna« genannt, dann auch mal »Lörchen«, das heißt man teilte den Namen in zwei Teile, weil er ja auch aus den zwei Namen »Hanne« und »Lore« zusammengesetzt ist.

Familienname

Durch meine zwei Ehen habe ich ja jetzt schon den dritten Nachnamen. Ich habe immer eine sehr tiefe Verbindung dazu aufgenommen. Auch zum Namen meines ersten Mannes. Immer habe ich versucht, den Namen würdig zu tragen. Allerdings hängt mit diesem Namen auch viel Kummer und Leid zusammen. Mit meinem jetzigen Namen ist das nicht der Fall.

Erkenntnisse

Den Namen von jemand anderem zu übernehmen kann ein Gefühl der Geborgenheit und Sicherheit vermitteln. Mir ist mein neuer Name zur Ehre geworden. Merkwürdig ist, dass mein eigener Name wie auch der meines zweiten Mannes aus Holland stammt. Das war für uns eine Bestätigung, dass wir irgendwie zusammengehören. Und dann haben wir uns ganz diebisch darüber gefreut, als wir feststellten, dass unsere Namen 1720 schon mal zusammen waren, das heißt es haben schon mal jemand seines Namens und eine meines Namens geheiratet. Ist das nicht komisch? Die Geschichte geht zurück bis 1620. Bis dahin können wir den Namen verfolgen. Es hat sich einer mit dem Namen meines Mannes in eine Baronin verliebt, aber er konnte sie nicht heiraten, weil er nicht adlig angehaucht war. Er hat es dann wenigstens geschafft, ein »ten« vor den Namen dazuzubekommen. Das bedeutete, dass man eine besonders gute Tat gemacht hat. Wir wissen nicht, um welche Tat es sich handelte, aber dadurch konnte er seine Angebetete heiraten. Ich habe übrigens mal nachgezählt, ich habe den 2700ten geheiratet.

Anagramm das heißt:

»Anagramm« – ich könnte mir vorstellen, dass das die Zusammenfassung von irgendetwas ist.

Wenn ich jetzt erfahre, dass das die Neuordnung meiner Buchstaben ist, dann bedeutet das ja, dass ich auch etwas anagrammieren kann. Vielleicht ist ein Anagramm eine Hilfe für das Gedächtnis. Es liegt allerdings eine Gefahr darin, dass etwas gesagt wird, was ein anderer für ernst nimmt. Es sind doch nur gesuchte Wörter und keine Tatsachen. Ich für meine Person beschäftige mich lieber mit Tatsachen.

Ideen zu Anagrammen

Wo man Anagramme einsetzen könnte? Vielleicht in Nervenkliniken, um Gehirntraining hervorzurufen. Dadurch könnten Patienten zum Denken angeregt werden. Zum Beispiel bei Hirnoperationen kenne ich so einen Fall. Die haben so was gemacht, um Denkschwächen zu beheben. Zwar kann man mit einem Anagramm Gedächtnisschwächen nicht beheben, aber das Gehirn trainieren. Das Gehirn funktioniert ja schließlich auch wie eine Art Muskelkraft. Dort wurde das allerdings nicht mit ihren Namen gemacht, sondern nur einfach mit Sätzen aus irgendwelchen Büchern.
Mit Namens-Anagrammen könnte man eventuell den Namen verfälschen. Man verdreht die Buchstaben und erhält einen neuen, anderen Namen.

woher kommen Anagramme?

Ich kann schwer einschätzen, woher das Anagramm stammt und warum es ausgedacht wurde. Es kann zu einem guten Zweck entwickelt worden sein, und wir wissen ja, dass gute Zwecke auch zu schlechten Zwecken benutzt werden können. Dafür müsste man aber wissen, wer die Person war, die es erfunden hat, und was diese Person damit bezweckte.

Anagramme mit normalen Wörtern sind für mich okay, aber nicht mit Namen. Weil der Name damit verfälscht werden kann. Es könnte ja sein, dass diese Person dadurch in ein schlechtes Licht gerät. Wir haben ja alle so unsere Geheimnisse. Wir alle haben einen schwarzen Punkt, den wir in der Öffentlichkeit nicht aussprechen. Und wenn der dann aufgedeckt ist, kann es sehr unangenehm sein. Man braucht dazu durchaus kein schlechter Mensch zu sein. Schließlich gehen wir alle durch dies Leben und machen auch Fehler. Wir werden auch mal falsche Wege gehen. Und wenn wir es dann geschafft haben, wieder auf dem rechten Wege zu stehen – gibt es doch so ein Sprichwort: »Dann kommt ein Kamel und frisst es wieder weg« und entblößt diese Person. Und dann beginnt alles wieder von vorn. Ich finde, man sollte immer nur so arbeiten, dass Gespräche und Handlungen einen Nutzen haben.

Anagramme verschenken

Ich würde deshalb nie einem Menschen ein Namens-Anagramm schenken. Na ja, wenn er ein schönes Resultat hätte, wenn man den Namen durch das Anagramm verschönern, ihn ehren kann, dann könnte es doch wünschenswert sein. Andersherum nicht.

Kindernamen

Wenn, dann würde ich meinen Kindern ein Namens-Anagramm schenken, damit sie ihren Namen im Gedächtnis behalten und stolz auf diesen Namen sind. Das könnte ich mir als eine Art Urkunde vorstellen, unter Glas oder eingerahmt.

Anagramme bekommen

Spielregel-Ideen

Da ich ein humoristischer Mensch bin, würde ich eine Rede mit meinen Anagrammen durchaus annehmen, solange es nicht beleidigend wäre. Wenn jemand jedoch eine unangenehme Sache daraus machen würde, dann würde ich die Person zur Rede stellen. Denn wenn er es mit Hilfe eines Anagramms gesagt hätte, hätte er es ja nur netter eingepackt. Aber es würde mich genauso treffen, als wenn er spontan grob wäre.
Wenn mir jemand ein Anagramm als Urkunde hinter Glas schenken würde, würde ich mich, glaube ich, nicht freuen. Ich liebe meinen Namen so wie er ist: unverfälscht.

Olaf, 38 Jahre alt

Ana-gramm das heißt:

Anagramme empfinde ich als Spielerei, witzig.
Vielleicht enthalten sie versteckte Botschaften. Aber ich glaube nicht daran. Allerdings finde ich so Sachen wie den *Bibelcode** interessant. Das ist ein Buch über einen israelischen Mathematiker, der zeigt, dass sich im Bibeltext ins geometrisch genauen Abständen – sozusagen wie Muster auf der Horizontalen, der Vertikalen oder der Diagonalen – Prophezeiungen über die Neuzeit finden lassen (Beispiel: »Jitzak Rabin = er wird ermordet werden«). Deshalb hätte ich durchaus Spaß, mich damit zu beschäftigen.

Ana-gramme verschen-ken

Ich kann mir auch vorstellen, solche Dinge bei einer Rede zu einem Geburtstag oder bei einem anderen Anlass zu verwenden.

Erkenntnisse

Ein Computerprogramm für Anagramme könnte unter Umständen die Kreativität beeinträchtigen. Denn es ist sicher von entscheidender Bedeutung, wer mit welchem Wortschatz und welchen Fantasien an das Anagramm herangeht.
Mir fällt gerade das Buch von Tom Sharpe ein: *Der Puppenmord*. In dem geht es darum, dass ein Ehepaar scrabbelt. Während er nur hehre Begriffe wie »Treue«, »Liebe«, »Ehre«, »Tugend« herausscrabbelt, fallen ihr ausschließlich »versaute« Begriffe wie »Penis«, »Sex« und »Busen« ein. Das ist sozusagen ein Beleg für Hegels These, dass man nur das erkennt, was man kennt.

* Der amerikanische Journalist Michael Drosnin beschreibt, wie er sich von Eli Rips, einem israelischen Mathematik-Professor davon hat überzeugen lassen, dass es einen geheimen Code in der Bibel gibt, der wichtige Ereignisse in der Geschichte der Menschheit vorhersagt. Nach den Forschungsen von Rips ist die Bibel wie ein riesiges Kreuzworträtsel aufgebaut und von Anfang bis Ende in Worten codiert, die verborgene Botschaften enthalten. Die Codes basieren nach seiner Meinung auf einer Aneinanderreihung jedes vierten, zwölften oder fünfzehnten Buchstabens zu einem Wort. Wenn der gesamte bekannte Text der Bibel, wie er in der hebräischen Originalversion des Alten Testaments geschrieben ist, nach diesem System entschlüsselt wird, so entsteht ein komplexes Netzwerk von Worten und Wendungen, das zeige, dass eine Bibel innerhalb der Bibel existiere.

Gerd, 42 Jahre alt

Erkenntnisse

In der Beschäftigung mit dem Computerprogramm im Internet habe ich festgestellt, dass sich aus meinem Namen überhaupt keine Voll-Anagramme bilden lassen und sich überhaupt keine echten Anagramme ergeben. Aber mein Beruf Rechtsanwalt ergibt »Nachweltstar«. Das gefiel mir.
In einem Gespräch mit einem Verwandten habe ich herausgefunden, dass der Computer wahrscheinlich der völlig falsche Weg ist. Er kann zwar schnell Ergebnisse ausspucken, aber die Selbstbeschäftigung unterbindet er eigentlich.

Ideen zu Anagrammen

Ein Beispiel, um zu erläutern, was ich meine: Ich habe eine besonders kluge Nichte. Die war jedoch nach ihrem Einser-Abitur völlig ratlos, was sie wohl werden wolle. Daraufhin riet ich ihr, sich mit ihren Anagrammen zu beschäftigen und aus dem Namen eventuell eine Fantasie, eine Idee zu bekommen, worauf sie beruflich denn Lust haben könne.

Erkenntnisse

Das ist der springende Punkt. Wahrscheinlich ist das Wichtigste die Selbstbeschäftigung, die Teil- und Voll-Anagramme mit den eigenen Fantasien zu füllen, genau die Wörter herauszufinden, die im Inneren ohnehin unbewusst schlummern. Das ist das große Verdienst, zu dem Anagramme verhelfen können. Das bedeutet, dass das fertige Voll- oder Teil-Anagramm im Nachhinein vielleicht sogar unwichtig ist. Vielmehr zählt die ja mehrstündige Beschäftigung mit sich selber über den Namen und über die Buchstaben weit mehr. Das erlaubt eine kreative, anregende Beschäftigung mit der eigenen, wahren Identität, die ja tatsächlich auch durch den Namen gebildet wird.

Spielregel-Ideen

Der Kern ist also, sich für diese Zeit auf sich selbst zu konzentrieren und die Rangfolge, die Durststrecken, die Anregungen durch die Wörter, die herauskommen, so zu nutzen, dass in spielerischer Form eigene Bedürfnisse, Ängste und Wünsche kennen zu lernen sind. Das ist wirklich ein neuer Weg.

SCHATZ-TRUHE II

Das Anagramm-Geheimnis

Aus dem Internet

Die Top 11

Castorbehälter → achtlose Berater
Kapitalismus → Amis Klau-Tips
Rinderwahnsinn → wandern ins Hirn
Allmacht → lacht mal
Nato-Gipfeltreffen → Fertige Pantoffeln → tolerant gepfiffen
Deutschland → sacht dulden
Albert Einstein → etablierte Sinn → brisante Eliten
Tagesschau → Aas gesucht
Tagesthemen → Manege steht
Erstsemesterinfo → Seesterne im Frost → im öfteren Stress
Tesafilm → fast Leim

Anagramm-Listen aus dem Internet

Start-Wort	**Anagramm**	***Entdecker***
Amsterdam	da rammt es	*Dominik Maschke*
beruhigend	geh nur Dieb	*Koni Weber*
Bundestag	Angstbude	*Tanja C. Sauerteig*
Der Spiegel	Geldpreise	*Roman Figaja*
Der Spiegel	Pilsgerede	*Roman Figaja*
Eifersucht	Schufterei	*Christian Stimming*
Einbrecher	bereichern	*Christian Symmank*
Erstsemesterinfo	meistere Essfront	*Arne Thomassen*
Fertiggerichte	reger Giftteich	*Joerg Zuther*
Fingernagel	Greifangeln	*Christian Symmank*
Frauen	Anrufe	*Stafan Rybotycky*
Himmelfahrt	hm, half er mir?	*Adrian Plass*
Internetseiten	nie Tintenreste	*Arne Thomassen*
Kalifornien	Fakir online	*Arne Thomassen*
Kandidatenliste	Aladin-Disketten	*Arne Thomassen*
Kapitalismus	Amis Klau-Tips	*Ivo Pexcia*
Kartenspiel	kalter Penis	*Pit Hartlin*
Kondome	NOK-Mode	*Christian Symmank*
kostenneutral	Koeln erstaunt	*Arne Thomassen*
Natur	Unrat	*Oliver Schaub*
Plattenspieler	Leitstern Apple	*Joerg Zuther*
Relativitaetstheorie	Vatis elitaere Torheit	*Christian Symmank*
Ruhe ist Kraft	ihr kauft erst	*Gertrud Schnitt*
seinesgleichen	ich lese Gen	*Adrian Plass*
Senator	Rotnase	*Christian Symmank*
Straftatbestand	Rabatt stand fest	*Arne Thomassen*
Tagesthemen	nehmt Gaeste	*Arne Thomassen*
Waschbaer	war Schabe	*Christian Symmank*
Weihnachten	Wichte ahnen	*Christian Symmank*
Wetterleuchten	echte Unterwelt	*Mark Geiger*

A

Die Anagramm-Historie

Herkunft des Wortes

Das Wort »Anagramm« kommt von griechisch »anagraphein« und heißt »*um*schreiben«.

Anagramme zu machen bedeutet die Buchstaben eines Wortes oder einer Gruppe von Worten umzustellen, um andere Worte zu erzeugen, die eine neue Bedeutung ergeben.

Die Bezeichnung »Anagramme« entstand 1571 in Frankreich. Zu der Zeit galt beim Anagrammieren die Spielregel, dass keine Buchstaben hinzugefügt oder weggelassen werden durften.

ANGELIKA
ANLAGE
GENIAL

Anagramme sind schon seit der Antike bekannt. Manche Quellenangaben schreiben die Erfindung den Juden zu, vermutlich weil die späteren Schriftsteller von Hebron, insbesondere die Kabbalisten, sie gern verwendeten und dabei erklärten, dass Geheimrätsel in die Anzahl der Buchstaben verwoben seien.

Im Rahmen der Literaturgeschichte und Poetik wird das Anagramm kaum erwähnt, weil es durch seine literaturhistorischen Veränderungen Abwertungen erfahren hat. Beachtung findet es vor allem als Kuriosität. Obwohl das Anagramm über viele Jahrhunderte gebräuchlich war, herrschte nie Einigkeit darüber, worum es sich dabei handelt. Ist es

- bloß eine Spielerei wie beim Kreuzworträtsel?
- nur eine Technik?
- ein echtes Handwerk?
- hohe Kunst?
- oder gar Magie?

Der Literaturwissenschaftler Manfred Geier stellte fest: »Der Grund des Anagrammierens könnte auch nicht religiös, sondern rein poetisch sein: Entdeckung neuer sprachlicher Strukturen unter den vertrauten Wortkörpern, die anagrammatisierend in das Spiel einer literarischen Entdeckungsfreude verwoben werden, um so, anhand sprachlicher Über-Struktur der magischen Kraft der Poesie verfügbar zu sein.«

Die Erfinder

Selbst wenn der Begriff »Anagramm« erst im 16.Jahrhundert geprägt wurde, so hat die Anagrammier-Kunst eine lange Tradition und galt schon in der griechischen und römischen Antike als »Suche nach dem Wort im Wort«.

Die ältesten Anagramme sollen von Aristandros stammen, dem Wahrsager von Alexander dem Großen. Als eigentlicher Erfinder gilt jedoch nach Ansicht zweier Forscher der griechische Dramatiker und Tragiker Lykophron von Chalkis, der in der ersten Hälfte des 3.Jahrhunderts v. Chr. lebte, und einer der sieben Dichter am Hofe des Herrschers Ptolomaios gewesen ist. Dessen Name hat er zu »apo melitos«, also »wie Honig«, anagrammiert.

Hinter dieser Form des anagrammatisch gedeuteten Eigennamens verbirgt sich der Glaube an die antike, magische »Nomen est omen«-Vorstellung. Dieses Zitat wird Plautus, dem römischen Komödiendichter (um 250 v.Chr.) zugeschrieben. Wörtlich hieß es: »Nomen atque omen«, »Namen und Vorbedeutung«. Plautus legte es seinem Stück *Die Perser* einer handelnden Figur in den Mund. Es geht dabei um eine Sklavin mit dem Namen Lukres, was »Profit« bedeutet. In der Szene meint einer der Akteure zum anderen, dass diese Frau zu besitzen sich »letztlich auszahlen« würde, denn schon »wegen des Namens allein sei sie jeden Preis wert«. Daraus scheint dann – nach Vermutung der Sprachwissenschaftler – das gebräuchliche »Nomen est omen« entstanden zu sein.

Diese Vorstellung setzt voraus, dass der Name eines Menschen Wesenszüge des Benannten enthält. Als Beweis für die richtige Deutung wurde gewertet, dass die Buchstaben »aufgehen«.

THERESA
ASTER
THESE

Es wird vermutet, dass Schmeichelei und Herrscherlob zu einer zweckgebundenen Verwendung des Anagramms gehörten und dem Herrscher damit »Honig um den Bart« gestrichen wurde. (Ob sich die Redewendung »Jemand Honig um den Bart schmieren« seit Ptolomaios erhalten hat?) Offensichtlich nutzten viele Anagrammatiker die Chance, das »Passende« aus dem vorhandenen Namen herauszulesen. Möglicherweise wussten sie jedoch auch einfach, dass es besser war, mit Takt und Fingerspitzengefühl vorzugehen.

Lykophron wählte als Basis für seine Anagramme grundsätzlich Eigennamen, die anagrammatisch gedeutet wurden.

Das alte Rom

Anagramme waren auch den Römer-inne-n bekannt.
Ein berühmtes Beispiel für ein Anagramm, dem ein ganzer Satz zu Grunde liegt ist, die Pilatusfrage »Quid est veritas?« (»Was ist die Wahrheit?«) – »Est vir qui adest.« (»Es ist der Mann [= Christus], der zugegen ist.«)
Das lateinische SATOR-Quadrat hat europaweit am meisten Furore gemacht. Es handelt sich dabei um ein Wortquadrat aus 25 Buchstaben, das sowohl eine optische Inszenierung ist und zugleich magische Gebrauchsfunktionen hatte:

S	A	T	O	R
A	R	E	P	O
T	E	N	E	T
O	P	E	R	A
R	O	T	A	S

S	A	T	O	R
A	R	E	P	O
T	E	N	E	T
O	P	E	R	A
R	O	T	A	S

ANGELO
ELAN
LOGE

Die fünf Zeilen des Quadrats ergeben den Satz: »Sator arepo tenet opera rotas.« Es gibt viele Übersetzungen davon. Die Gängigste ist: *»Der Sämann hält den Pflug, die Werke, die Räder.«* Es existiert jedoch auch die Übersetzung von ROTAS als »Räder als Hinrichtungsinstrument« in der Christenverfolgung. ROTAS wurde auch als Räder des Sonnenschicksals und des Zeitwagens interpretiert. Zu dem unklaren Wort AREPO existiert die Variante, dass dies der Kurzname des Gottes »Harpokrates« sei, des Fruchtbarkeitsgottes, der zeitweise mit Eros gleichgesetzt wurde. Angesichts zahlreicher pompejanischer Mauerinschriften, die um das Thema »Wagenlenker« kreisen, tendieren weitere Übersetzungen dazu, im SATOR-Quadrat ein ROTAS-Quadrat zu sehen, das eine Funktion habe als zirzensische Tefiktion (= Fluchtafel), die einem konkurrierenden Wagenlenker das Blockieren der Räder (TENET ... ROTAS) anhexen will. Eine gegenteilige Deutung geht dahin, dass hier ein Segen zum Schutz vor Radbruch beziehungsweise Radschaden fixiert sei.
Das SATOR-Quadrat ist ein komplexes *Palindrom,* das achtmal zu lesen ist: von allen vier Ecken auf- wie absteigend, horizontal wie vertikal. Das »Krebswort« TENET (von hinten nach vorne und von vorne nach hinten zu lesen) in der Mittelzeile bildet eine

Kreuzform, die zweimal von oben nach unten respektive von links nach rechts zu lesen ist. ROTAS ist die Umkehrung von SATOR, und AREPO die Umkehr von OPERA. Die älteste Überlieferung stammt von einem Graffito aus einem Säulengang in Pompeji, wo das Quadrat gleich zweimal auftaucht und auf die Jahre 50–79 n. Chr. datiert wird. Weitere Vorkommen sind:

- Ein Ziegelstein in der Stadt Aquincum aus dem Jahr 100 n.Chr.
- Vier Graffiti im Artemis-Tempel am Euphrat aus dem 3.Jahrhundert.
- Ein Graffito in Santa Maria Maggiore in Rom aus dem 3. bis 4.Jahrhundert, von wo auch das Palindrom »Roma sumus amor« überliefert ist (Rom größte Liebe).
- Eine Wandinschrift in Cironcester in Gloucestershire in England aus dem 3. bis 4.Jahrhundert.
- Oberägyptische Amulette und Papyri aus dem 4.–6.Jahrhundert.
- Eine karolingische Bibelhandschrift in Saint-Germain-de-Près aus dem Jahre 822.

Weitere Fundstellen sind koptische, äthiopische, belgische, byzantinische, griechische und Münchner Quellen. Das SATOR-Quadrat wurde in Fresken, Mosaiken und Handschriften gefunden. Es galt als magisches Rezept zu Heilzwecken bei gynäkologischen Komplikationen wie für leichtere Geburten.
Unklar ist, ob das SATOR-Quadrat christlichen oder heidnischen Ursprungs ist. Manche Wissenschaftler rechnen es stoisch-neupythagoreischen Kreisen der ausgehenden Römischen Republik zu, deren Vorliebe für magische Experimente und theologisch-okkulte Praktiken bekannt ist.

BEATE
TEE
BEAT

Magische Quadrate

Im Mittelalter gab es zahlreiche Buchstaben- und Zahlenquadrate, die ihre Wurzeln im Okkultismus und eine große Nähe zum Bereich der Geheimwissenschaften hatten. Im arabischen Zauberbuch *Pekatrix*, das auf Anweisung König Alfons X. von Kastilien 1256 ins Lateinische übersetzt worden ist, erscheinen magische Quadrate im Kontext mit Liebeszauber, Beschwörungsformeln, Siegeln, Gravierungen, Zirkeln, Tafeln, Brillen, Buchstaben und Zauberworten. Sie wurden eingesetzt für: Abwehr von Giften,

Vertreibung von Ungeziefer, Stärkung des Gedächtnisses, Vermehrung des Geldes, Förderung der Empfängnis, Erleichterung der Geburt, Befreiung der Gefangenen, Sieg über Feinde, Heilung von Krankheiten, Verstehen der Sprache der Sinne, Regenzauber und Liebeszauber. Es wurden auch Zahlen für magische Quadrate verwendet, bei denen in jeder denkbaren Leserichtung – horizontal (vor- wie rückwärts) und diagonal – sich immer die selbe Summe ergibt. So auch beim magischen Quadrat der vier Elemente, das immer 15 zum Ergebnis hat.

Vier Elemente

Quadrat für das Element Luft

2	7	6
9	5	1
4	3	8

Quadrat für das Element Erde

6	7	2
1	5	9
8	3	4

Quadrat für das Element Feuer

4	9	2
3	5	7
8	1	6

Quadrat für das Element Wasser

6	1	8
7	5	3
2	9	4

Magische Quadrate wurden oft in astrologische Zusammenhänge gerückt und einzelnen Planeten zugeordnet; neunzeilige Quadrate zum Beispiel dem Saturn.

Berühmt ist auch das magische Quadrat mit 16 Zahlen – jede Reihe von vier Zahlen und die Diagonalen ergeben die Summe 34 –, das auf Albrecht Dürers Kupferstich »Melencolia I« abgebildet ist:

16	3	2	13
5	10	11	8
9	6	7	12
4	15	14	1

MELENCOLIA§I
16 3 2 13
5 10 11 8
9 6 7 12
4 15 14 1

Eine Spezialform des magischen Quadrates ist das Haptagramm (von griech. »berühren«), eine nicht unterteilte Buchstabenfolge, bei der sich die einzelnen Buchstaben berühren. Eines der berühmtesten ist das ursprünglich hebräische Quadrat, das in deutscher Übersetzung »Der Herr behüte dich« heißt. Ausgehend von dem zentralen Feld mit dem »D« ist strahlenförmig der Satz »Der Herr behüte dich« zu lesen.

H	C	I	D	E	T	Ü	H	E	H	Ü	T	E	D	I	C	H
C	I	D	E	T	Ü	H	E	B	E	H	Ü	T	E	D	I	C
I	D	E	T	Ü	H	E	B	R	B	E	H	Ü	T	E	D	I
D	E	T	Ü	H	E	B	R	R	R	B	E	H	Ü	T	E	D
E	T	Ü	H	E	B	R	R	E	R	R	B	E	H	Ü	T	E
T	Ü	H	E	B	R	R	E	H	E	R	R	B	E	H	Ü	T
Ü	H	E	B	R	R	E	H	R	H	E	R	R	B	E	H	Ü
H	E	B	R	R	E	H	R	E	R	H	E	R	R	B	E	H
E	B	R	R	E	H	R	E	D	E	R	H	E	R	R	B	E
H	E	B	R	R	E	H	R	E	R	H	E	R	R	B	E	H
Ü	H	E	B	R	R	E	H	R	H	E	R	R	B	E	H	Ü
T	Ü	H	E	B	R	R	E	H	E	R	R	B	E	H	Ü	T
E	T	Ü	H	E	B	R	R	E	R	R	B	E	H	Ü	T	E
D	E	T	Ü	H	E	B	R	R	R	B	E	H	Ü	T	E	D
I	D	E	T	Ü	H	E	B	R	B	E	H	Ü	T	E	D	I
C	I	D	E	T	Ü	H	E	B	E	H	Ü	T	E	D	I	C
H	C	I	D	E	T	Ü	H	E	H	Ü	T	E	D	I	C	H

Kabbalistische Mystik

Anders als in der griechischen Antike erscheint das Anagramm bei den Juden nicht als eine Art punktueller Deutung, sondern als Mittel zur Textproduktion. In dieser Form gilt es als ein Vorläufer des modernen Typus des Anagramm-Gedichtes, das durch fortlaufendes Anagrammieren ein und derselben Zeile entsteht.

Der Begriff »Kabbala« (wörtlich: »Überlieferung von göttlichen Dingen«) weist auf die mystische und religiöse Funktion des Anagramms in der jüdischen Geheimlehre hin. Die Thora zu anagrammieren wurde als eine von vier Methoden (der so genannten Temurah) angesehen. Sie diente der orakelhaften Tätigkeit mit dem Ziel, den wahren, ursprünglichen Text Gottes zu erkennen. Namen, Fakten und Ähnliches wurden anagrammatisch umgedeutet, um so aus den Ergebnissen Prophezeiungen für die Zukunft zu erhalten. Nach kabbalistischer Überzeugung sind die Buchstaben des Alphabets ohnehin göttlichen Ursprungs und unter der »oberflächlichen Sprachschicht« verbirgt sich die Gesetzmäßigkeit der Schöpfung und damit der Name Gottes. Zugleich stehen Worte in Verbindung mit dem Ursprung und damit auch mit der Entstehung des Menschen. Ziel allen Anagrammierens ist, einen Zugang, eine Verständigung mit der göttlichen Instanz anzustreben.

MANUELA
LAUNE
AUEN

Dass der Name – also die Benennung – Ursprung des Seins sei, war die vorherrschende Vorstellung in der Kabbala. Von Buchstaben – den Elementen der göttlichen Sprache – glaubte man, dass sie auf höhere Worte und Geheimnisse verwiesen. So heißt es in einem Buch *Zur Kabbala und ihrer Symbolik* über die Bedeutung von Buchstaben, dass sie nicht nur konventionelle Mittel zur Kommunikation seien, sondern: »Jeder Einzelne von ihnen stellt eine Konzentration von Energie dar und drückt eine Sinnfülle aus, die in der menschlichen Sprache gar nicht oder zumindest nicht erschöpfend übersetzt zu werden vermag.«

Die mystische Erfahrung mit der Kabbala wird als radikal und als individuell betrachtet. Es gab die Vorstellung von den »600 000 Gesichtern der Thora«; die Anzahl dieser Gesichter entspricht der Anzahl der am Berg Sinai versammelten Kinder Israels. Damit soll ausgedrückt werden, dass es letztlich genau so viele Lesarten wie Leser-innen gibt.

Bemerkenswert ist die frühe Vorstellung, dass das Ausgangsmaterial der Anagramme zwar eine Vielzahl verschiedener Kombinationsmöglichkeiten enthält, die Person, die anagrammiert, in der Regel

jedoch nur ganz bestimmte Lösungen findet. Der jeweilige »Eingang«, also das zuerst gefundene neue Wort, grenze die Kombinationsmöglichkeiten im weiteren Durchgang ein.
Daraus wurde gefolgert, dass der Zufall an der Lösung einen großen Anteil habe. Denn erst am Ende werde überraschend deutlich, dass das Ergebnis, das herauskommt, notwendig war, und dass es kein anderes hätte sein können. Ein Beispiel verdeutlicht das: MKRH (gesprochen: »Mikreh« bedeutet »Zufall« oder »es geschieht«. Das Anagramm RKMH (gesprochen: »Rakmihaschem«) bedeutet »nur von Gott«. (Da die hebräische Schrift keine Vokale kennt, ergeben sich die Unterschiede zwischen Schreibweise und Aussprache.)
Anagramm-ähnliche Verfahren in der Kabbala treten in zwei Funktionen auf:

- Einerseits diente das Anagramm als Erklärungsmodell für die Entstehung der Thora und
- andererseits gilt es als eine praktische Form der konkreten Textauslegung.

Man ging davon aus, dass jeder Prozess, in dem Buchstaben kombiniert werden, gleichsam auch eine Art Erkenntnisweg darstelle. Und zwar auch dann, wenn diese Erkenntnis womöglich verschlossen bleibt oder nicht entziffert werden kann.
Schon sehr früh wurden über die Textgestalt der Bibel auch numerologische Spekulationen angestellt, verbunden mit der Idee, dass die Buchstaben ursprünglich keine präzise Bedeutung, sondern eher den abstrakten Charakter von Zahlen hatten und wie Musiknoten einen numerischen Wert besaßen. Ein paar Beispiele dafür: Der Zahlenwert der Buchstaben für das hebräische Wort »Mutter« ist 41, der für »Vater« 3, der für »Kind« 44 (also 41 plus 3). Oder: Der Zahlenwert der Worte für »Jahr« und »Schwangerschaft« entspricht jeweils der tatsächlichen Dauer eines Jahres beziehungsweise einer Schwangerschaft. Fromme Juden benutzen Betschals, an denen sich so genannte »Schaumfäden« befinden. Der Zahlenwert dieses Wortes – 613 – entspricht der Anzahl der jüdischen Gebote.
Die Abstraktion durch die Zahl reduzierte die Sprache auf den Buchstaben und auf den Laut als Grundeinheit. Damit kann wieder eine Verbindung zum Anagramm hergestellt werden, indem mit dem bloßen Buchstabenmaterial gearbeitet wurde – oft auch ohne die Bedeutung zu beachten, sodass dann häufig der bloße Klang zur Sinnbildung führte.

CHRISTINA SACHT ANSICHT

DENNIS
SINN
SEIN

Nach der Antike

Auch die mittelalterliche philosophische Lehre des Kabbalismus maß Anagrammen große Bedeutung bei. Es wurden gewisse Beziehungen zu den Anagrammen und dem Charakter oder Schicksal der Personen festgestellt, aus deren Namen sie gebildet wurden.
Anagramme waren in ganz Europa während des Mittelalters und auch später beliebt. Im Europa der Nachrenaissance war es allgemein üblich, aus den Namen berühmter oder adliger Personen Anagramme zu deren Lob zu bilden. Ludwig XIII. hatte sogar einen offiziellen Anagramm-Schreiber an seinem Hof, der den Titel trug: »Anagrammist des Königs«. Er hieß Thomas Billon.

Anagramme in der Neuzeit

Bis Ende des 16.Jahrhunderts hatte das Anagramm in Frankreich eine eher exklusive Stellung. Man fand es insbesondere an Fürstenhöfen und in gelehrter, intellektueller oder geistlicher Umgebung.
Außerdem war das Anagrammieren eine Übung vieler religiöser Vorschriften im 16. und 17.Jahrhundert. Der anglikanische Gruß »Ave Maria, gratia plena, Dominus tecum« (»Gegrüßt seist du, Maria, voll der Gnade, der Herr ist mit dir«) war eine bevorzugte Basis. Er wurde zu Hunderten von Variationen umgestellt, wie zum Beispiel: »Virgo serena, pia, munda et immaculata« (»Himmlische Jungfrau, fromme, reine und unbefleckte«).
Einige Wissenschaftler des 17.Jahrhunderts, beispielsweise Galilei, Christiaan Huygens und Robert Hooke, kleideten ihre Entdeckungen in Anagramme, um andere davon abzuhalten, Ansprüche anzumelden oder sie ihnen zu stehlen. Zu dieser Zeit waren die von Autoren angenommenen Pseudonyme häufig Anagramme ihres eigentlichen Namens.
Erst allmählich begann das Anagramm populär zu werden. Dabei halfen – als seine polemische Funktion erkannt wurde – herabsetzende Lesarten des Anagramms. Die Methode, auch Negatives aus dem Namen eines Menschen herauszulesen, fand jetzt privat wie öffentlich großen Anklang. Damit der gewünschte Sinn nicht allzu großen Schaden nahm, wurden die Regeln durch Zusätze erweitert. Als Beweis der Richtigkeit der Deutung mussten die Buchstaben des Ausgangsmaterials allerdings »aufgehen«.

Bereits im 16.Jahrhundert wurden die anagrammatisch gewonnenen Kurzformeln in längere Vers- oder auch Prosatexte integriert. Im 17.Jahrhundert entwickelten sich die *Hieroglyphik**, *Emblematik*** und Buchstabenkombinationen in ganz Europa zu Methoden, um eine doppelte sprachliche Schicht, eine Art Doppelsinn zu produzieren.
Damit verbunden war ein Funktionswandel des Anagramms insbesondere in Frankreich. Wurde das Anagramm früher als mystische Namensdeutung genutzt, entwickelte es sich nunmehr zum reinen Spaß für junge Leute der besseren Kreise, die es als intellektuelle Erbaulichkeit empfanden.

Diese Entwicklung führte im 19.Jahrhundert zur Verwendung des Anagramms als Bestandteil in Rätsel- und Spielesammlungen – vor allem als »Buchstaben-Versatzrätsel«, wobei nur eine einzige Kombinationsmöglichkeit als richtig akzeptiert wurde. Dahinter verbarg sich durchaus ein pädagogisches Konzept zum kreativen, spielerischen Umgang mit Sprache. Allerdings führte die populäre Verbreitung des Anagramms als denksportartiges Gesellschaftsspiel zu seiner Abwertung im Hinblick auf die Literatur. Schon im 18.Jahrhundert – dem aufklärerischen, vernunftorientierten – war dieser spielerische Umgang mit Sprache in gebildeten Kreisen in Verruf geraten. Im damaligen Universallexikon, dem *Zedler*, heißt es:

ALEXANDRA
ADLER
ELAN

> Anagramma ist dasjenige, wenn man aus einem Wort durch Versetzung der Buchstaben ein anderes herausbringt. Aus »Amor« [= lat. Liebe] per Anagramm: »Mora« [= lat. Verzug, Aufschub, Aufenthalt, Verzögerung, Rast, Pause, Hindernis]. Der Nutzen, der hieraus entstehen soll, kann gar nicht angegeben werden, und die Vergnügung, die sich dabey befindet, gehöret nur vor die schwachen Geister, die sich gern mit

* Die Beschäftigung mit den ägyptischen Hieroglyphen führte zu Spekulationen über eine allgemeine Bilder(rätsel)sprache als Verständigungsmittel. Die erste dichterische Darstellung der Hieroglyphik stammt von Francesco Colonna (1499) aus der Spätrenaissance.

** Das Wort kommt aus dem Griechischen, bedeutet so viel wie »eingefügt«, »Einlegearbeit«. Es ist im Prinzip eine Art Sinnbild; Emblematik besteht aus der Einheit von Wort und Bild. Als Begründer gilt Alciatus von Mailand (1492–1550). Als Prinzipien der Emblematik gelten gleichermaßen:
1. Überschrift,
2. bildhafte Darstellung einer Person/Szene, eines Ereignisses,
3. Epigramm – also ein einstrophiges, kurzes Gedicht, eine Inschrift, Aufschrift (auf Grab, Denkmal, Gebäude o. Ä.) zur Erläuterung der Bedeutung.

> Kleinigkeiten aufhalten. Der gute Geschmack unserer heutigen Gelehrten hat dieselben längst verbannt, und die Satyrenschreiber haben dieselben hier und da lächerlich gemacht. Wir halten davor, daß ein verwirrter Kopf, welcher sich durch höheres Nachdencken von seinem Fleiße bey der Nichtwürdigkeit der Sache nicht abhalten läßt, der beste Anagrammatist werden könne.

Hier zeigte sich, dass das Anagramm der Vorstellung von Nutzen und gutem Geschmack der Gelehrten zuwiderlief. Sein spielerischer Charakter und seine magischen beziehungsweise mystischen Funktionen galten als unvereinbar mit dem auf Vernunft gründenden Denken und der Hinwendung zum Diesseits. Es widersprach den zeitgemäßen gesellschaftlichen Idealen.
Auf diese Weise verschwand das Interesse an Anagrammen im 18. Jahrhundert allmählich. Nur in Form von Rätseln oder in seiner Funktion für Pseudonyme blieb es bis in die Gegenwart erhalten.
Um das Anagramm als Mittel der Pseudonymbildung anzuwenden, war die Entdeckung des Autors beziehungsweise ein Bewusstsein geistiger Eigentumsverhältnisse historische Voraussetzung. Und das war über Jahrhunderte hinweg nicht selbstverständlich. Wie in anderen Künsten auch galten schöpferische Menschen als Handwerker. Damit waren die Namen der Individuen über lange Zeit unwichtig.
Auch im 20. Jahrhundert hat das Anagrammieren von Namen seinen Reiz nicht verloren. Ein Beispiel ist das Anagramm, das aus dem Namen der berühmten Krankenpflegerin Florence Nightingale (1820–1910) gebildet wurde: »Flit on, cheering angel«, was »Husche weiter, fröhlicher Engel« heißt. Oder: Aus »revolution« wird »love to ruin« (»die Liebe zum Ruinieren«) oder »ruin to love« (eine »Ruinierung der Liebe«). »We all make his praise« (»wir alle lobpreisen ihn«) ist ein Anagramm von »William Shakespeare«.

DENISE
IDEE
SEIDE

Vom Anagramm zum Scrabble-Spiel

Im 20. Jahrhundert bis heute werden Anagramme gelegentlich in Kreuzworträtseln verwendet – sowohl als Hinweis als auch als Lösung. Aber seinen Siegeszug trat das Anagramm – wenn auch in abgewandelter Form – als Spiel an, das jede-r kennt: Das Scrabble-Spiel, das erst 1931 erfunden wurde. Es ist eine Kreuzung zwischen einem Kreuzworträtsel, einem Wortquadrat und Anagrammen.

Im Jahr 1931 hatte der arbeitslose Architekt Alfred Butts damit begonnen, dieses Wortspiel auszutüfteln. Von der Idee bis zur Herstellung war es ein langer Weg: Erst 1948 begann sein Freund James Brunot in seinem Haus im ländlichen Newtown/Connecticut Scrabble-Spiele zu produzieren. Vier Jahre lang machte er mit dieser Geschäfts-Idee nur Verluste. Aber im Jahr 1952 kam auf unerklärliche Weise der große Durchbruch. Die Zahl der verkauften Exemplare stieg von durchschnittlich täglich 16 plötzlich auf 411, und die Nachfrage wuchs ständig. Seitdem ist das Wortspiel über alle Kontinente verbreitet und gilt heute als das meistverlangte Kreuzwortspiel auf der ganzen Welt. Vielleicht war auch hier das Phänomen des »hundertsten Affen« am Werk.

Anagramm-Formen

Namens-Anagramme und Wort-Anagramme

Tarnnamen (Pseudonyme) entstanden auf der Basis des Eigennamens. Sie enthalten zwar das Buchstabenmaterial des tatsächlichen Namens, verbergen aber dennoch die Identität einer Person. Allerdings könnten wachsame Leser-innen den wirklichen Namen enträtseln. So verbarg sich hinter der Bezeichnung »Chr. M. Stadion« der Name von Arno Schmidt oder hinter »German Schleifheim von Sulsfort« der Name Christoffel von Grimmelshausen.

Aber natürlich eignen sich nicht nur Namen zum Anagrammieren, sondern jedes Wort. Wenn es gelingt, aus *allen* Buchstaben eines Namens (oder eines Wortes) sinnhafte Wörter so zu bilden, dass *alle* Buchstaben Verwendung finden, so ist das ein *Voll-Anagramm.* Wenn einzelne Wörter herauskommen und *nicht alle* Buchstaben aufgehen, sondern einige übrig bleiben, handelt es sich um ein *Teil-Anagramm.*

ELISABETH
TEILHABE
ELITE

Dass Anagramme bis heute auch eine poetische Kunstform sind, zeigen zwei Beispiele aus der Anagramm-Dichtung.

Kurz Mautz hat aus dem Wort »Germanisten« ein Anagramm-Gedicht gemacht, bei dem er darauf verzichtet hat, die Einzel-Wörter sichtbar zu machen.

germanisten

germanisten
nistenmager

manistgerne
nistgermane

sagterminne
meintersang

sternmagien
stangenreim

rastimengen
arminsegnet

amensinger
geistermann

samegerinnt
imargennest

nagermisten
gerinenmast

grastmeinen
magernstein

Das nächste Beispiel stammt von Unica Zürn:

Tausend Zaubereien

Ei, zarte Suenden blau:
reizende Tauben aus
Zundertau. Eine Base
aus Reizdaunen bete
an. Zuende Staubeier
aus, in Zaubertee. Den
Zebus traue an deine
Busenzierde. Taue an
Eisabenden Azur. Tue
in den Zaubertausee
tausend Zaubereien.

Das Palindrom

Unter einem Palindrom versteht man eine Buchstaben-, Wort- oder Satzfolge, die sowohl vorwärts wie rückwärts gelesen denselben oder einen anderen Sinn ergibt. So ergibt das Palindrom von »Anna«, »Otto« oder »Reliefpfeiler« in beiden Leserichtungen dasselbe Wort. Hingegen verändert sich das Wort »Neger« zu »Regen«. Auch hier gibt es wahre Palindrom-Künstler-innen. Einer von ihnen ist André Thomkins:

dreh magiezettel um amulette zeig am herd
reizherd erhitzt ihre drehzier
dreh mit forelle teller oft im herd

Die Permutation

Bei dieser Form des Anagramms werden mögliche Kombinationen durchgespielt, indem ein Platzwechsel einzelner Glieder eines Verses, eines Satzes oder eines Wortes stattfindet. Solche Permutationen wurden in der Kabbalistik, in der Sprachmystik und in der experimentellen Poesie häufig verwendet. Die Autorin Unica Zürn (die als Meisterin der Anagramme gilt) hat sie oft und gern benutzt. Zum Beispiel wird aus ihrem Ausgangssatz »Ich weiß nicht, wie man die Liebe macht«, der neue Satz »Ich weiß, man macht die Liebe nicht.« Das folgende Beispiel hat der Dichter und Naturforscher Adelbert von Chamisso (1781–1838) ersonnen:

Das ist die schwere Zeit der Not,
Das ist die Not der schweren Zeit,
Das ist die schwere Not der Zeit,
Das ist die Zeit der schweren Not.

Andere Buchstaben-Spiel-Formen

Akroteleuton
Wörtlich übersetzt bedeutet dieses griechische Wort »äußerstes Ende«. Und so wird es angewendet: In einem Gedicht ergeben die Anfangsbuchstaben der einzelnen Verse von oben nach unten gelesen das gleiche Wort (oder gleichen Satz) wie die Endbuchstaben von unten nach oben gelesen.

Akrostichon
Hierbei handelt es sich etwa um ein Gedicht, bei dem die Anfangsbuchstaben der einzelnen Zeilen (von oben nach unten gelesen) ein Wort oder einen Satz ergeben, der entweder als Huldigung für den Empfänger oder als Anspielung auf den Verfasser gedacht ist.

Telestichon
Hier geht es um die Endbuchstaben der entsprechenden Zeilen (eines Gedichts), die ein Wort ergeben, das einen solchen Sinn hat.

Mesostichon
Wie die beiden vorhergehenden Begriffe bezeichnet das Mesostichon eine Buchstabenfolge oder -reihe, die aus der Mitte der Zeilen (»mesos« = »die Mitte«) – von oben nach unten zu lesen – einen bestimmten Sinn ergibt.

Haptagramm
Dabei handelt es sich um einen Text, der fortlaufend ohne Lücken geschrieben ist, also eine »unaufhaltsame Buchstabenfolge«. Hier können Betrachter-innen / Leser-innen irgendwo anfangen zu lesen und versuchen, einen bestimmten Sinn zu entschlüsseln (siehe das Beispiel auf S. 150. Diese Technik eignet sich auch ganz hervorragend für eine Verschlüsselung, also eine Art Geheimcode, etwa für »Nachrichtendienste«.

Anagramme in der Kunst

Der Surrealismus

Nur für Theorie-interes-sierte

Praxis siehe S. 171ff.

Was René Magritte, der belgische Maler, oder der Spanier Salvador Dalí mit ihren Bildern taten, machten die literarischen Surrealisten mit der Sprache: Ziel war, Irrationales, Traumhaftes und Assoziatives zur Ausgangsbasis künstlerischer Produktion zu machen.
Erst in der Zeit des Surrealismus wurde das Anagramm als Kunstform wieder entdeckt. Lange Zeit hatte es als unliterarisch oder minderwertig gegolten, doch jetzt nahm es die surrealistische Bewegung im Zusammenhang mit ihrer Kritik am traditionellen Kunstbegriff wieder auf. Der Surrealismus – in der Malerei beeinflusst von der italienischen Pittura metafisica – wandte sich der metaphysischen »Dingverrätselung« zu. Auf diese Weise blieb Raum für das Rätselhafte, Mystische und die surrealistische Auffassung, dass Gegensätze – wie etwa Außen und Innen, Schein und Wirklichkeit, Sag- oder Unsagbares – sich nicht ausschlössen. Diese Auffassung fand in den Anagrammen Bestätigung. Gleichzeitig gewannen die inneren Seelenzustände in dieser Zeit durch die Forschungen des Psychoanalytikers Sigmund Freud an Bedeutung.
Vor diesem Hintergrund wird die Beliebtheit des Anagramms als Textform mit zwei Schichten und seiner mystisch-magischen Tradition verständlicher. Zugleich stellten Anagramme eine »Destruktion«, also eine Zerstörung der konventionellen Sprache dar. Dadurch wurde es möglich, die rationale Struktur aufzubrechen. Sinn und Logik oder eine auf Sinnvermittlung basierende Literatur wurden zu Gunsten eines experimentellen Umgangs mit Sprache verworfen. So gewann die Sprache ein Eigenleben und eine eigene Spontaneität dazu. Die damit verbundene »Freiheit der Worte« stellte zugleich eine Beziehungslosigkeit zu den Dingen dar.

VERONIKA
IKONE
ANKER

In dieser Zeit standen literarische Verfahren als rein sprachbezogene Vorgänge im Vordergrund. Es wurden Formen gesucht, die die Autor-inn-en als Schöpfer-innen »enteigneten« und gleichzeitig die schöpferische Kraft des Wortes zum Vorschein kommen lassen soll-

ten. Genau diese literarische Form glaubten die Surrealist-inn-en im Anagramm zu finden. Im Spiel mit den Buchstaben sollte das Verdrängte, Verborgene und Unbewusste zum Vorschein kommen. Die für die Moderne charakteristische Auffassung, dass Literatur in erster Linie mit Sprache zu tun hat, fand im Anagramm eine geradezu idealtypische Verwirklichung. Und obwohl die Literatur der Moderne keineswegs auf einem generellen Sinn-Verzicht basierte, hatten Autor-inn-en im Anagramm, selbst wenn sie es wollten, gar nicht die Möglichkeit, den Sinn vorab »festzulegen«, da das Anagramm grundsätzlich von den im Material enthaltenen Kombinationsmöglichkeiten abhängt und sich auch für die Autor-inn-en erst nachträglich zeigt. Das wiederum war ein entscheidender Unterschied zur traditionellen »Sinn als Rätsel«-Vorstellung. Im Anagramm erweist sich Sinn als das »veränderliche Produkt eines ins Werk setzenden Kombinierens – und nicht als eine vorgängige Gegebenheit ›ne varietur‹« (die nicht verändert werden darf). »Automatische« Schreiber-innen interessierten sich vorrangig für ihr eigenes Vor- und Unbewusstes und verfielen dabei ins freie Assoziieren, wie von Freud beschrieben.
Im Gegensatz dazu sind Anagrammatiker-innen von der Begrenztheit des vorgegebenen Materials abhängig. Und sie müssen regelbedingt nach Kombinationen suchen, die sinnvoll und grammatikalisch korrekt sein sollen. Das verlangt handwerkliches Können und größte Aufmerksamkeit. Anagramm-Schreiben gilt als die wahre »automatische Schreibweise«, von der die Surrealist-inn-en so viel redeten, ohne sie realisieren zu können. Denn beim Anagrammieren entstünde etwas, »bei dem der Autor nur noch staunend zusieht«. Wem gar nichts mehr einfalle, der könne das Anagrammieren zu therapeutischen Zwecken benutzen.

ANDREAS SAND ANDERS

Die Schriftstellerin und Künstlerin Unica Zürn verfasste 126 Anagramme in der Zeit von 1954 bis 1964. In ihren Anagrammen geht es vorrangig um das Verhältnis der Sprachstruktur zum Unbewussten. Sie wurde zur Meisterin dieser Kunst. Peter Bexte schrieb im *FAZ-Magazin* über Unica Zürn:

> »Liest man ihre Anagrammgedichte, so teilt sich ein gänzlich anderer Eindruck mit als bei den Anagrammen André Thomkins'. Dessen Texte bleiben stets im Rahmen eines heiteren Spiels, in dem die anagrammatische Zerstreuung jederzeit in die Einheit des Ausgangswortes zurückgenommen werden kann. Anders Unica Zürn. Unter ihren weitsichtig gewordenen Augen

> verfällt jede sprachliche Einheit auf der Stelle in neue Auflösungsprozesse (...) das Urwort bleibt aus. Der doppelte Boden des Anagramms öffnet sich ins Bodenlose.«

Ist dieses Bodenlose ein Beitrag zum Stichwort »Namens-Hypothek«? »Unica«, wörtlich genommen, bedeutet »Einmalige«. Im Zusammenhang mit ihrer Arbeit mit den Wörtern ließe sich der Name ja auch wie ein Auftrag verstehen: aus den Wörtern das Einmalige zu finden wie auch es zu zerstören.
Oder ist ihre Anagramm-Manie eine Antwort darauf, dass sie als Kind von Mutter und Bruder zugleich mißbraucht wurde? Welch sensibler Einfall wäre das Zitat von Bexte in der *FAZ*, wenn das als die Wurzel ihrer Anagramm-Sucht verstanden würde, was er zwar nicht über ihre Familienverhältnisse, sondern über ihre Dichtung schreibt: »Eine Logik des Zerfalls beherrscht die Schrift, die sich nicht beruhigen kann, weil sie kein Ende findet, kein Gegenüber, kein Anderes, an dem sie zur Ruhe kommen könnte.«
Wäre nicht verständlich, dass ein Mensch, der in einer Familie groß wird, in der die Rollen, das Gegenüber, die Anderen derart verworren agieren, symbolhaft durch Buchstabentausch sein Leid zu bearbeiten sucht? Wäre nicht nahe liegend, dass so ein Mensch, der um die Chance gebracht ist, Ruhe und Geborgenheit zu finden, in diesem Wirrwarr in der Gefahr stehen muss, selbst verwirrt zu werden?

CHRISTINE
EINSICHT
RICHTEN

Erst ein Jahrzehnt nach ihrem Selbstmord im Jahre 1970 wurden Unica Zürns Werke im Rahmen der feministischen Literaturwissenschaft entdeckt, was in den Achtzigerjahren in Fachkreisen einen wahren Anagramm-Boom auslöste. Wissenschaftler-innen bezeichneten diesen Zeitraum deshalb später als »Jahrzehnt des Anagramms«. Als erstaunlich gilt, dass dieser Boom nicht schon im Zuge der »konkreten Poesie« ausgebrochen war. Denn dabei handelte es sich um eine Bewegung, die Sprache als Material und zugleich als Thema methodologischer Untersuchungen zu ihrem Hauptgegenstand gemacht hatte. Dort war das Anagramm jedoch nur von geringer Bedeutung, was damit begründet wurde, dass seine Ergebnisse schwer fassbar sind und viel Subjektivität voraussetzen. Allerdings wurde deutlich: »*Das anagrammatische Verfahren ermöglicht es im Prinzip jedem, Poesie zu bilden, mit der Sprache zu arbeiten oder zu experimentieren.*«

Zur Anagramm-Literatur

In allen Epochen gilt das Anagramm als Mittel zur Suche nach einem Subtext, der eine Verbindung, eine Öffnung zu einer verborgenen, fremden und ausgeschlossenen, unbewussten Instanz andeutet. Dahinter steckt ein gewisses Misstrauen gegenüber der konventionellen Sprachoberfläche und die Überzeugung, dass die Buchstaben und die Sprache weit mehr sind als sie sagen. Das Unbewusste, nach dessen Ergründung man sich sehnt, scheint von der Wirklichkeit oder dem Bewusstsein ausgeschlossen. Damit gilt das Anagrammieren als ein Dechiffrieren von verschlüsselten Texten, als ein Deuten von Namen und zugleich als eine individuelle Arbeit, die zu einem ganz individuellen Sinn führt. Das erklärt auch, warum für ein Gesellschaftssystem, das auf klaren, starren Definitionen und Eindeutigkeiten beruht, diese Form des Textes im Grunde nutzlos ist. Durch seine Mehrdeutigkeit verwirft es Denkweisen und Vorstellungen von Wirklichkeit, die nur einen einzigen Sinn, nur eine richtige Lösung fordern und auch nur einen Sinn voraussetzen. Dementsprechend kann das Anagramm auch als Kritik an traditionellen Textinterpretationen verstanden werden.

Herauszuheben ist der Linguist und Anagrammist Ferdinand de Saussure. Er wurde durch seinen Glauben an einen Subtext, an verschlüsselte Namen und Worte in den Bann der Anagramme gezogen. Im Jahre 1907 begann er mit seinen Studien und versuchte, ein komplexes Regelsystem aus den Anagrammen zu konstruieren. Seine Suche galt neuen Auffassungen von Text- und Autorstatus sowie der Demonstration einer neuen kreativen Art der Lektüre. Ausgehend von der Doppelstruktur alle Texte – Lautbild und Bedeutung mit dazugehöriger Begriffsvorstellung zu sein –, hielt er Anagramme für ein Prinzip des poetischen Verfahrens. Sprache war in seinen Augen durch Mehrdeutigkeit gekennzeichnet. Auf der Suche nach dem Hintersinn wollte er das »Wort unter Wörtern« entdecken.

VERENA
VENE
REN

Saussure gilt als Begründer der modernen Linguistik. Er setzte sich intensiv mit den Anagrammen auseinander und schrieb die Ergebnisse seiner mehr als zwei Jahre dauernden Forschungen in zahlreichen Heften und losen Blättern nieder. Sein Ziel war, ein »poetologisches Grundkonzept«, ein allgemein dichterisches Prinzip für die lateinische, vedische und mittelhochdeutsche Dichtung nachzuweisen. Dabei waren Texte des römischen und griechischen Altertums (von Homer bis Horaz sowie Werke von Gabriele

Rossetti, Giovanni Pascoli und Angelo Poliziano) Hauptgegenstand seiner Untersuchungen. In denen wollte er anagrammatische, versteckte, kombinatorische Strukturen enthüllen und klassifizieren. Allerdings gelang es Saussure nicht, einen Beweis für die vermeintlichen Absichten eines Dichters zu finden. Dennoch beweisen seine Anagramm-Studien einen sehr gestalterischen Umgang mit der Literatur.

Für Saussure war die Tradition des Anagramms bei den Autoren der lateinischen Klassik nachweisbar. Auch wenn er keine Erklärung für die Übernahme der Anagramm-Techniken gefunden hat, ist sie für ihn überall in den Versen von Vergil, Lukrez, Catull, Tibull, Ovid, Horaz, Seneca und so weiter nachweisbar. Aber Anagramme fanden sich nicht nur in Versen, sondern auch in den Briefen und Prosastücken von Ausonius, Plinius, Cicero, Cäsar, Livius, Tacitus und anderen mehr. Anagramme lassen sich ebenso in der nachrömischen lateinischen Dichtung nachweisen. Schließlich bezog Saussure auch Homer in seine Untersuchungen ein und fand prompt auch dort Anagramme. Daraufhin dehnte er seine Studien auf andere griechische Autoren (Heraklit, Pindar, Alkman, Alkäus, Simonides, Plutarch und so weiter) aus und wurde dort ebenso fündig wie in der Sanskritliteratur (Rigveda, Anukramani usw.) und schließlich auch bei der germanischen Poesie, zum Beispiel dem Hildebrandslied. Einer seiner Schüler fand sie auch in der französischen Literatur.

ERICH
HIER
REICH

Obwohl Saussure ein »Anagrammgesetz« suchte, musste er sich zunehmend mit der Wirkung des Zufalls auseinander setzen. Verschiedentlich kam er dabei auf den Gedanken, mit Hilfe der Wahrscheinlichkeitsrechnung seine Ergebnisse zu kontrollieren. Diese Idee konnte er jedoch nicht realisieren, da ihm die notwendigen mathematischen Kenntnisse fehlten. Im Frühjahr 1909 stellt Saussure seine Anagrammforschungen ein.

Mitte der Achtzigerjahre des 20.Jahrhunderts erschienen plötzlich Bücher mit Anagrammen, teilweise waren es Manuskripte, die schon während der Fünfzigejahre entstanden waren. Auslöser dafür waren die experimentelle Literatur beziehungsweise die »konkrete Poesie«, bei der das »Sprachproblem« im Vordergrund stand – literarische Bereiche also, in denen Sprache vor allem »als Material und zugleich als Thema methodischer Untersuchung« begriffen wurde. Als eigentlicher Auslöser des »Anagramm-Fiebers« gilt – wie gesagt – die (Wieder-)Entdeckung Unica Zürns.

Der Autorin Heidi Pataki gelang es, Anagramme auch in nichtliterarischen Kreisen bekannt zu machen. Die Berliner *taz* machte ihr 1988 das Angebot, auf der Basis aktueller, meist tagespolitischer Zitate Anagramme zu schreiben. Doch schon nach zehn Tagen musste sie das Vorhaben aufgeben, weil pedantische Leser-innen häufige (Übertragungs-)Fehler moniert hatten.
Am 7. April 1989 hatte dann die *FAZ* in ihrem *Magazin* das Thema aufgegriffen. Der Autor Peter Bexte zeigte anhand von erheiternden Beispielen den Reiz der Anagramme:

»... eine Frau ziert sich, eine Kette als Geschenk anzunehmen, worauf ihr Liebster ausruft: AH LIEBSTE / BEHALT SIE.«

Oder:

»Margarete Rindfleisch hatte sicher nichts dagegen, als ›ein trefflicher Smaragd‹* in der Dichtung des Martin Opitz aufzutauchen. Denn erstens ist es bereits ein Kompliment, wenn jemand sich des Namens annimmt; zweitens lässt sich das im Anagramm Gesagte schmeichelhaft auf die Person zurück beziehen; und drittens wird auf diese Weise eine prickelnde Intimität geschaffen. Nur Eingeweihte wissen ja, wer insgeheim gemeint ist, wenn ein trefflicher Smaragd erwähnt wird. Ein solches Namens-Anagramm ist Barriere und lockende Maske zugleich.«

»Es hängt ein alter Orakelglaube an den Anagrammen. Denn – so wird geschlossen – es kann doch kein Zufall sein, dass zum Beispiel die Zeitgenossen Napoleons aus ›Révolution française‹ das Anagramm ›Veto. Un Corse la finira‹ (= ›Einspruch. Ein Korse wird sie beenden‹) bilden konnten. Oder ›Hosenträger‹ = ›Eros erhängt‹ ergibt doch einen Sinn.«

»Was ein rechter Anagrammatiker ist, der denkt im Stillen schon ›O Stau‹, wenn er nur Autos sieht.«

* Es ist sicher dichterische Freiheit, dass ein »f« im Namen fehlt (Anm. der Autorin).

Bexte kommt zu dem Schluss:

> »Die Kunst des Anagramms trägt einen Januskopf. Unter der einen Perspektive scheint es die Lust zu sein, zerstreute Lettern wieder einzusammeln, so wie Isis den zerstückelten Körper der Osiris wieder zusammensetzte. So beugen sich Spurensucher über den Text – seien es Abwehrspezialisten oder aber Liebende – um in seinen Lettern den Namen des/der anderen zu finden.* Auf dem Gegenpol jedoch ist es eben dies anagrammatische Verfahren selbst, das die Zerstückelung bewirkt, das Urwort opfert, bis es rettungslos im Schneegestöber der Zeichen verschwindet. In dieser Ambivalenz liegt der zwiespältige Sinn des Anagramms, sein Schwanken zwischen heiterem Spiel und tiefer Melancholie. Ist sein ›Erfindergeist‹ / ›Gefrierdienst‹ oder ›Geisterfinder‹? Andre Thomkins (Anagramm-Künstler des 20. Jahrhunderts) lässt es offen.«

Außerdem schrieb Bexte, dass es historisch solche Popularisierungstendenzen schon einmal gegeben habe: In den Anfängen der neuzeitlichen Literatur habe das Anagramm noch als seriöses literarisches Verfahren gegolten, das in den Poetiken der Zeit entsprechend gewürdigt wurde. Schließlich seien Anagramme im 16. Jahrhundert ebenso bekannt gewesen wie Sonette. Dass davon so wenig überliefert ist, erklärt sich durch die literaturhistorischen Veränderungen, die eine Abwertung des Anagramms bewirkten und schließlich dazu geführt haben, dass es trotz seiner weiten Verbreitung in der modernen Literaturgeschichte einer Erwähnung nicht mehr für würdig befunden wurde. Die Tatsache, dass es im 17. Jahrhundert als barockes Gesellschaftsspiel entdeckt und als »mystische Namensdeutung früherer Epochen ein Zeitvertreib müßiger junger Leute der ›besseren Gesellschaft‹ mit einem Hang zu denksportartigen Konversationsspielen« gescholten wurde und schließlich in Spiel- und Rätselsammlungen des 19. Jahrhunderts wanderte, habe dazu geführt, dass das Anagramm seinen literarischen Wert fast völlig verloren habe.

EMANUEL
MALEN
LAUNE

* Ein Freund fand im Namen seiner Tochter tatsächlich den Nachnamen des zukünftigen Schwiegersohnes: »Rebel« sogar mit dem Zusatz »Rebel o.k.«. Er überlegt noch, ob oder besser wie er in seiner Brautvater-Rede unterbringt, dass es natürlich genauso gut »Rebel k.o.« heißen kann (Anmerkung der Autorin).

Bexte schlug auch den Bogen zwischen Kabbala und Gentechnologie:

> »Als Kabbala gilt ein besonderer Zweig der jüdischen Esoterik, der im Mittelalter aufkam und sich durch exzessive Buchstabenmystik auszeichnete. Eine der geistigen Quellen dieser Richtung findet sich in dem so genannten Buch *Jeziara*, das irgendwann zwischen dem dritten und sechsten Jahrhundert christlicher Zeitrechnung entstanden sein muss. In diesem kurzen Text werden die Elemente der Welt behandelt, die zehn Urzahlen (Sefiroth genannt) und die zweiundzwanzig Buchstaben des hebräischen Alphabets. Der anonyme Autor nennt diese Zeichen die ›zweiunddreißig geheimen Wege der Weisheit‹, denn auf ihnen ruhe die Welt. Von der geheimen Funktion der Buchstaben sagt er: ›Gott ersann sie, bildete sie, stellte sie zusammen, wog sie, vertauschte sie und brachte durch sie die ganze Schöpfung hervor so wie alles, was erschaffen werden soll.‹
> Am Anfang der Schöpfung also steht eine Buchstabenvertauschung. Gott vertauscht die Buchstaben, nachdem er sie ersonnen, gebildet, zusammengestellt und gewogen hat. Aus diesem Letterntausch entsteht die Welt. Oder anders gesagt: Das Buch der Welt besteht allein aus Anagrammen, es selbst ist ein einziges riesiges Anagramm ohne aussprechbares Urwort.
> An dieser Stelle mag daran erinnert werden, wie häufig sich tiefsinnige Spekulation und moderne, empirische Wissenschaft berühren. Oder sollten die Gentechniker unserer Tage etwa nicht auf ein durchaus ähnliches Terrain geraten sein? Seit der Entdeckung der in allen Lebewesen vorhandenen Nukleinsäure DNA im Jahre 1952 haben Molekularbiologen mit fortschreitendem Erfolg an dem Problem gearbeitet, auf welche Weise die Erbinformationen gespeichert und weitergegeben werden. Man weiß inzwischen, dass dazu nur vier Nukleotide nötig sind, die mit den Buchstaben A, T, G und C abgekürzt werden. Diese finden sich in wechselnden Kombinationen auf der DNA wie auf einem Tonband gespeichert. In der Kombinatorik von A, T, G und C sind alle entscheidenden Erbinformationen enthalten. Je nachdem, ob dort ACG oder GGC geschrieben steht, wird ein anderes Eiweiß als Basis des Lebensprozesses gebildet. Der Reichtum der biologischen Aktivität beruht durchaus nicht auf dem Vorkommen immer neuer Stoffe, sondern auf der jeweils verschiedenen Kombinatorik von nur vier immer gleichen

JENNIFER
EIFER
FERIEN

Elementen. Der Biologe Erwin Chargaff schrieb dazu: ›Der Prototyp der Verschiedenheit wäre demnach. ‚Roma-Amor' und nicht ‚Roma-Rosa'‹. ›Roma-Amor‹ aber ist nichts anderes als ein spezieller Fall des Anagramms: ein Palindrom, wie ein rückwärts lesbarer Ausdruck heißt. Und wenn dieses Palindrom den Prototyp der biologischen Verschiedenheit darstellt, dann nähert sich die ›Grammatik der Biologie‹ (Chargaff) einer wahrhaft kabbalistischen These: dass nämlich jeder von uns nur ein wandelndes Anagramm auf den genetischen Code darstellt.«

Im Jahre 1990 wurde ein spannendes Experiment veröffentlicht. Die Professorin für Neuere und Neueste Deutsche Literatur an der Universität Dortmund, Renate Kühn, hatte einen Vers aus Hans Arps Gedicht *Schnurrmilch* als Ausgangssatz genommen und diesen von elf Autorinnen und Autoren experimenteller Poesie anagrammieren lassen. Wesentliches Ziel dieses »poetisch-poetologischen« Versuchs war es herauszufinden, ob sich – trotz des begrenzten Buchstabenmaterials – die jeweilige Schriftsteller-Handschrift durchsetzen könne.
Der Vers, den sie auswählte, hieß:

»Sie hebt die Schmollislippen aus
Und schert ihr Rosenbärtlein ab
Und putzt das fremde Augenlicht
Und wandert um den Wanderstab.
Mit einem Kasten Menschenfleisch
Geht sie um ihren Stab im Kreis
Und langsam wird sie hinten schwarz
Und vorne schnee- und naseweis.«

Dieser Versuch ging als das »Rosenbaertlein-Experiment« in die Literaturgeschichte ein. Es zeigt sich, dass für manche Autor-inn-en das Anagramm-Verfahren im Hinblick auf systematisches Experimentieren von Interesse ist. Einige sind, wie Unica Zürn, durch das Anagrammieren überhaupt erst zum Schreiben gekommen. Als eines der Hauptprobleme stand dabei das Verhältnis von Sprache und Gefühl im Vordergrund, beziehungsweise die Unmöglichkeit, Emotionen, Affekte usw. adäquat zu verbalisieren. Manche der Autor-inn-en nahmen den Anagramm-Stil als Möglichkeit, das »Unzureichende der Sprache« darzustellen.

Als Ergebnis des Experiments stellte Renate Kühn fest:

- Die Texte, die von den unterschiedlichsten Autor-inn-en »produziert« wurden, wiesen zwar eine Reihe gemeinsamer Merkmale auf (umso mehr, je genauer man hinsah),
- dennoch war das Verfahren als solches bei aller Rigidität und der ihm nachgesagten Tendenz zum Mechanischen keineswegs festgelegt, sondern lediglich ein Faktor innerhalb des anagrammatischen Prozesses;
- im Verlauf dieses Prozesses wurde das anagrammatische Verfahren von anderen überlagert, die als »handschriftspezifisch« angesehen werden können. Dort setzte sich die Individualität des jeweiligen Autors oder der jeweiligen Autorin durch.

Zu welch unterschiedlichen Ergebnissen die Autor-inn-en kamen, zeigen die Texte von Helmut Heißenbüttel und Gerhard Kühn.

Helmut Heißenbüttel:
»und scheert ihr rosenbaertlein ab«

aa bb c d eeeee hh ii l nnn o rrrr ss tt u
(1. Fassung)
a arsch bb d eeee h ii l nn osen rrr tt u
(2. Fassung)
a arsch bb d eeee h i l nn osen rrr tit u
(3. Fassung)
a arsch bb eeee hoden i l rrr s tit u
(4. Fassung)

Gerhard Rühm:
»und schert ihr rosenbaertlein ab«

irre treibt barsohlen an duschen
reibst du an rohren schalen breit.

leichen braten, reibst du nah so rr!
beisst du roh?, raten narren bleich.

carl und ratten bebeissen ihr ohr.
dann beisst herr bruchteile nora.

boess schuld ritt. ihre narbe rann.
ob ‘r lutscht an ihrer seidennarbe?

reisst band nach rot, ruhen leiber.
bleich rasten hunde bei rost, narr!

ihr rad rutschte bleiern sonneab.
ach, rundreisen retten boris halb.

Die Anagramm-Künstlerin Christina Thomas – ein Geländer-Porträt*

»Ich habe Kunst und Bildhauerei studiert und mich natürlich immer viel mit Kunstgeschichte, Literatur und Philosophie beschäftigt. Das sind meine Themen. Ich kann mich nicht mehr daran erinnern, wann ich das erste Mal von Anagrammen gelesen habe. Allerdings hatte ich schon immer ein großes Interesse an Wortspielen. Im Dadaismus zum Beispiel kommen ja viele solche Dinge vor.

Außerdem liebe ich Titel. Meine Skulpturen haben Titel, die aus Buchstaben bestehen. Recht seltsame Titel. Wörter, die es gar nicht gibt. Und für mich waren diese Titel immer sehr wichtig.

Irgendwann habe ich mich mit Künstlerporträts und Projektionen auf Künstler beschäftigt: der Künstler als Projektionsfläche. Ich habe dazu auch mal Bilder verwendet, zu denen ich kein Copyright hatte. Das wollte ich ein bisschen verstecken oder nicht so offen legen. Und da habe ich gedacht: ›Na vielleicht guckste mal, ob sich daraus ein Anagramm ergibt.‹ Und siehe da: das war eine Fundgrube. Ich fand zu vielen Künstlern plötzlich Anagramme, die passend waren zu meinen Porträts. Dadurch entstand eine gewisse Neugier: Was verbirgt sich hinter diesen Künstlernamen und was ist da noch alles drin? Und aus dieser Neugier heraus sind dann immer mehr Anagramme zu Künstlernamen entstanden. Natürlich nur zu

HELENA
LEHNE
NAHE

* Für Geländer-Porträts wird den Gesprächspartner-inne-n zu Beginn ein Frage-Geländer vorgestellt, das ihnen dann als Erzähl-Geländer dient (vgl. Carmen Thomas: *Profi-KopfRezepte – Erfolgreich kreativ mit Vistem, München 2000)*

Künstlern, die ich sehr schätze oder die jetzt sehr aktuell sind, aber auch zu solchen, zu denen man vielleicht ein zwiespältiges Verhältnis hat. Und da die Öffentlichkeit immer gern über Künstler wegen ihrer Eitelkeit herzieht, hat es gereizt, dort zu suchen.

Ich bin sehr fündig geworden: Also zum Beispiel ›Sigmar Polke‹ – ›Chaotenspargel‹. Das war schon sehr treffend, weil er ein Künstler ist, bei dem Humor eine große Rolle spielt und der sich sehr in seltsamen Positionen hat fotografieren lassen. Ich habe diese Fotos verwendet. Dann bin ich auf das Anagramm ›Chaotenspargel‹ gekommen. Und das hatte auf das, was ich mit ihm gestaltet habe, Bezug.

Ab und zu wachte ich auch mal morgens, nach einer durchzechten Nacht auf, und dann kamen mir Anagramme in den Sinn: ›ein Wort‹ = ›Rotwein‹. Das fand ich sehr gelungen.

Anagramme mache ich vor allem im Kopf. Auch Palindrome, zum Beispiel ›lieg‹ = ›geil‹, gefielen mir.

Mein Motiv, noch mal genauer auf den Punkt gebracht, war eigentlich die Neugier, zu sehen, was an Treffendem im Anagramm enthalten sein kann. Wobei treffend jetzt nicht als Wahrheitssuche gemeint ist, sondern als Essenz, wie zum Beispiel Makroaufnahmen. Das heißt: ganz genaues Hinschauen in Vergrößerungen erlaubt neuartige Phänomene zu entdecken. Und darauf beruht die anagrammatische Arbeit. Das verästelt sich. Es wird dann immer filigraner und feiner.

Und dann kommt auf einmal so ein Vitalitätsschub, so eine gewisse Drastik, die unbedingt sein muss als der andere Pol. Genau wie zum Beispiel die ›Bäsle-Briefe‹ von Mozart, die er an seine Base geschrieben hat. Die sind ja sehr musikalisch, literarisch gesehen sehr dadaistisch, oft sehr frech und auch sehr erotisch, anzüglich. Eigentlich sind sie immer ein Hammer. Und dieses Hammerschlagartige möchte ich auch haben. Deswegen habe ich eine Lesung von mir ›Anagramm-Hammer‹ genannt. Das bezieht sich auch auf Nietzsche: wie man mit dem Hammer philosophiert. Jedes Anagramm soll auch ein Hammer sein.

ANTONIA
NATION
TAO

Ich habe überhaupt nichts unternommen, um Anagramme besser kennen zu lernen. Ich lasse mich einfach treiben. Ich finde es zwar interessant, darüber vielleicht noch mehr zu wissen. Aber ich mache Anagramme nur aus Lust und aus Freude und überlasse die Interpretation gern anderen. Ich bin einfach der Macher. Ich habe gar nicht die Zeit, wissenschaftliche Studien darüber zu betreiben. Die möchte ich lieber geliefert bekommen, weil die nicht Inhalt meiner Arbeit sind. Der Inhalt meiner Arbeit ist etwas Neues zu schaffen. Und dann können sich andere darüber den Kopf zerbrechen.

Es gibt viele, die mit Anagrammen arbeiten. Ich begegne manchmal welchen. Marcel Duchamp hat zum Beispiel häufig Wortspiele genutzt. Richard Hamilton hat mit Anagrammen gearbeitet. Auch auf der ›documenta‹ waren Arbeiten in dieser Richtung ausgestellt.

Ich würde mich selbst nicht als *die* deutsche Anagramm-Künstlerin bezeichnen, weil das nur ein Nebenzweig meiner Arbeit ist, eine Spielerei am Rande, die sich jetzt ausgedehnt hat. Man könnte höchstens sagen, dass ich die Künstlerin bin, die sich am meisten mit Anagrammen beschäftigt – auf dem Wissensstand, auf dem ich bin, wüsste ich sonst niemand anderen.

Wenn ich Anagramme mache, gehe ich so vor: Ich habe spezielle Vorlieben für Künstler, und ich beobachte die Kunstszene. Es sind zum Teil die großen Stars, zum Teil auch ganz junge Künstler, deren Arbeit ich interessant oder witzig finde, oder die mich inspiriert. Und da versuche ich sofort etwas zu finden. Das ist aber nicht immer möglich. Es geht nicht bei allen Namen – da kann man manchmal lange Versuche machen. Ich bin ganz glücklich, wenn bei Künstlern, die ich sehr verehre, wie zum Beispiel Marcel Broodthaers, in Französisch ein ganz langes, tolles Anagramm rauskommt*, was auch sehr treffend ist (das kann ich jetzt nicht auswendig).

CHARLOTTE ATHLET TORTE

Um bestimmte Künstler, die mich nicht interessieren oder die jetzt ›in‹ sind oder die gerade hier ausgestellt werden, mache ich einen großen Bogen. Es muss für *mich* spannend sein, den zu nehmen.

Technisch habe ich mit dem PC so ein kleines Programm entwickelt, in dem ich so wie mit Scrabble-Steinen hin und her klicke, sodass die Buchstaben hin und her springen.

Zunächst mache ich Anagramme erst mal ganz und gar nach dem Zufallsprinzip. In der Phase möchte ich nicht dabei denken. Oft bin ich überrascht, was alles herauskommt. Manchmal ist es sehr viel.

Ich verschiebe also die Buchstaben nach dem Zufallsprinzip, auch nach kleinen Silben, Gruppen und Gruppierungen, bis es sich dann vollendet. Manchmal geht das sehr schnell. Bei Martin Heidegger hatte ich zum Beispiel ganz schnell an die dreißig Zeilen und bei

* Ein langes Anagamm, das Christina Thomas entdeckt hat, ist: »broderas mal torché« – »du wirst völlig verpfuscht sticken!«

Friedrich Nietzsche ebenfalls. Dann bot es sich an, die beiden auch mal zusammenzunehmen. Daraus entstand zum Beispiel das A aus dem Alphabet der Philosophen – der linke Balken vom A, das ist Martin Heidegger und der rechte Balken ist Friedrich Nietzsche. In der Mitte der Balken, das sind beide zusammen. Das ist ein ziemlicher Hammer geworden.

Manchmal läuft das Anagrammieren sogar automatisch bei mir. Zum Beispiel finde ich sehr interessant, Werbeflächen zu untersuchen. Das ist ein eigenes Thema, die Werbung anagrammatisch zu verändern.

Mein jetziger Stand ist, dass ich eine Postkarten-Edition gemacht habe. Dann habe ich ungefähr 15 Pictographics gemacht, das sind Computerdrucke in Fotoqualität, die grafisch gestaltet sind. Und ich habe große Computerdrucke gemacht. Das ist dann schon richtig Kunst. Ich habe auch einen Anagramm-Paravent gemacht und viele Philosophenzitate anagrammatisiert. Außerdem habe ich eine Webseite* im Internet gestaltet. Dort habe ich eine Home-Page ›Artgalery of my thousand and one anagramms‹. Das erinnert ein bisschen an ›Tausendundeine Nacht‹. Und es sollen vielleicht tausend und eins werden.

* http://www. christina-thomas.de

Als Durs Grünbein, der junge Deutsche Schriftsteller, der auf der ›documenta‹ auch Lesungen gemacht hat, einmal gesagt hat: ›Warum gibt es eigentlich kein Museum für Poesie?‹, habe ich spontan gedacht: ›Es müsste eine Galerie für Anagramme geben. Anagramme, die man nicht nur lesen, sondern auch sehen kann.‹ Das war eine Initialzündung, Anagramme sichtbar zu machen. Ich habe mir dann das Ziel gesetzt, jede Woche ein Update zu machen. Also, jede Woche kommt auf dieser Webseite ein neues Anagramm dazu. Manche, die die Seite besuchen, reagieren auch: Sie finden, dass diese Seite der Welt gefehlt hat, oder sie sind inspiriert davon und möchten Auskünfte haben. Oder sie freuen sich darüber und teilen das mit. Die Faszination ist eindeutig. Spannend sind nicht nur die Wortspiele, sondern die Gestaltung spielt eben auch da eine entscheidende Rolle. Einladungskarten für Veranstaltungen habe ich auch schon vollständig anagrammatisiert.
Übrigens führe ich auch Anagramm-Lesungen mit einem Schlagzeuger zusammen durch. Das sind richtige Shows. Wir treten auf, rezitieren oder singen. Das geht Richtung Rap und ist recht musikalisch. Ich nenne die Veranstaltungen ›Anatainment‹ und ›Anacomment‹.
Das Publikum geht dabei sehr stark mit. Besonders in Berlin, das ist ein ganz tolles, ein sehr sachverständiges Publikum.
Ich hatte auch eine Sendung in WDR 3 *Mosaik* und Besprechungen, zum Beispiel im *Hamburger Abendblatt.* Das wird sehr begeistert und überrascht aufgenommen. In dieser Kombination: Text, grafische Darstellung, schöne, interessante Bilder und eben auch noch Ton dazu oder Objekte wie zum Beispiel ein Anagramm-Paravent. Das wird als etwas völlig Neues erkannt.
Zur Reaktion der betroffenen Künstler: Sigmar Polke hat diese Karten alle eingesammelt und war offenbar sehr begeistert, wie ich hörte. Ulrich Rückriem fand sie auch toll.
Ich habe natürlich nicht von allen Künstlern Rückmeldungen. Aber zum Beispiel Beat Streuli, dessen Anagramm ›liebt Auster‹ ist, liebt dieses Anagramm. Denn er ›liebt Austern‹, und außerdem Paul Auster, den Schriftsteller aus New York. Das ist also doppeldeutig. Die Doppeldeutigkeit ist dabei unglaublich wichtig. Es muss schon ein bisschen mehr drin sein. Dass jemand schon einmal empört reagiert hätte, wüsste ich nicht. Natürlich gibt es aber auch böse Anagramme: Ich habe in Analogie zu dem Satz: ›I hate Paul Klee‹ – das ist eine Zeichnung von Walter de Maria – auch viele Hass-Anagramme gemacht. Zum Beispiel: ›Ich hasse Markus Lüpertz‹.

Das bedeutet nicht, dass ich persönlich ihn hasse, ob wohl er bestimmt viele Hasser hat.

Hier ist ein Auszug:

Reiches Haus,
ha, passe zu Richtermuskel,
edel kam,
er spricht zu Haus,
Spatz schrei herum,
leck Sau,
spiel zu Hause,
leise kracht Stern zu Haus.

Wie viele Anagramme ich schon gemacht habe, weiß ich gar nicht. Um Anagramme zu erläutern, erzähle ich immer ein ganz einfaches: ›Leitz‹ = ›zielt‹. Oder ein Zitat von Joseph Beuys: ›Meijsters reden scheint ulken‹ = ›Jeder Mensch ist ein Künstler.‹ Bei drastischen Anagrammen gehe ich davon aus, dass die Künstler so viel Humor haben. Und da sie ja auch sehr eitel sind, freuen sie sich darüber, dass man etwas mit ihren Namen macht. Ich könnte mir eigentlich keine wirkliche Empörung vorstellen. Natürlich gibt es überhaupt noch nicht so viele Reaktionen, weil dieses Werk noch nicht so bekannt ist.
Ich nehme nur volle Anagramme. Es darf kein Buchstabe weggelassen werden und es darf auch keiner hinzugefügt werden. Es muss alles stimmen, sonst geht es nicht. Eine Ausnahme: Anagramme mit Zitaten. Zum Beispiel: ›Ist jedes Tier eine Künstlerin‹ oder ›Wir Künstlerinnen sind alle Tiere‹, davon sind die Texte grammatikalisch nicht mehr korrekt. Aber wenn man sie liest – das sind ja Hör-Anagramme –, da merkt man das nicht. Wenn die Schreibweise etwas seltsam anmutet, wenn da zum Beispiel vier I in einem Wort drin sind, dann liest man das trotzdem als i. Das ist dann eben meine künstlerische Freiheit. Das heißt, mit der Orthographie bin ich in bestimmten Zusammenhängen nicht so streng. Bei Namen bin ich dagegen streng. Aber wenn ein langes Anagramm-Gedicht entstehen soll, wäre das sonst nicht möglich, weil man da bestimmte Buchstaben doppelt hat oder ein j als i liest. Das muss dann sein, weil das Gedicht einfach ein richtiges Gedicht ist.
Meine Faszination mit Anagrammen ist schlichte Neugier. Es ist so, als würde ich ein kleines Paket aussuchen und das aufschnüren und

JOHANNES SAHNE OASE

gucken, was da drin ist. Das ist immer ein lustvolles und befreiendes und oft auch sehr witziges Erlebnis. Auch wenn ich mal müde bin. Wenn ich ein Anagramm mache und da hineingucke, ist es plötzlich so erheiternd und so treffend, dass es mich stimuliert. Das reicht mir vollkommen.

Der größte Gewinn aus den Anagrammen ist auf jeden Fall der Lustgewinn und die verschiedenen Gestaltungsmöglichkeiten, die sich spontan dabei bieten, auf die ich ohne Anagramme nicht gekommen wäre – auch in der bildhaften Darstellung. Das Anagramm animiert mich. Es hat kreatives Potential auch für die Typographie mit Farben oder mit Bildern. Es ist plötzlich dieses – wie soll ich das nennen? – es entsteht etwas. Es ist ein spontanes Entstehen mit einem Überraschungseffekt.

Ich kenne einen Journalisten, der viel Anagramme macht, Stephan Krass. Er ist der Wichtigste, der mir einfällt. Dann gibt es noch einen Michael Erlhoff in Köln, der hat auch einige gemacht. Er ist Professor an der Hochschule für Design und Gestaltung. Der macht das nebenbei und interessiert sich auch dafür. Mautz hat ein kleines, sehr schönes Buch herausgegeben: *Anagramm-Gedichte.* Und natürlich ist der Schriftsteller Oskar Pastior jemand, der ganz interessante Anagramme und Anagramm-Gedichte macht. Selbstverständlich kenne ich auch die berühmte Unica Zürn. Sie ist eine ganz wichtige Anagramm-Künstlerin, die literarische Anagramme gemacht hat. Sie hat später Selbstmord gemacht. Sie hat diese Anagramme als Wahrsagerei gesehen, sich da sehr hineingesteigert und nicht mehr den Abstand dazu gehabt. Das würde mir überhaupt nicht passieren. Ich habe eine große Distanz dazu. Ich sehe, was an Anagrammen treffend ist, mit Freude. Aber ich möchte keine Orakel darin sehen. Und das hat Unica Zürn getan. Davon bin ich ganz, ganz weit entfernt.

Übrigens: Amerikanische Anagramme, da gibt es eine ganze Menge. Die sind ganz interessant und witzig. Das sind aber meistens nur einzelne Wörter, die nicht gestaltet werden. Das sind mehr Zufalls-Anagramme, so Wald- und Wiesenanagramme wie zum Beispiel ›websides‹ = ›wise beds‹, wo die Leute einfach Spaß dran haben. Die, die man jetzt im Web sehen kann, haben keinen künstlerischen oder literarischen Anspruch.

INES
EINS
SEIN

Anagramme von Schriftstellern finde ich natürlich viel interessanter, weil da manchmal Gedichte rauskommen, die mit der schriftstellerischen Tätigkeit zu tun haben, mit dem Denken des Dichters. Das ist schon spannender.

Anagramme sind für mich eine Branche geworden. Meine Arbeitsweise hat sich im Laufe der Jahre kaum verändert. Es geht vielleicht schneller, nein, es ist ein leichterer Umgang mit der Gestaltung geworden aus einer gewissen Erfahrung heraus. Ich habe auch viel in englischer und französischer Sprache gemacht. Dann geht der Zugriff einfach noch schneller.

Meine Perspektiven sind, dass man natürlich verschiedenste Themen in Angriff nehmen kann: Man kann zum Beispiel Sport-Anagramme oder Börsen-Anagramme machen, das heißt die Börsennachrichten, Nachrichten aus dem Kunstmarkt, eine Spalte aus der Zeitung anagrammatisieren und Anagramm-Sparten machen. Aber man kann auch ganz banale Dinge anagrammatisieren: sexuelle Anagramme, revolutionäre Anagramme, Zitate von Revolutionen, traumatische Anagramme, psychologische, ja man kann sich die seltsamsten Themen aussuchen.

Bei den Buchmessen hat Stephan Krass vom *Buchmarkt* das ›Anagramm der Woche‹ gebracht oder das ›Anagramm des Tages‹. Oder ich könnte mir vorstellen, dass man in Buchgeschäften Anagramme zu Büchern ausstellen, Einbände oder Werbeankündigungen für Bücher, die Anagramme sind, machen könnte.

Ich bin überzeugt, dass Anagramme richtig ›in‹ werden, eben auch die Werbung erfassen könnten, weil das einfach ein neuer Kick wäre. Das ist etwas, was das breite Publikum noch nicht kennt. Viele wissen ja gar nicht, was ein Anagramm ist.

Man könnte in Filmen auch so sprechen. Ich könnte mir das auch vorstellen wie Fernsehsketche. Es gab in RTL diese Sendung *RTL-Samstag-Nacht*. Da wurde auch mit Buchstabenvertauschung gearbeitet, zum Beispiel so eine Paraphrasierung ›Kentucky fried chicken‹, das hieß dann ›Kentucky cried ficken‹.

Man kann auch eine Metasprache entwickeln: ›Kein Weib sagt Reiter‹, das bedeutet: ›Es gibt keine Wahrheit.‹ So gibt es dann bestimmte Sätze, mit denen man sich unterhalten kann, die etwas ganz anderes bedeuten – eine Geheimsprache. Das kann man sich auf vielen Gebieten so vorstellen. Und irgendwann wird es dann auch wieder aufhören. Irgendwann sagt man sich, nun ist es genug, das Ziel ist erreicht. Dann kann man vielleicht wieder neue Dinge auf dieser neuen Basis in Angriff nehmen. Ich möchte damit auch mal Geld verdienen, vielleicht Bücher publizieren.

KERSTIN NEST STERN

Mein Wunsch ist – wie bei allen künstlerischen Sachen – doppelt: eine Anregung, ein Reiz, Spaß an diesen Dingen zu haben, und es sollen sich die Möglichkeiten, die da drin sind, also diese

Zweideutigkeiten und dieses Kommentarmäßige daran, verbreiten. Das schönste Anagramm aus meinem Namen? Ja da gibt es so viele, ›Short man's Tai chi‹ – das finde ich ganz toll. Oder ›A Nacht is Rohmist‹. Da ist alles drin: der Dung, das Schweinische, das Dunkle. Und das finde ich einfach gut. Mir liegt nichts daran, den Leuten irgendetwas Schönes zu bieten, auf gar keinen Fall, sondern ich will eigentlich alles Mögliche herausholen, was irritierend, was frech ist, was Sprengstoff bietet, was wie ein Hammer daherkommt. Und manchmal ist es auch poetisch. Das ist dann immer wie ein kleiner Widerhaken. Ich möchte die Menschen nicht durch Schönheit erfreuen, sondern eher ein bisschen erschrecken.«

SUSANNE
NUSS
SAUSEN

Der Anagramm-Schriftsteller Stephan Krass

Der Journalist und Anagramm-Künstler Stephan Krass schreibt in der Einladung zu einer seiner Anagramm-Performances:

> »Das Anagramm bezeichnet ein poetisches Verfahren, bei dem der Buchstabenkorpus eines Wortes oder einer Zeile zur Bildung eines neuen Begriffs oder einer neuen Wortreihe verwendet wird, ohne dass ein Buchstabe weggelassen oder hinzugefügt werden darf.
>
> Nebel = Leben
> Merkmal = Klammer
> Wortbrüche = Wörterbuch
>
> Die Arbeit am Wortkörper ist ein Spiel mit den Elementen. Im Reich der Buchstaben findet der Text ständig neue Figurationen. Das Anagramm formuliert einen Widerspruch gegen jede Art von Eindeutigkeit. In dem es die Sprache beim Wort nimmt, deckt es einen Kosmos verschiedener Lesarten auf.
>
> Interpretation = Tote Print-Arien
>
> Das Anagramm ist in erster Linie Form, Verfahren, Technik, dann erst Inhalt, Aussage, Bedeutung. Bevor sich ein neues Wort bilden kann, steht die Destruktion eines anderen. Der Autor bedient eine Form, die ihn als Schöpfer negiert. Er zerlegt, sondiert, stellt um. So deklinieren die Worte ihren Buchstabenbestand, bis ein neuer Begriff aus dem SERMONDEPOT der POSTMODERNE das Spiel der Bedeutung fortsetzt.«

Dass du nur ein Zitat bist

Dada besitzt uns in Ritus
Dada ist Tubus, reizt Sinn
Da bist du nur ein Ich-Satz

Saturn in Zeit, das bist du
Du Erdstatist in Zinsbau
Status ist dir Bindezaun
Basis ist dir Zündstatut
Du bist nur Sadist an Zeit
Bist Indiz aus Ratedunst
Du bist dran, Zenit ist aus
Da zitterst du in Sinus ab.

Stephan Krass macht Veranstaltungen, bei denen Zitate und Anagramme rezitiert werden. Die musikalischen Denk-Pausen gestatten den eigenartigen Zauber dieser Art von künstlerischen Anagrammen an sich herankommen zu lassen. Tatsächlich ist es spannend zu beobachten, wie aus bekannten Wörtern oder Sätzen neue, eigenartige, faszinierende Wortschöpfungen entstehen, die jede in sich eine Welturaufführung sind und doch an bekannte Begriffe anknüpfen. Am Anfang ist der Eindruck fremd und ungewohnt. Auf die Dauer entsteht Staunen, Neugier und manchmal auch Respekt vor der Tiefe und Originalität der eigenartigen und eigenwilligen Zufalls-Ergebnisse, die offenkundig mit viel kreativem Einsatz handwerklich erstellt und damit geboren wurden.
Stephan Krass ist Kulturredakteur und Mitorganisator der Freiburger Kulturgespräche und des *Salons*. Seit elf Jahren hat er Hunderte, ja Tausende von Anagrammen entworfen. Anfangs war es für ihn wie ein Denksport. Dann wurde daraus ein poetisches, ein künstlerisches Verfahren. Auf der Suche, Anagramme im öffentlichen Raum zu installieren, stieß er auf Leuchtkästen, die früher über dem Baden-Badener Metropol-Kino hingen. Hier veröffentlicht er Anagramme. Ihn reizt die Begrenztheit des Materials, weil darin die Herausforderung liegt. Er findet neue Lesarten alter Begriffe und hat Freude an den Sprachspielen, die sich daraus entfalten lassen. Die PC-Version interessiert ihn nicht. Ihm gefällt, selber zu hantieren, ohne Zufalls-Prozessor. Ihn interessiert der Überraschungs-Coup am Ende. Die eigentliche Freude sei, dass einem manchmal völlig unerwartet neue Begriffe in den Schoß fallen. Aus »Menschen,

JUDITH
HIT
HUT

JOSEPH
EPOS
POSE

Tiere« wird »Sternen-Chemie«. Aus »Geburt« »Betrug«. Aus »Kunstbetrieb« »strickte Buben«, aus »Museum für neue Kunst« »Eure Muse funke uns Mut«. Auf solche Ergebnisse ist er stolz.

Man brauche viel Beharrlichkeit für diese Art von Arbeit. Er verstehe sich als kreativer Handwerker, als eine Art Schrift-Setzer. Auch deshalb, weil er jeden Morgen die Leiter erklimmt und mit einem Lettern-Körbchen auf den Leuchtkästen die Buchstaben neu setzt. Er hat festgestellt, dass es zu manchen Wörtern keine Anagramme gibt. Die seien wie Primzahlen – unteilbar. Aus seinem eigenen Namen, den er wegen der vielen Konsonanten schwierig zu anagrammieren findet, ist ein Anagramm-Pseudonym herausgekommen: Kaspar T. H. Sens. Er arbeitet stets so, dass alle Buchstaben ohne Rest aufgehen müssen. Die Suche nach den Wörtern in den Wörtern sei eine spannende und humorvolle Reise in die Welt der Sprache. Ein Hauptziel ist, die Fülle der im Material enthaltenen Kombinationsmöglichkeiten zu erforschen. Die Lust am Spiel steht dabei mehr im Vordergrund als die sinnvolle Wortverbindung. Obwohl er sich auch freut, wenn aus »Germanisten« »Nist Germane« wird.

Er hat sich damit beschäftigt, dass die Kabbalisten das Anagramm als eine der vier Methoden kannten, hinter die Geheimnisse des Alten Testaments zu kommen: Die Anwesenheit Gottes sollte durch Bilder und Symbole konkretisiert werden. Wenn die Thora als Wort Gottes die Quelle des möglichen Wissens über Gott repräsentiert, dann müssen triviale Erzählungen in der Thora eine zweite Bedeutung haben. Mit Hilfe von Symbol-Systemen, Zahlen und Namen-Mystik und schließlich der Zusammensetzung des aus 22 Konsonanten bestehenden hebräischen Alphabets werden Antworten auf die Frage nach dem Wesen Gottes gesucht. In einem Artikel über Anagramme schreibt Stephan Krass:

> »Im 20. Jahrhundert spielt das Anagramm bei den Dadaisten und den Surrealisten eine Rolle. Die so genannte ›Ecriture automatique‹, also die ›mechanische Schreibweise‹ wendet sich gegen die gängigen Ideale wie Sinn, Logik und rationale Ableitung. ›Alle sind Dichter, sobald sie dem Unbewussten begegnen‹, schreibt André Breton 1924 im *1. Surrealistischen Manifest* und stellt fest, dass, ›solange man mit Worten hantiert und nicht nur Laute produziert, immer irgendein Sinn herauskommt, auch wenn er vom Inhalt unsinnig erscheint ...‹ Das Anagramm bietet uns allen die Möglichkeit, Poesie zu produ-

> zieren, da wir an der Eigenbewegung von Sprache teilhaben können. Durch die Entwicklung der ›konkreten Poesie‹ von Eugen Gomringer und Timm Ullrich sind wir stärker sensibilisiert und motiviert, auch der kleinsten poetischen Einheit ihren Eigenwert zuzugestehen.«

Stephan Krass zitiert auch italienische Anagramme. Girolamo Savonarola trug sein Schicksal als Ketzer schon im Namen: Sein Anagramm ›Saliva al Rogo Romano‹ heißt übersetzt: ›Er stieg auf den römischen Scheiterhaufen‹. König Vittorio Emanuele II wurde gar zum Gegenstand von Anagramm-Fehden. Ein linguistischer Krieg mit 23 Buchstaben entstand um ihn: »Rom will dich und Gott heißt es gut« fanden seine Anhänger in seinem Namen versteckt, während die politischen Gegner herauslasen »Weder Gott noch Rom will dich hier«. Noch heute veröffentlicht die italienische Zeitung *La Repubblica* Anagramme, allerdings auf ihrer wöchentlichen Humorseite.

Stephan Krass' Affinität zur Sprache und letztlich zum Anagramm wird bereits in seiner Biographie deutlich. Der »Liebhaber des Wortes« arbeitete nach dem Studium der Literaturwissenschaft, Philosophie und Soziologie als Autor für Radio und Fernsehen. Heute ist er Kultur- und Wissenschaftsredakteur beim Südwestfunk in Baden-Baden. Für ihn ist die Suche in einem Satz nach einem neuen Satz nichts anderes als ein symbiotisches Würfelspiel, zu dem allerdings Disziplin und Assoziationsvermögen notwendig seien. Einige Autoren arbeiten mit verschiebbaren Buchstabenkarten. Stephan Krass schreibt hingegen jede Zeile von neuem auf, sodass sich auf unzähligen benutzten Rechenpapieren Hunderte von Wortkolonnen bilden, die als Assoziationsketten auf die Ausgangszeile zu verstehen sind. Das macht er so lange, bis ein Anagramm entsteht. Reizvoll findet er, dass Anagramme nicht planbar sind. Er meint, dass man Anagramme nicht suche, sondern sie finde. Dadurch, dass er sich der Eigendynamik der Sprache überließe, werde er zu deren Medium. Papier ist für ihn das Ausgangsmaterial. Er verstehe sich als Schriftsteller und nicht als bildender Künstler. Die Kino-Programmtafel, die er erwerben konnte, ist zu seinem sinnstiftenden, künstlerischen Medium geworden. Die Programmtafel selbst wird zum Spiel.*

SASCHA
CASH
ASS

* Informationen von Gudrun Heckle.

Wie kreativ und kunstvoll die Anagramme von Stephan Krass sind, das illustrieren zum Schluss noch zwei seiner Werke:

Beim nächsten Wort wird alles anders

Am Stern, wo wir abends Lieder schalten
des Nachts, wo wir Leiber anders malten

Am Strand, wo wir leise Scherben tadeln
an der Macht, wo wir selbst Riesen adeln

Im Sterben, wo wir alles anders dachten
im All, wo wir den Sandesser betrachten

LITERATURBETRIEB

Trauer treibt Leib
Trieb lauert breit

Braut liebt Reiter
Liebe raubt Ritter

Beirat riet Trubel
er braute Libretti

Tier blieb Art treu
irre Tube aber litt

Literaturbetrieb
er trieb Titelraub

Michael Erlhoff – Texte schreiben mit Anagrammen

Ursprünglich war er Literaturwissenschaftler. Heute überrascht der Professor für Design-Theorie und -Geschichte an der Fachhochschule Köln seine Student-inn-en gern mit diesem Anagramm-Gedicht:

Schlafe, falsche Flasche
diese Seide reibe Biere
reite Tiere, palme Lampe
sie raubten Trauben-Eis

Vater Trave schaute, tausche
Schauer, rausche Rede – Erde
eure Reue, teure Treue
o du, Udo – seiner Reisen

Lasche Achsel siebt Biest,
freie Eifer, rufe Ufer,
ziere Reize, zeige Geize,
Nager ragen einsame Ameisen.
Deren Chor roch Reden.

Ein Bote tobe nie, Dein Neid
nasche Achsen
leise Seile loben nobel,
Nägel lägen faul. Lauf,
gehe, hege.
Aber Eis-Rabe sei Modedom,
Reliefpfeiler.

Er schmunzelt, wenn er daran denkt, in was für Geschwafel bei der Interpretation die Studierenden dann erst einmal ausbrechen, bevor sie die Anagramme entdecken. »Mir geht's ums genaue Hinschauen, darum, Konstruktionsprinzipien betrachten zu lernen und aus dem linearen Denken und aus verknöcherten Strukturen mit Hilfe solcher Stolpersteinchen herauszufinden.« Nein, ein Poet sei er nicht. Ihm dienen die Anagramme vor allem als Hilfsmittel, wenn er Texte zu verfassen habe. Die Ideen, die ihm der Buchstabentausch liefert, brächten ihn stets auf originelle Weise weiter. Seine Technik zum Anagrammieren: Er schreibt die Buchstaben des Themas, das ihn beschäftigt, bereits durcheinander auf ein Blatt. Dann schaut er, was ihm dazu einfällt. Beispiele wie »Sarg« = »Gras« oder »Rotwein« = »ein Wort« machen ihm richtig Spaß. Das SATOR-Quadrat kannte er in Form eines Kartentricks bereits als Schüler. Anagramme und Palindrome lernte er intensiver durch den Schweizer Künstler André Thomkins kennen. Heute bringt Erlhoff in seinen Texten auch gern verschlüsselte Botschaften in Form von Anagrammen unter. Und wenn er aus dem Namen seines Design-Kollegen Erik Spiekermann = Mr. Kneipenkaiser anagrammiere, dann finde er das vergnüglich.

Was **André Thomkins** aus dem Wort »weitermalen« anagrammiert hat, ist zu einem beeindruckenden Gedicht in neun Strophen geworden:

Weitermalen

nie malte wer
mental wie er
ei wen malt er
wien malte er

malte er wien
malte er wein
mal wienerte
mal weinte er

wiener malte
altem wiener
nie weltarme
einmalwerte

twenmalerei
leert man wie
meterlawine
werte im elan

emil war ente
nie malewert
weil rente am
leim ente war

wal meinte er
walte in meer
wal reimt nee
emire walten

atmer weilen
im walentrée
waten leer im
eremitenwal

meilern etwa
warme eliten
weltenmarie
in weltarmee

arme welt nie
an welt reime
weil eternam
reime walten

SCHATZ-
TRUHE III

Der Anagrammier-Schatz

Anagrammier-Strategien

Rein technisch ist das Anagrammieren ein Kinderspiel (dazu gleich mehr). Kinder mit ihrer besonderen Fähigkeit, Memory zu spielen oder zu puzzeln sind eventuell besonders zum Anagrammieren geeignet, vielleicht sogar fixer als die Erwachsenen, wenn sie es denn einübten. Das Beispiel der Klasse (vgl. Seite 250ff.) lässt jedoch ahnen, dass Kinder heute kaum noch lernen, sich stundenlang in etwas zu vertiefen und um eine Lösung zu ringen. Sie sind im Trend der Zeit: alles muss fix und sofort gehen. Je mehr die Computerisierung fortschreitet, umso nachhaltiger dürfte diese Entwicklung verlaufen – obwohl: historisch betrachtet gibt es ja immer eine Gegenbewegung – irgendwann.
Als echte Hürde wird bereits in der Literatur immer wieder herausgehoben, wie schwierig es ist, den Reiz des Anagrammierens für viele zugänglich zu machen, da die Ergebnisse erst dadurch tiefsinniger werden, wenn die Wörter und Einfälle mit dem persönlichen Hintergrund angefüllt werden. Deshalb werden Sie vermutlich manche Beispiele, die gleich folgen, mit Befremden oder wenig innerem Engagement lesen, obwohl sie für die Beteiligten zum Teil Schlüsselerlebnisse enthalten. Dieser Konflikt ist nach dem jetzigen Kenntnisstand nur auf eine Weise lösbar. Verfahren Sie nach dem alten chinesischen Sprichwort:

Sagst du's mir, vergess ich's.
Zeigst du's mir, merk ich mir's vielleicht.
Lässt du's mich mitmachen, versteh ich es.

Von daher sind die Beispiele, die folgen, lediglich als Anregung gedacht, Sie auf eigene Ideen zu bringen und Ihnen Lust zu machen, mit Anagrammen zu spielen oder zu arbeiten.
Drei verschiedene Techniken und Hilfswerkzeuge stehen Ihnen zur Anagramm-Gewinnung zur Verfügung: Scrabbeln, Pitten und Ihr Computer.

Anagramme scrabbeln

Mit der diesem Buch beiliegenden Buchstabentafel können Sie sich Ihre Namens-Buchstaben-Karten suchen. Durch Herumschieben kombinieren Sie neue Wörter und notieren sie. Am Schluss ordnen Sie den Wort-Schatz – am Anfang am besten alphabetisch von A bis Z, wegen der Übersicht – damit Sie im Auge behalten, was Sie schon anagrammiert haben. Die Ergebnisse werden je nach Bedarf oder nach neuen Ideen genutzt.

Anagramme pitten

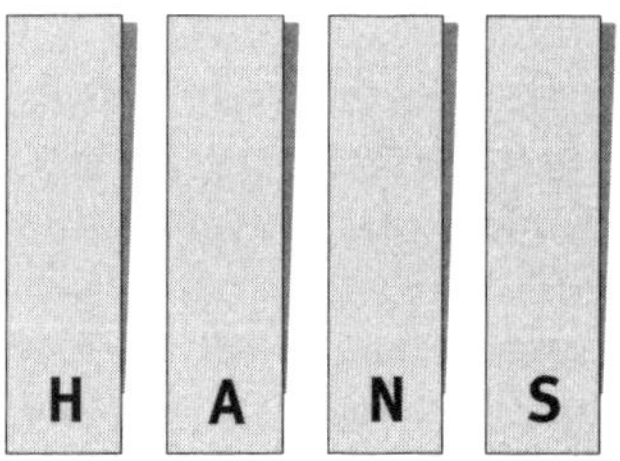

Die Pits* werden *hochkant* mit den Namens-Buchstaben – jeder Buchstabe auf ein einzelnes Pit – so beschriftet, dass die Klebefläche direkt unter den Buchstaben ist. Das hat den Vorzug, dass Sie die Pits oben leicht anfassen können und damit blitzschnell neue Ordnungen herstellen beziehungsweise Restbuchstaben an der Seite parken können.
Auch hier werden neue Wörter durch Kombination erstellt und notiert.
Es lohnt sich, die Ergebnisse auf farbige Pits zu schreiben; zum Beispiel:

- rot für gelungene oder interessante Voll-Anagramme,
- grün für erfreuliche, schenkbare Teil-Anagramme,
- grau für problematische oder kränkende Anagramme, die umgenutzt (vgl. S.198ff.) oder weggelassen werden,

* Pits (kommt von **Post-it**-Klebezetteln), die diesem Buch beiliegen, haften Hunderte Male, wenn Sie sie nicht mit fettigen Fingern auf der Klebefläche anfassen, sie nicht auf Stoff kleben oder auf den Boden fallen lassen. Das bedeutet, Sie können sie alphabetisch parken und immer wieder neu benutzen.
Bezugsadresse für Pits zum Nachbestellen: ETM GmbH Versand, Postfach 45 03 68, 50878 Köln, Fax + Tel.: (0221) 4 97 38 43.

➤ weiß für Anagramme, bei denen Sie noch unsicher sind oder zu denen Ihnen zunächst nichts einfällt.

Das hat den Vorzug, dass Sie Anagramme, die Sie verwenden wollen, sofort durch die Farben ausmachen beziehungsweise später »klastern«, das heißt zu Sinntrauben formieren können (vgl. das Beispiel S. 199). Außerdem lässt sich auf diese Weise spielerisch ausprobieren, welche Anagramme besser zueinander passen als andere – Sie können sie so lange in unterschiedliche Rangfolgen bringen, bis Ihnen das Ergebnis am besten gefällt.
Auf diese Weise lassen sich auch »Vario-Gedichte« herstellen. Das bedeutet, dass Sie der beschenkten Person einen Vorschlag zur Kombination der Anagramme machen. Da sich jedoch herausgestellt hat, dass viele Anagramme individuell völlig anders verstanden werden, hat der Beschenkte oder die Beschenkte die Chance, eine für sich stimmigere Rangfolge herzustellen (vgl. S. 215ff.).

OLIVER
VIEL
LOVER

Anagramme über Internet direkt auf den PC

Wenn Sie über einen Internet-Zugang verfügen, können Sie ein speziell für dieses Buch entwickeltes Programm benutzen, das Ihnen in Sekundenschnelle für jeden eingegebenen Namen beziehungsweise jedes eingegebene Wort Anagramme in gewünschter Anzahl anzeigt, die sich daraus ergeben.

Geben Sie einfach die folgende Adresse in Ihr Internet-Feld ein:

➤ http://www.droemer-weltbild.de

Das ist die Homepage des Droemer Verlags. In das Feld »finden« geben Sie das Wort »Anagramm« ein. Dann erscheint die Präsentation dieses Buches: *Das Anagramm-Geheimnis.* Hier klicken Sie auf: Anagramm-Generator.* Dann werden Sie direkt verbunden.

* Dieser Anagramm-Generator wurde in Zusammenarbeit mit dem Institut für Informatik an der Universität Leipzig und dem »Projekt Deutscher Wortschatz« entwickelt.

Dieses Programm hat einige Vorteile gegenüber anderen frei zugänglichen Anagramm-Generatoren im Internet:

- Die Ergebnisse sind geordnet, sodass die gefundenen Wörter sofort möglichst sinnvolle Kombinationen bilden.
- Die Wörter werden farbig wiedergegeben: Blau = alle Substantive. Grün = alle Verben. Rot = alle Adjektive. Gelb = alle übrigen Wörter. Das erleichtert es Ihnen, dieses Material neu zu kombinieren und es weiter zu entwickeln.
- Sie haben drei Auswahl-Möglichkeiten: Entweder Sie lassen sich nur *Voll-Anagramme* anzeigen (= alle Buchstaben werden verwendet) oder nur *Teil-Anagramme* (= einzelne Wörter, die im Namen/Begriff verborgen sind) oder *beide auf einmal.*
- Sie können die Zahl der ausgegebenen Anagramme begrenzen (bei manchen Namen können erschlagend viele Anagramme herauskommen – 6000 bis 12 000 sind keine Seltenheit). Schreiben Sie einfach in das erste Feld: »Maximale Anzahl der Ergebnisse« die gewünschte Zahl (zum Beispiel 100).
- Sie können auch die Länge der auszugebenden Anagramm-Wörter bestimmen. Schreiben Sie einfach in das zweite Feld: »Wort-Mindestlänge« die Zahl der Buchstaben, die ein Wort mindestens haben soll (zum Beispiel 3, 4, 5 oder 6). Je länger ein Wort mindestens sein soll, umso kürzer wird die Ergebnisliste.
- Sie können die Zahl der Wörter pro Anagramm vorgeben. Wenn Sie nur Anagramme bekommen wollen, die aus einem oder zwei Wörtern bestehen, tragen Sie das ins dritte Feld: »Maximale Anzahl Wörter in Anagrammen« ein (zum Beispiel 1 oder 2). Auch damit können Sie die Zahl der Ergebnisse beschränken.
- Sie haben die Möglichkeit, ein bestimmtes Ergebnis-Wort anzugeben (zum Beispiel »Haus«, wenn der Name die Buchstaben dafür enthält). Dann erhalten Sie nur die Anagramme, in denen »Haus« vorkommt.

Wenn Sie die drei Felder nicht ausfüllen, dann läuft das Standard-Programm ab. Das bedeutet, Sie erhalten automatisch *alle* Voll-Anagramme (oder *alle* Teil-Anagramme, wenn Sie nur auf das Feld: »Ausgegeben werden sollen« klicken). Damit können Sie eine wahre Flut an Anagrammen auslösen.
Probieren Sie es aus. Sie werden sehen, es funktioniert ganz einfach.

NADINE
DIA
EID

Beispiel für *Voll-Anagramme* von »Heide Gunst« (Auszug):

Nudist gehe	Nudist hege	gedieh Tuns	Hut Gesinde
Hut siegend	gut seihend	Gut seihend	Tee Sud hing
Sud eingeht	Sud einhegt	eingeht Sud	Hindu Geste
Hund Steige	Hund Stiege	Hund sieget	Hund siegte
Hund steige	Hund stiege	steige Hund	stiege Hund
Dung seihet	Dung seihte	seihet Dung	seihte Dung
Hit gesunde	Dings heute	Gesundheit	Eid Gnu seht
Hui! den Steg	ein Sud geht	ein Sud hegt	Heu Ding Set
Tugend sieh	Design heut	Hunde geist	Hunde siegt
geist Hunde	stieg Hunde	endigst Heu	

Vorschlag: Wenn Sie jetzt die »Suchbrille« zum Anlass »Hochzeit« oder »Hochzeitsgeschenk« von Heide Gunst aufsetzen, werden Sie feststellen, wie anders Sie diese Wörter lesen, als wenn Sie sie ohne Zweck anschauen.

REBECCA
ERBE
BAR

Beispiel für *Teil-Anagramme* von »Heide Gunst« (Vorgabe: 7 von 10 Buchstaben müssen verwendet werden):

Gedeihs	Endsieg	Gesinde	siegend
seihend	sehnige	gedeiht	gedehnt
endiget	endigte	gedient	eingeht
einhegt	geseiht	gedeihst	gediehst
dehnest	stehend	Hengste	gesehnt
Dienste	Tenside	dienest	neidest
Geisten	Gestein	Steigen	Stiegen
eignest	neigest	siegten	steigen
stiegen	endigest	steigend	einseht
seihten	eingehst	einhegst	gesunde
Seehund	heutige	Neuheit	hindeute
heutigen	Eheguts	heutiges	gesundet
hustende	Eisenhut	Gesundheit	dingest
endigst	hingest	hustend	Studien
dunstig	Ungeist	dunstige	

Hier wurde bei der Eingabe angegeben, dass mindestens sieben Buchstaben von »Heide Gunst« beim Anagrammieren verwendet werden müssen. Je mehr Buchstaben Sie dem Programm wegzulassen erlauben, umso höher die Wahrscheinlichkeit, dass Sie bei der

Funktion »Teil-Anagramme« verwertbare Ergebnisse bekommen (wenn zum Beispiel sechs Buchstaben von »Heide Gunst« benutzt werden müssen, erhalten Sie nicht nur 59, sondern 202 Treffer).

Es gibt noch andere Anagramm-Generatoren im Internet. Hier die besten Adressen:

- http://www.sibiller.de/anagramme (der erste Anagramm-Generator in deutscher Sprache).
- http://www.anagramgenius.com (für alle, die Lust auf englische Anagramme haben).

PATRICIA PARAT TIP

Hitlisten der besten Anagramme hat Mark Geiger gesammelt: http://www.markgeiger.de/anas/hit.htm.
Christian Stimming präsentiert die dreißig besten Ein-Wort-Anagramme unter: http://www.tu harburg.de/~secs2112/abgefa.html.

Anagramme finden – Variationen

Knobeln mit Pits oder Buchstabentafel

Wer Anagramme selbst knobelt, gewinnt folgende Zusatz-Aspekte im Vergleich zum PC:

- Sie können beobachten, was Sie selbst, was andere in welcher Reihenfolge aus dem Namen finden.
- Sie können beobachten, welche Lernprozesse Sie beim Anagrammieren machen.
- Sie können registrieren, wann Sie es genießen, dass der Prozess des Anagrammierens dauert, und wann nicht.
- Sie können feststellen, wie viel interessantere und tiefere Einfälle Sie finden, wenn Sie trainieren.
- Sie können spüren, welche Veränderungen es darstellt, die Hände mit benutzen zu können. Nachweislich werden andere Vorgänge im Hirn ausgelöst, wenn Sie mit Hirn, Herz und Hand arbeiten, als wenn Sie sich an eine Maschine setzen.
- Sie können Ihr Augenmerk darauf richten, wie die Flexibilität im Kopf durch das Hin- und Herkleben unterstützt wird.

- Sie können sich eine Kopie Ihres Ergebnisses machen, auf der die Rangfolge des Findens fest gehalten wird, und die Anagramme danach in neue Zusammenhänge und Strukturen ordnen.
- Aus den Lösungs-Pits können Sie ganze Sätze, Gedichte oder Reden flexibel ordnend herstellen.
- Sie können wahrnehmen, wann Sie Unbekanntes oder Ungewohntes zu sehr befremdet oder blockiert.
- Sie werden feststellen, wie Ihre Fähigkeit, Einfälle in kreative Ideen umzuwandeln, auf Dauer zunimmt.
- Wer geknobelt hat, ist meist stolz auf die Leistung.
- Anagramme sind wahre Er-Findungen.

Die Nachteile beim Knobeln:

GERALD
ADEL
REGAL

- Sie brauchen Geduld. Es gibt Tiefs und Blockaden, wenn Sie erstmal nicht weiterkommen. Es stehen ja fast immer Hunderte, Tausende oder gar Zehntausende Lösungen zur Verfügung (ein Name wie Thomas Steimer beispielsweise hat 11200 Teil-Anagramme).
- Anagrammieren kann die kleinen grauen Zellen ganz schön anstrengen.
- Auf dem Gebiet des Knobelns brauchen Sie zweifelsfrei Übung, damit es leichter geht.
- Normalerweise wird erst Ausdauer belohnt, weil die Ausbeute dann reicher wird.
- Es ist eine Schwelle, sich hineinzufinden.
- Manchmal werden Sie ungeduldig und grantig sein, weil es nicht schnell genug vorangeht.
- Den Prozess des Findens als Ergebnis zu betrachten – ganz nach dem chinesischen Sprichwort, dass der Weg das Ziel ist – erscheint unserem Denken erst einmal fremd.

PC-Anagramme finden

Wenn Sie den PC/das Internet nutzen, haben Sie folgende Vorzüge:

- Es geht fix.
- Es ist kinderleicht, den Namen einzuspeisen und den Computer arbeiten zu lassen.

- Das Resultat liegt unter Umständen gleich tausendfach vor, ohne dass Sie sich Mühe machen müssen.
- Es ist sofort benutzbar, gerade wenn Sie es eilig haben oder überhaupt kein Knobel-Mensch sind.
- Sie stoßen durch den PC auf ungeahnte Lösungen, die Sie vielleicht allein nie finden würden.
- Manche finden diese Form zeitgemäßer.
- Die Leistung verändert sich vom Knobeln und Finden zum kreativen Gestalten dessen, was der Computer für Sie gefunden hat.
- Auf diese Weise kommen Sie schnell zu einem Produkt, denn es ist wie ein bequemes Denk-McDonald's – und Sie wissen, wie erfolgreich und beliebt die sind –, weil Sie ohne langes Warten gleich konsumieren können.
- Die Rangfolge ist alphabetisch.
- Sie können zwischen Teil- und Voll-Anagrammen sofort unterscheiden.

Die Nachteile des PCs sind:

- Sie brauchen einen PC mit einem Internet-Anschluss.
- Die Frage ist, ob es manchmal zu fix geht und Sie sich um den interessanten Prozess, der in der Selbstversenkung liegt, bringen.

SAMUEL
AMSEL
MUSE

- Sie verlieren die haptisch-sinnliche Dimension beim Anagramm-Erstellen, das heißt, Sie haben nichts Be-Greifbares in den Händen.
- Auch der Prozess, die interessante Rangfolge im Entdecken als aufschlussreiche Dimension hinzuzugewinnen, entfällt. Damit fehlt das Erkennen im Suchen.
- Manche sehen es als Gefahr an, dass der Computer jemanden dazu verführen könnte, Anagramme etwas leichtfertiger zu nutzen, ohne sie hinreichend daraufhin zu durchdenken, was das Ergebnis beim Gegenüber auslösen kann.
- Als bedrohlich empfinden manche die Überfülle, die ihnen der PC bietet. Dadurch kann er zum Zeit- und Gute-Laune-Fresser werden. Sie brauchen dann neue Strategien, um sich vor der Flut zu schützen (vgl. Seite 241 ff.)
- Beim PC entfallen Gedanken und Gefühle, die beim Prozess des Schöpfens entstehen, vollständig. Manche fürchten deshalb, dass der PC die Gefahr berge, das Ergebnis zu eine Art Denk-McDonald's werden zu lassen, was bedeutet, dass jemand zu

früh satt ist und dadurch die Kultur vergisst. Oder anders gesagt, das Gute ist ja der Feind des Besten: Quantität und Tempo scheinen heller zu glänzen als Qualität, verstopfen aber die Suche nach dem Optimum.

Wie Anagramme zu Fundgruben und Schatz-Truhen werden

Tipp I: Das Prinzip verstehen
Sie brauchen Übung und ein wenig Geduld und Einfühlung, um sich in viele Anagramme hineinzudenken. Manche liegen nicht auf der Hand. Wenn Sie aber eine Frage stellen oder eine Art gezielten Suchblick entwickeln, dann sind die Anagramme wahre Fundgruben.
Wie Sie das technisch am einfachsten meistern, zeigen die Beispiel-Anagramm-Verwendungen

- »Ruhestand« (siehe S. 230f.)
- Rede-Entwurf »Katia Themkens« (siehe S. 214f.)
- Themen-Finden: »25 Jahre Hallo Ü-Wagen« (siehe S. 239f.)

am einfachsten. (Vielleicht schauen Sie diese Seiten kurz an, um das Prinzip anschaulicher zu haben, bevor Sie die Muster durchblättern).

Tipp II: Die PC-Ergebnisse weiterentwickeln
Bei PC-Teil- wie -Voll-Anagrammen sollten Sie selbst noch einmal kreativ mitscrabbeln, denn – wie Sie schon dumpf ahnen – der PC ist nicht perfekt.

Tipp III: Wenn der PC zu viel ausspuckt
Wenn Sie das PC-Ergebnis als Überangebot empfinden, ist ein Weg, systematisch oder per Zufall Seiten aus dieser Fülle herauszugreifen und mit dieser Auswahl spielerisch zu arbeiten.

Handwerkliches zum System-kreativen Umgang mit Anagrammen

Selbstverständlich werden Sie einen eigenen Weg finden, wie Sie kreativ mit Anagrammen umgehen können. Ein paar Profi-Tipps, wie Sie mit dem Fremden, Befremdlichen, Erstaunlichen, was bei den Anagrammen herauskommen kann, umgehen können, möchte Ihnen das nächste Kapitel geben. Es bietet Ihnen Handwerkszeug an, mit dem Sie aus jedem Einfall Steigbügel für neue Ideen zaubern können.
Wer das Gefühl hat, in Sachen Kreativität selbst schon fit genug zu sein, kann dieses Kapitel überschlagen (bis S. 204).

»Umnutzen«: Anagramme im Sturm erobern

ROMANA
AROMA
AMOR

Stellen Sie sich einen Lehrer vor, der in einer Klasse die Delfine durchnehmen möchte. Es handelt sich um eine Klasse, in der Schülerinnen und Schüler bereits etwas vom Brainstorming gehört haben. Das bedeutet: sie schaffen es, Einfälle erst einmal kritiklos zu sammeln, ohne sie sofort zu verwerfen oder zu zermeckern. Also, Lehrer Müller gibt die Aufgabe, dass alle Schüler-innen auf drei Zetteln Einfälle zu Delfinen schreiben sollen. Er hat dazu für jede-n drei Pits ausgegeben, weil er auf diese Weise das Ideen-Chaos nach dem Einsammeln sofort und ohne zusätzlichen Materialaufwand – an der Tafel, auf der Tür oder auf dem Fenster klebend – kinderleicht vor den Augen der Klasse strukturieren kann. (Vielleicht haben Sie jetzt Lust, mit der Klasse gedanklich mitzustormen: Einfach mal die Augen schließen und innerhalb von zwanzig Sekunden zehn Wörter, die Ihnen spontan zu Delfinen einfallen, vor sich hinmurmeln.)

Haben Sie's ausprobiert? Folgende Einfälle werden normalerweise gestormt: Klug, sympathisch, intelligent, kein Fisch, Säugetier, Flip-

per, können pfeifen, werden bei Behinderten eingesetzt, im Meer, in Gruppen, sozial, verspielt, gelehrig, Tunfischfang und Delfine, springen, Urlaub.
Prächtig, oder? Viele unterschiedliche Einfälle in kürzester Zeit. Alle nah dran, mit Potenzialen zu wichtigen Teil-Facetten des Themas.

Lehrer Müller hat nun alle Pits eingesammelt. Er klastert sie (= aus Englisch: »to cluster« – »Sinntrauben bilden« und Kölsch »klastern« – »an die Wand kleben«. Plötzlich liest er das Wort »Wald« vor. In einer normalen Klasse, die das *Umnutzen* weder kennt noch kann, erschallt grölendes Gelächter. Die Person, die den Wald aufgeschrieben hat, schämt sich zu Tode und beschließt, in Zukunft nie mehr einfach nur einen Einfall hinzuschreiben.
Eine Klasse, die das Umnutzen beherrscht, legt nun folgende Annahme zu Grunde: Jede Idee, jedes Thema, jeder Mensch, jede Sache auf der Welt besitzt – nach einem Denkmodell asiatischer Philosophien – die Grundstruktur des Yin-Yang = ☯: Also eine schwarze Hälfte mit einem weißen Punkt, eine weiße Hälfte mit einem schwarzen Punkt und dazwischen die Wellenlinie als Symbol dafür, dass das Ganze nicht statisch, sondern in dauernder Bewegung ist.

ROLAND
LAND
LORD

Wer diese Erkenntnis versteht, kann seine berufliche Praxis von Grund auf verändern. Es lohnt – gerade auch fürs Anagrammieren – in der Tiefe zu begreifen, was damit gemeint ist. Denn beim Yin-Yang handelt es sich nicht nur um einen dekorativen Gegenstand an Ringen, Ketten und Gegenständen aus Fernost, sondern um eine höchst praktische Grundweisheit: Wenn zum Beispiel jemand auf den ersten Blick absoluten Blödsinn redet, dann wissen die, die mit dem Yin-Yang-Modell arbeiten, dass sie sich gerade »im schwarzen Feld« befinden, jetzt aber zumindest auf die Suche nach dem weißen Punkt gehen können, wenn sie schon nicht die weiße Hälfte dazu entdecken können. Und siehe da, der Fokus auf die »weiße Stelle« bringt immer eine Erweiterung und oft einen besonders interessanten, neuen Einfall, der häufig spannenderes Potenzial hat als das, was beim ersten Brainstormen zu Tage kommt.
Als Beleg dafür zurück zu Lehrer Müller und dem Beispiel vom Wald und dem Delfin. Wie wäre es, wenn Sie die Augen schließen und es selber noch einmal testen: Was fällt Ihnen bei »Wald« zum Thema Delfin ein?
Erste normale Reaktion: zunächst mal gar nichts. Oder doch: Wald = Land: Wie lange können Delfine ohne Wasser auskommen? Spielt

es eine Rolle, welche Art von Luft sie dabei einatmen? Lässt sich ein Delfin künstlich über Wasser beatmen? Was geschieht mit seiner Lunge, wenn er über respektive unter Wasser ist?

BETTINA ABTEI TINTE

Das ist noch eine übliche Assoziation, das heißt das »Kick-Wort« »Wald« wird einfach buchstäblich genommen. Wer umnutzt, macht einen Trick: Sie benutzen das »Kick-Wort« als Steigbügel und missverstehen es nach Lust und Laune, so wie Sie es gebrauchen können. Also:

- Zu *Wald* ist ein Einfall, dass er *grün* ist: Können Delfine Farben sehen? Können sie Grün besser als andere Farben wahrnehmen oder reagieren sie eher auf Gelb oder Rot?
- Dann *duftet* der Wald: Können Delfine riechen, was können sie riechen, wie weit können sie riechen, wie funktioniert Riechen unter Wasser überhaupt, und wo haben Delfine ihre Nasen, ihren Geruchssinn?
- Apropos *grün*: Essen Delfine nur Fische oder auch Grünes, und wie sind ihre Essgewohnheiten grundsätzlich, tageszeitmäßig, mengenmäßig?
- Zu Wald direkt am Wasser: Wie verhalten sich Delfine an Küsten, wo *Mangrovenwälder* ihre Wurzeln ins Wasser hineinstrecken? Sind es Küsten, die sie lieben, weil es da mehr oder anderes zu essen gibt, oder meiden sie die? Wie ändert das Ufer, die Topographie des Landes das Verhalten der Delfine?
- Und wie verhält es sich mit einem Stück *Treibholz*, das auf dem Meer schwimmt: Muss ein Delfin erst gucken oder lecken gehen, um zu identifizieren, dass es sich dabei nicht um eine Mine handelt? Wie macht er grundsätzlich Gegenstände aus? Was kann er von ihnen erkennen? Wie funktioniert Erkennen bei Delfinen? Was können Vater- und Mutter-Delfin ihren Jungen wie beibringen? Wann spielt ein Delfin mit Gegenständen im Wasser und wann nicht? Und warum spielt er überhaupt?
- Im Wald stehen *Bäume* – sehr verschiedene: Welche unterschiedlichen Delfin-Arten gibt es? Und so weiter ...

Sie erkennen am Delfin-Beispiel, dass es durch das Umnutzen nichts Banales mehr auf der Welt gibt. Ob man nun »Aktendeckel«, »Raumschiff« oder »Zigarette« zu Delfin kombiniert: Immer lässt sich der scheinbare Schrott-Einfall wie ein Steigbügel zu neuen Ideen umnutzen. Der Schrott garantiert sogar, dass man eher

»aus der Rille springen« und tatsächlich zielführend blitzartig Originelleres produzieren kann, was leichter zum Kern führt, wenn man die Technik des Umnutzens beherrscht.*

Das folgende Beispiel zeigt, wie jede-r das Modell des Yin-Yang und des Umnutzens in die alltägliche Praxis einbauen kann: Ich mache eine Sendung zum Thema »Begeisterung«. Da kommt ein alter Mann, der unverständlich lange über sein neues Badezimmer erzählt – und das beim Thema Begeisterung. Bevor ich die Yin-Yang-Kenntnisse und das Umnutzen trainiert hatte, hätte ich ihn vermutlich mit einem Scherz ziemlich unachtsam vom Mikrofon abserviert. Auf der Suche nach dem weißen Punkt stellte sich aber heraus, dass dieser Mann 67 Jahre alt werden musste, um erst vor drei Monaten sein Klo auf halber Treppe gegen ein schönes gekacheltes neues Badezimmer mit Wanne – die Erste seines Lebens – eintauschen zu können. Und das Anfang der Neunzigerjahre in unserer reichen Republik. So bereicherte dieser Mann auf wunderbare Weise das Thema, indem er zeigte, wie relativ Begeisterung ist und wie sehr sie von den bestehenden Lebensumständen vorgeprägt wird. Außerdem machte seine schwärmerische Beschreibung der hübschen neuen Kacheln im Gegensatz zum ekelgrauen Ölputz vom Klo auf der halben Treppe für alle, denen so etwas selbstverständlich ist, klar, welche Bereicherung ein ansprechendes Ambiente gerade an so einem intimen Ort darstellt.

CHRISTIAN CHIANTI ANSICHT

Der Bezug zum Anagrammieren: Wer eine Geburtstagsfest-Karte, eine Rede oder sonst etwas aus Anagrammen entwickeln möchte und sich über die eigenartigen, zufälligen Wortschöpfungen nicht nur wundern will, tut gut daran, das Umnutzen zu trainieren. Denn es ist wichtig zu erkennen, dass die Fähigkeit, scheinbar »schrottige« Einfälle umzunutzen, nicht angeboren ist. Sie muss wie Lesen und Schreiben, wie Autofahren, eine Fremdsprache, Klavierspielen oder der Umgang mit dem Computer gelernt und auch trainiert werden. Ohne Übung kein Meister, ohne Training keine Kaskaden von Ideen.

Wer mit Vergnügen neue Ideen entwickeln möchte, kann sich dabei von Spielregeln unterstützen lassen.

* Wer sich ausführlicher dafür interessiert, kann zu diesem Thema mehr nachlesen in: Carmen Thomas: *Profi-KopfRezepte – Erfolgreich kreativ mit Vistem*, München 2000, und: *Vom Zauber des Zufalls*, Köln 1998.

Die Eselsbrücke heißt AKUT: Vier Spielregeln

Geistesblitze haben eine Hausordnung, wenn sie verlässlich erscheinen sollen. Hier sehen Sie die vier Spielregel-Punkte, die dazugehören.

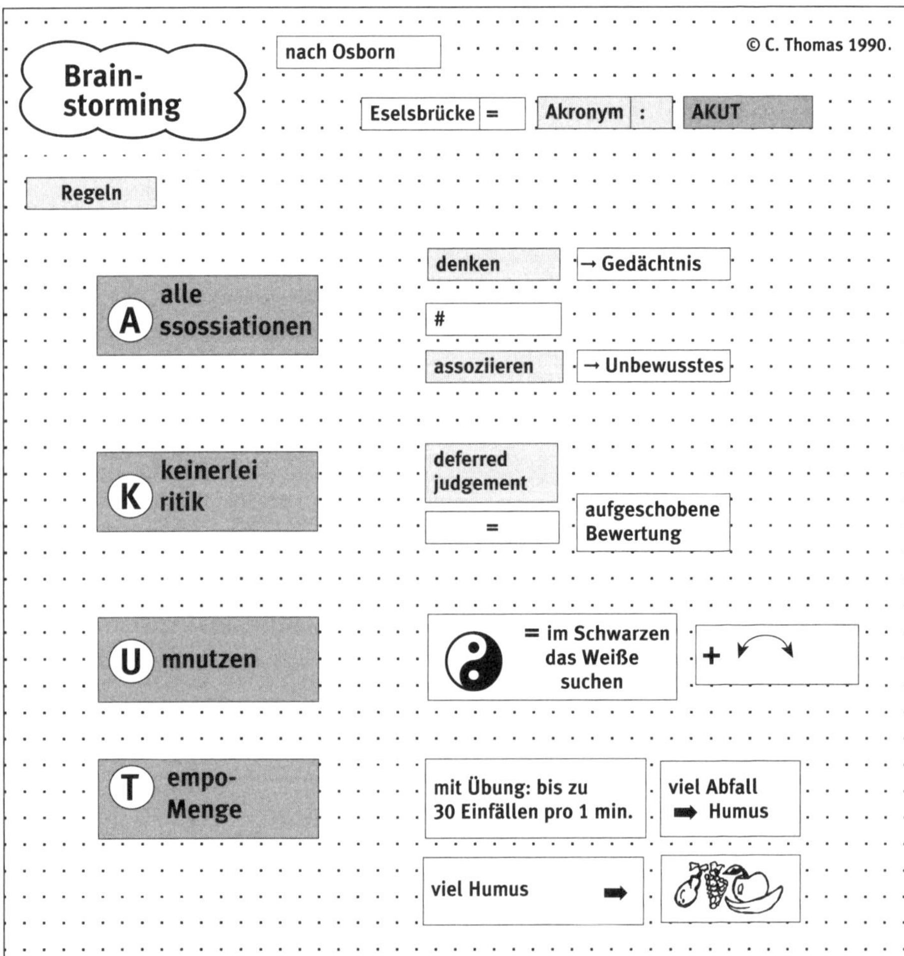

Spielregel 1 ist:
A steht für **a**lle **A**ssoziationen, weil Denken und Assoziieren zwei völlig verschiedene Vorgänge sind. Beim Denken kramen Sie immer nur in Ihrem vergleichsweise kleinen Gedächtnis. Die Assoziationen eröffnen den Zugriff auf das riesenhafte Unbewusste. Es gilt, buchstäblich *alle* Einfälle zuzulassen und schätzen zu lernen.

Dazu nützt Spielregel 2:
K für **k**einerlei **K**ritik. Schieben Sie die Bewertung auf, nehmen Sie alle Einfälle und Ideen an und lassen Sie sie erst einmal stehen. Denn Ideen werden in drei Grundmodellen geboten:

- dem Brillanten auf dem Silbertablett, bei dem Sie nur zugreifen müssen und sich spontan daran entzücken können,
- dem Roh-Diamanten, dem Fachleute das Wertvolle schon anmerken, dem aber noch der richtige Schliff fehlt, und
- dem Modell Schrott, von dem gerade bei den Delfinen die Rede war.

Wer genialische Keimlinge zu früh zertritt, weil er nicht erkennt, was für wunderbare Gewächse daraus entstehen können, beschneidet die Sache. Seien Sie gerade in der Kreativ-Phase neugierig und offen für Fremdes und Abwegiges. In allem steckt ein kreativer Kern – mindestens einer. Der Spielregel-Punkt »**k**einerlei **K**ritik« eröffnet die Chance, ihn kennen lernen zu können.

THORSTEN
THRONE
STERN

Spielregel 3:
U für **U**mnutzen haben Sie bereits am Beispiel der Klasse in Erfahrung bringen können. Das Umnutzen lädt dazu ein, systematisch Einfälle in sich selbst herumzudrehen, um im Dummen das Kluge, im Ärgerlichen das Erfreuliche, im Langweiligen das Spannende, im Chaos die Struktur zu entdecken. Betrachten Sie jeden Einfall wie eine Flasche, die unterschiedlich voll ist. Das Umnutzen lädt dazu ein, sich nicht mit dem zu beschäftigen, was fehlt, sondern ausschließlich mit dem, was drin ist – und sei es noch so wenig. Wer dieses Denkmodell versteht, wird entdecken, dass in jeder, aber auch wirklich in jeder Flasche etwas drin ist, sprich: dass sich aus jedem Wort, aus jedem Namen, aus jedem Einfall – zum Beispiel aus Ihren Anagramm-Listen – der interessante Kick herausholen lässt – selbst wenn er vordergründig nur in Vorurteilen oder scheinbar abwegigen Einfällen steckt.

Spielregel 4:
T steht für **T**empo-Menge und bedeutet die Einladung, systematisch täglich einmal eine Minute zu trainieren, auf einem Blatt dreißig Einfälle zu einem Thema zu notieren. Die Idee dahinter: (Zeit-)Not macht erfinderisch und ist eine Hilfestellung, leichter ins Assoziieren zu kommen statt gelähmt zu verstummen, aufs leere Blatt zu starren oder in der Nur-Denk-Falle zu verharren. Wie in der Natur gilt auch hier: Viel Abfall ergibt viel Humus und auf Humus wachsen bekanntlich die schönsten Früchte.

Warum das so ausführlich in diesem Buch steht? Das Brainstorming mit seinen vier Spielregeln hilft Ihnen nicht nur, aus Anagrammen geschöpft origineller zu gratulieren, zu feiern oder über Themen aller Art nachzudenken. Die kreative Grundhaltung, die es vermittelt, kann Ihre Einstellung zu Menschen, zu den Dingen und Themen, die Sie umgeben, in der Tiefe verändern. Sie hilft, nicht mehr gelangweilt und voller Unlust oder gar verbittert und vorwurfsvoll auf die Umgebung zu reagieren und sich darüber zu ärgern, warum andere nicht so denken und handeln, wie man es sich wünscht. Auf diese Weise kann man selbst die Verantwortung für die Kommunikation übernehmen und Strategien an der Hand haben, wie man ernsthaft aus dem vordergründig Unreifen, Lächerlichen, Unvollständigen oder Falschen das Beste machen kann.
Die Brainstorming-Regeln haben noch einem Vorzug: Der Umgang mit diesen Kreativitäts-Werkzeugen steigert die Fähigkeit, Anagramme verlässlich in lustvollere und interessantere Resultate zu verwandeln – und zwar auch dann, wenn das Ergebnis nicht im Anagramm selbst auf dem Silbertablett vorliegt. Diese Mittel garantieren, dass Anagramm-Geschenke aller Art dadurch einer wichtigen Anforderung genügen, die gerade das Spiel mit den Namen an jede-n stellt: Es gilt mit großer Ernsthaftigkeit die zu verschenkenden Gedanken einem Ehrenkodex zu unterwerfen und lieber auf einen billigen Scherz zu verzichten als Menschen zu verletzen oder zu verlieren.

RICARDO
RADIO
AIR

Der Anagramm-Kodex und seine Spielregeln

Da Namen etwas so Persönliches und dem Menschen so Nahes sind, ist ein behutsamer Umgang mit viel Fingerspitzengefühl notwendig. Takt ist aber nicht angeboren, sondern will erworben und geschult sein.

Folgende Spielregeln sollen Ihnen dabei helfen, mit sich selbst und mit anderen achtsam und schon deshalb liebevoll umzugehen, weil das Ergebnis auch ohne Grenzüberschreitung noch kreativ und geistreich genug sein kann, wenn Sie sich die kreative Entwicklung eines Einfalls als zusätzliche Aufgabe stellen, die angemessen zu leisten ist. »Angemessen« bedeutet zu erkennen, dass jede Art der Handlung auf zwei Füßen steht: dem Sache- oder Inhalts-Fuß und dem Mache- oder Durchführungs-Fuß. Das heißt, Anagramme finden ist eine Sache, wie das Ergebnis genutzt und dargeboten wird eine andere. Warum so viel Tamtam darum?

GABRIELE
GABE
ARIE

Schöner als Goethe kann man es nicht sagen: Hier noch einmal sein Zitat dazu:

»Der Eigenname eines Menschen ist etwa nicht wie ein Mantel,
der bloß um ihn herumhängt,
und an dem man allenfalls noch zupfen und zerren kann,
sondern ein vollkommen passendes Kleid,
ja wie die Haut selbst,
ihm über und über angewachsen,
an der man nicht schaben und schinden darf.«

Spiel-Regeln: Anagramm-Kodex

Erkenntnisse	Kodex-Gründe:	weil der Name so	nah / intim	ist
		weil es um ein		mit Fingerspitzengefühl geht
		weil	Takt / Empathie / Achtsamkeit	Übung brauchen
Spielregeln	Anagramme verschenken	keine kränkenden		
	im Zweifel	auf einen Witz verzichten		
Hilfe	Tipp fürs Schenken	Anagramme pitten	weil ⚡/☹ spontan spurlos zu entfernen	

Ehren-Kodex-Begründung

Jede-r spürt an sich selber, dass ungute Aussagen, Prophezeiungen und Flüche – auch wenn ihre »magische Kraft« heutzutage in unserer Gesellschaft getilgt erscheint – offenbar unter der Decke der Rationalität dennoch ihre Bedeutsamkeit behalten haben. Unsere vernünftige, unmagische Welt- und Kultursicht erweist sich wie eine dünne Eisschicht auf einem See aus alten Ängsten und Animismen. Sigmund Freud sagt: Es ist wie ein ausgetrocknetes Flussbett, durch das man – anders als über eine Straße – nie ganz ohne die Angst geht, der Fluß könne zurückkehren und uns mitreißen.

Früher wurden Menschen regelmäßig mit Prophezeiungen verflucht. In zahlreichen Literaturbeispielen – angefangen bei den griechischen Tragödien – ist belegt, wie sehr Flüche ihre Wirksamkeit behielten, Menschen verfolgten, ihr Leben, ihr Schicksal bestimmten. Das ist zwar aus der Mode. Aber die Angst davor scheint zu wachsen. Wie anders ist zu erklären, dass es heute viele nicht einmal wagen, sich mit den Phänomen aus diesem Bereich distanziert-neugierig zu befassen? Viele reagieren in unserer Zeit mit Ängsten, indem sie alles wegschieben und verächtlich machen, was mit Irrationalem, mit nicht Mess- und nicht Wiederholbarem zu tun hat. Allerdings scheint das nicht vollständig zu gelingen. Wie lässt sich sonst verstehen, daß selbst Menschen mit geringerer Schulbildung Plautus und Goethe im Zusammenhang mit Namen spontan parat haben? Praktisch jede-r, auch Nicht-Lateiner-innen kennen als Fluch-Ahnung: Nomen est omen (= Der Name ist ein Omen). Warum ist fast allen das falsch verstandene Goethe-Zitat vom »Schall und Rauch« der Namen geläufig, das wie eine Beschwörung wirkt, dass »Nomen« doch nicht »Omen« sein möge? Wie sonst wäre zu begreifen, dass nicht alle Menschen spontan und neugierig auf die Chance reagieren, die Wörter-Geheimnisse, die zufällig in ihren Namen verborgen sind, zu erfahren?

CLEMENS SCENE LESEN

Aus Anagrammen schöpfen

Überblick

Dies ist eine unvollständige Sammlung von Anregungen, auf welche Weise Sie Anagramme in verschiedenen Bereichen nutzen können. Die Bereiche sind:

- Gratulieren und Schenken,
- Anlässe, Geselligkeit und Spiele,
- Ideen für den Alltag.

Muster-Anagramme – als Anregung – für eigene Ideen

- **Gratulation**
  - Karten
  - Geburtstag
  - Jubiläums-Gruß
  - Mini-Rede
  - Rede-Entwurf
  - Verpackung
- **Anagramm-Geschenke**
  - Vario-Gedicht
  - Geschenkpapier
  - Brief
- **Geschenke mit Anagrammen**
  - Anhänger
  - Kalender
  - T-Shirt
  - Palindrom-Geschenk
  - Geschenk-Idee
- **Anlässe**
  - Geburt
  - Taufe
  - Einschulung
  - Hochzeitstag
  - Einschulung
  - Firmen-Jubiläum
  - Ruhestand
- **Geselligkeit**
  - Tischkarte
- **Spiele**
  - Wett-Anagrammieren
- **Alltag**
  - Schul-Stunde
  - Themen finden
  - Selbst-Reflexion
  - Namensfindung
  - Themen-Anagramm

Gratulieren und Schenken mit Anagrammen

Überblick

Anagramme als Geschenk

- Anagramme als Postkarten
- Mit Anagrammen eine Rede schreiben
- Anagramme als Urkunde
- Anagramme als Vario-Gedicht
- Anagramme im besonderen Brief
- Anagramme als Geschenkbeigabe (Anhänger)
- Anagramme auf Geschenkpapier
- Verpackungs-Anagramme
- T-Shirts mit Anagramm-Geheimnamen
- Kalender mit Anagrammen
- Grafik-/Design-Anagramme
- Geschenk-Ideen-Anagramme
- Glückwunsch-Karten-Anagramme

Anlass-Annagramme

- Geburts-Anagramme
- Geburtstags-Anagramme
- Namenstags-Anagramme
- Einschul-Anagramme
- Fest-Reden
- Hochzeits-Anagramme (vorher/nachher)
- Tandem-Anagramme für Paare und Freundschaften
- Jubiläums-Anagramme
- Trauer-Anagramme
- Firmen-Geburtstags-Anagramme

Anagramme als Geschenk

Glückwunsch-Karten-Anagramme

Zum Vorgehen: Ursula hat Geburtstag. Ihre Freundin pittet mit ihrem Namen vierzehn Teil- und Voll-Anagramme. Sie klebt sie zu einer kleinen Geburtstagsrede zusammen. Das, was ihr am besten gefällt, schreibt sie mit Glitzerleim auf ein Maxi-Pit und klebt das so über die Rede-Pits, dass nur deren Ecken hervorlugen. Auf der Innenseite der Karte steht noch der Glückwunsch.

Geburtstag **zu Ursula Meturea**

= Voll-Anagramm	zum Abdecken

= Teil-Anagramme	ergeben beziehungsvolle Geschichte

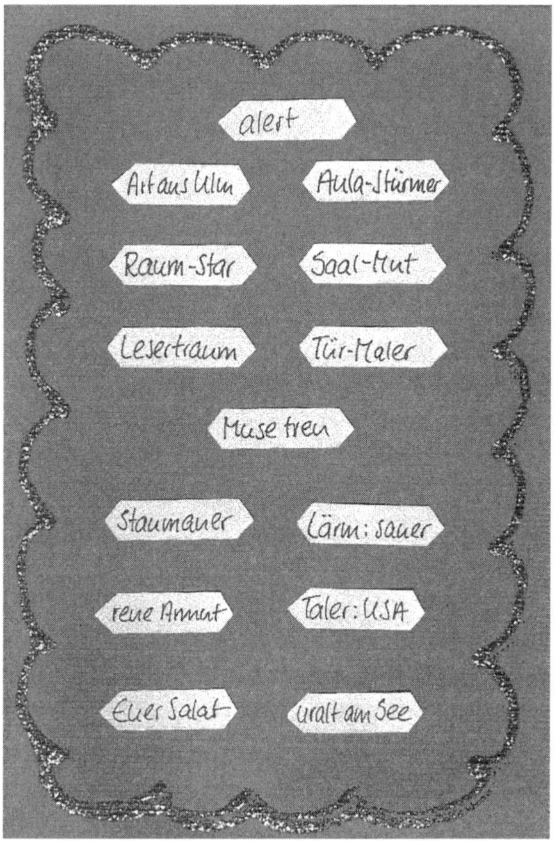

VIKTORIA RATIO AKTIV

Einblick in die Auswahl der Anagramm-Pits: Vor sieben Jahren hat Ursula eine Krebsoperation gehabt. Das Voll-Anagramm »uralt am See« hat deshalb eine ganz besondere Glückwunsch-Qualität. Der Zufall, dass sie und ihr Mann im Süddeutschen ein Häuschen haben, das in der Nähe eines Sees liegt, untermauert die Hoffnung, die ein Mensch mit einer lebensbedrohlichen Krankheit gut brauchen kann, um gesundet weiterzuleben. Die Teil-Anagramme, die sich hinter diesem Voll-Anagramm verbergen, sind eine zutreffende Charakterisierung von Ursulas Fähigkeit, ganze Säle zu unterhalten, und ihren zahlreichen musischen Talenten. Die Anspielungen auf Armut und Geld knüpfen an komplizierte Familiengeschichten an. Ursula ist außerdem eine Top-Köchin und macht Super-Salate.

Mini-Rede mit Anagrammen

Die Mini-Rede ist das Ergebnis von zehn Minuten Anagramm-Pitten und einer Minute »Manuskript«-Gestaltung. Zum Inhalt: Monika berät – sympathisch-lautstark, weil sie eine temperamentvolle Person ist – Menschen, bei denen die Stürme des Lebens arge Verwüstungen hinterlassen haben (»Orkan-Materie«). Privat hat sie

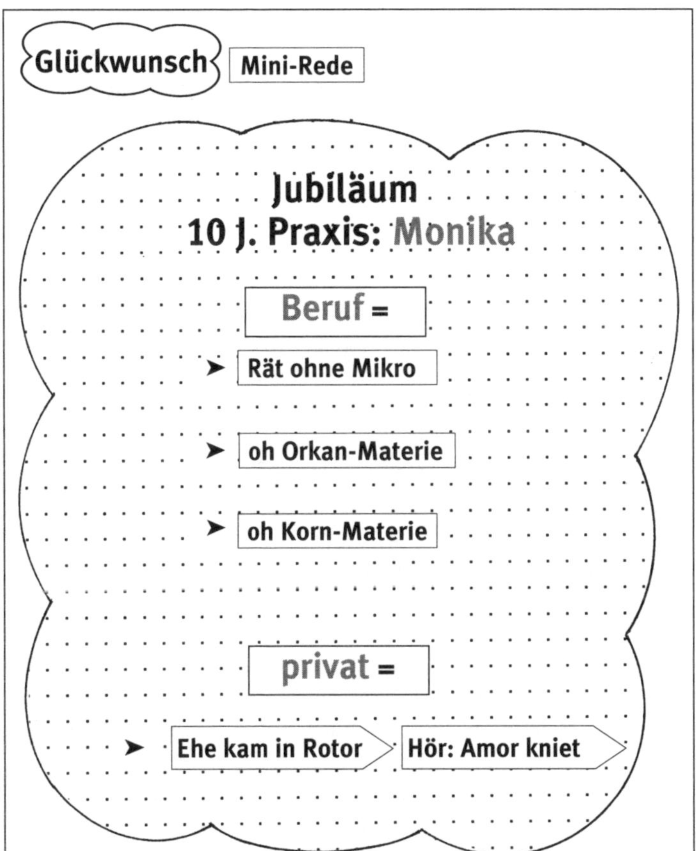

ihre Ernährung vor einiger Zeit wegen einer Allergie auf fleischlos und Getreide umgestellt. Ihre Ehe kam vor kurzem ins Trudeln. Aber er hat gerade reumütig eingelenkt (»Amor kniet«).

Rede entwerfen aus Anagrammen

SELINA
ELAN
INSEL

Zum Verfahren: Hier wurde das PC-Programm benutzt (siehe S. 215). Katias Freundin wählte Einfälle aus, die sie mit Katia in Verbindung bringen konnte, und schrieb sie ohne langes Nachdenken auf Pits – auf lauter grüne, weil sie ja Wünsche und etwas Schönes sein sollen. Auf Grau (»Problem«) oder Rot (»wichtig!«) wäre die Bedeutung eine komplett andere. Auf einer neuen Seite ordnete sie die Pits zu Sinn-Klastern und versah sie mit einem blauen Oberpunkt.
Zum Inhalt: Katia ist Politikerin. Sie wird mit den Berufs-Anagrammen eine Menge anfangen können. Die Vorlieben beschreiben auf amüsante Weise Teile ihres Ambientes ziemlich genau. Ihre Vorliebe für gutes Essen wird in den dazugehörigen Anagrammen gut wiedergegeben. Und für die neugewonnene Freizeit/Freiheit sehen die Anagramme auch Tipps vor.

Anagramm-Urkunde

Zum Verfahren: mit dem PC erstellte Anagramme. Suchblick: Charakteristisches zur Person und Berufliches. Die so gefundenen Anagramme werden auf Pits geschrieben und in Sinn-Zusammenhängen zu ganzen Sätzen oder in sonst eine Ordnung geklebt.
Zur Gestaltung: Die Anagramme werden mit Farbstiften (grau dargestellt) herausgehoben. Der so entstandene Text wird der Aufnahmeleiterin kommentierend als Geschenk übergeben.
Zum Inhalt: Inges Anagramme charakterisieren sie besonders trefflich. Ihr dauernder Figurkrieg wird originell mit »mollig bannen« beschrieben. Witzig: Eine ihrer Standard-Redewendungen ist: »So ein Mist.« Fassetten ihrer Berufs-Tätigkeiten werden überaus komisch und zutreffend mit »Mob angeln und nageln« und mit »Bonn lang Leim« beschrieben (dort ist das Publikum schwieriger als woanders zu fesseln und fest zu halten; »Gnom laben« ist eine Super-Sondersituation, die hier auszuführen – ebenso wie »eng mit Tisch« – zu weit führen würde). Am gelungensten sind die Spezialitäten. Hier werden besonders wichtige Teile ihrer Arbeit wiedergegeben: Sie ist verantwortlich für das »Setting« – das ist das pro-

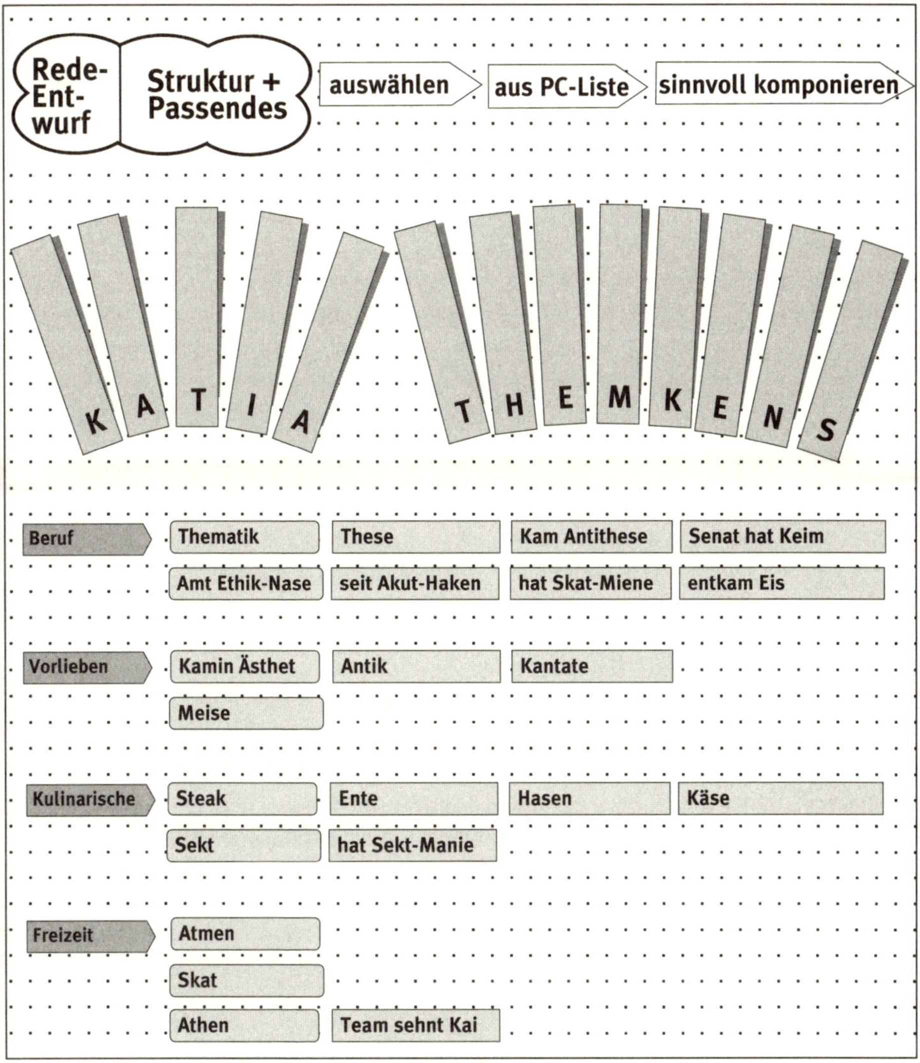

fessionelle Zueinander von Möbeln und Menschen bei Inszenierungen für Film, Fernsehen und so weiter –, sie muss ständig »in Sicht« sein und auch das »Timing« beachten.

Anagramme als Vario-Gedicht

Am Abend vor Irenes Geburtstag setzt sich M. hin und pittet etwa vier Stunden lang. Er ist begeistert, dass sich aus Irenes Namen so viele Voll-Anagramme herstellen lassen. Er bittet seine Freundin, weil sie eine schönere Schrift hat, ein Verpackungs-Rätsel daraus zu basteln: Geschenkpapier und Rätsel. Die Freundin bemerkt, dass die Festlegung im Aufschreiben auch eine gedanklich einengende

LEONHARD ERDNAH DARLEHN

Fixierung ist. Deshalb kommt sie auf die Idee, mit Maxi-Pits auf einem Plakat ein »Vario-Gedicht« mit variablen Textelementen zu gestalten. So kann die Beschenkte die Gedanken in die Rangfolge bringen, die sie selbst am meisten anspricht.

Zum Inhalt: Das Vario-Gedicht von Irene ist ausgesprochen beziehungsreich. Sie ist tatsächlich eine »Ur-« respektive »Rubinseele«: ein echter, liebevoller Mensch. Die anderen Einfälle sind so intim, dass sie nur für sie selbst bestimmt sind und nicht in die Öffentlichkeit gehören.

Die festgeschriebene Form zeigt, wie einengend und bestimmend die Zusammenstellung ist und wie viel mehr und erweiterter Sinn sich durch das Umkleben ergibt (zum Beispiel wäre die Zeile »Er: ein Blues/nur bei Else« etwas völlig Anderes als die gewählte Fassung).

Zum Geburtstag
Porträt durch Inge-Anagramme

➡ **Inge** ist ein Mensch mit Geist
Ihr Ich **ist** stetig, emsig, nett
➡ **Disziplin beim Essen** ⇨ mollig bannen
➡ **Lieblings-Redewendung:** So ein Mist
➡ **Der Beruf im Anagramm:**
Synonym für Aufnahme-Leitung =
Mob angeln   Mob nageln
Anforderung regional: Bonn lang leim
➡ **echte Sonder-Situation:** Gnom laben
➡ **Spezialitäten:** eng mit Tisch
ich Setting
in Sicht **sein**
Timing echt

besonders passende Anagramme	nur für Eingeweihte zu verstehen

Vario-Gedicht

zum Umkleben | in eine persönliche ansprechende Reihenfolge

Geburtstags-Rätsel 16.1.99

Was haben gemeinsam:

Rubinseele
sei nur: lebe
Liebesrune
ereil Busen

Erle bei uns
Rebenseil
lerne bis EU
lese Rubine
Er: ein Blues
nur bei Else
Rubens eile
lebe nur Eis
reine Bluse
Bin Urseele

Vario-Gedicht für Irene Belus | zum Spielen | bin Urseele

Rubinseele	sei nur: lebe
eile Rubens	ereil Busen
reine Bluse	nur bei Else
Er: ein Blues	lerne bis EU
Erle bei uns	Liebesrune
lebe nur Eis	lese Rubine

Alternative | als Geschenkpapier

Anagramme im besonderen Brief

Zum Verfahren: Tatjana hat sich vom PC die Anagramme ihrer Freundin ausdrucken lassen und die ansprechende Kombinationen in Bilder und Text umgesetzt.
Das Beispiel zeigt, wie jemand selbst abwegig erscheinende Ergebnisse geschickt für den Text umnutzt und als Witz-Orakel einbaut. So lassen sich auch Briefe an Kinder oder Liebesbriefe verfassen.

Zum Anagramm: Pamela Reusche

Liebste Freundin,

daß die Sache mit  Puma, deinem ersten Freund, damals leer ausging, hast Du mir ja erzählt. Interessant: Es läßt sich bereits in Deinem Anagramm nachlesen: **SACHE PUMA LEER** – steht dort geschrieben. Ob's die Anagramme schon besser wußten als wir damals? Auch, daß Du Dich an dem  Esel gerächt hast, finde ich: **ESEL PUMA RACHE** – ergeben die Buchstaben Deines Namens. DAS hat er jetzt davon!

Überhaupt scheinst Du ja für die Männerwelt einige Überraschungen bereit zu halten: **SCHLAUE AMPERE** ergibt eines Deiner Vollanagramme – was wohl nix anderes bedeuten kann, als daß Du ziemlich schlau mit Deinen Auserwählten umgehst und es mit Dir so richtig knistert!! An **SAU MACHE PERLE** denke ich, daß Du Dir wirklich Mühe gibst – selbst mit dem schwierigsten Geliebten, wenn auch: **RACHE AM SPUELE** ihm zu verheißen scheint, daß Du Deine Rachepläne hinterlistig beim friedlichen Geschirrspülen schmiedest. Paschas scheinst Du von vornherein nicht so prickelnd zu finden: **RUM PASCHA LEERE**, sagt Dein Anagramm, was vielleicht mit: **ER SCHAUE PALME** zusammenhängt, er soll zusehen, daß er Land gewinnt und Du schickst ihn in den Wald.

Überaus spannend erscheint mir die Sache mit Paul! Den Du mir bisher verschwiegen hast – oder wahrscheinlicher: Der wohl demnächst in Dein Leben treten wird! Dein Anagramm verrät mir: Du lernst ihn im Urlaub kennen: **ACHSE PAUL MEER** – ich interpretiere frei: Du erleidest eine Autopanne, die Achse macht schlapp, just in dem Moment, wo Du unterwegs zu Deinem Auto-Badeurlaub sein wirst. Ebenfalls in Urlaubsstimmung scheint

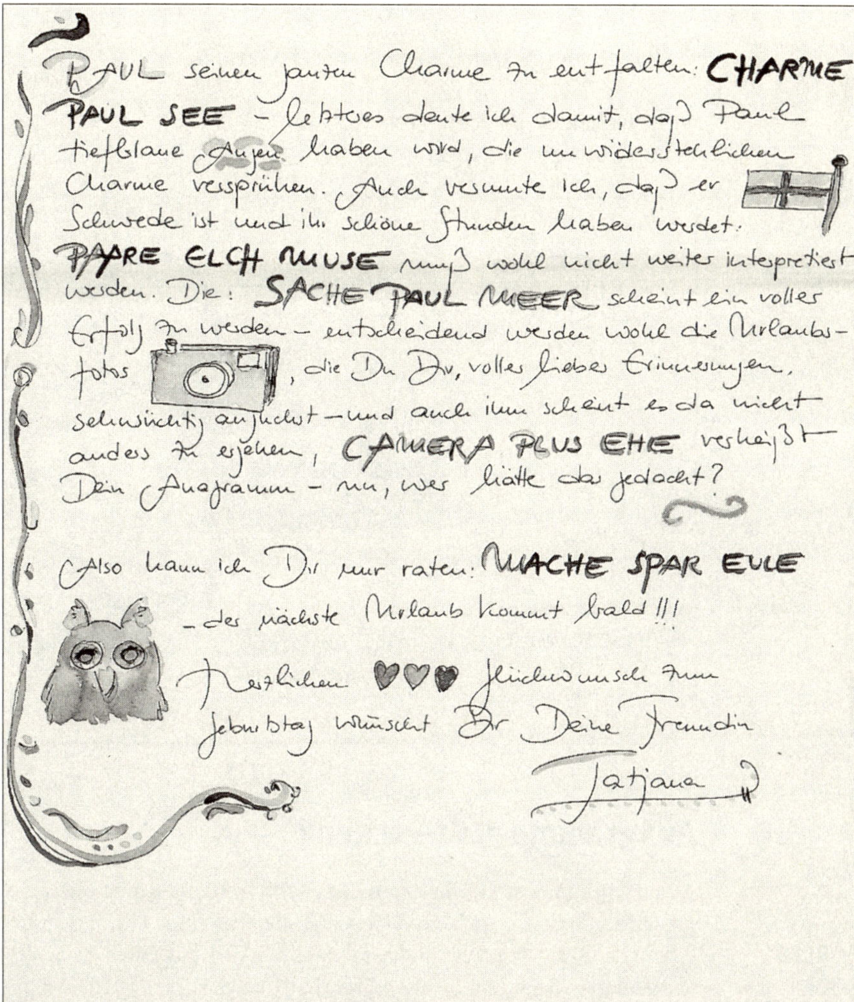

PAUL seinen ganzen Charme zu entfalten: CHARME
PAUL SEE – letzteres deute ich damit, daß Paul
tiefblaue Augen haben wird, die unwiderstehlichen
Charme versprühen. Auch vermute ich, daß er
Schwede ist und ihr schöne Stunden haben werdet.
PAARE ELCH MUSE muß wohl nicht weiter interpretiert
werden. Die: SACHE PAUL MEER scheint ein voller
Erfolg zu werden – entscheidend werden wohl die Urlaubs-
fotos, die Du Dir, voller lieber Erinnerungen,
sehnsüchtig ansiehst – und auch ihm scheint es da nicht
anders zu ergehen, CAMERA PLUS EHE verheißt
Dein Anagramm – nu, wer hätte das gedacht?

Also kann ich Dir nur raten: MACHE SPAR EULE
– der nächste Urlaub kommt bald!!!

Herzlichen ♥♥♥ Glückwunsch zum
Geburtstag wünscht Dir Deine Freundin
Tatjana

Anagramme auf Geschenken

Sie können Anagramme auch als Beigabe nutzen:

➤ als Geschenk-Papier oder
➤ als Geschenk-Anhänger:

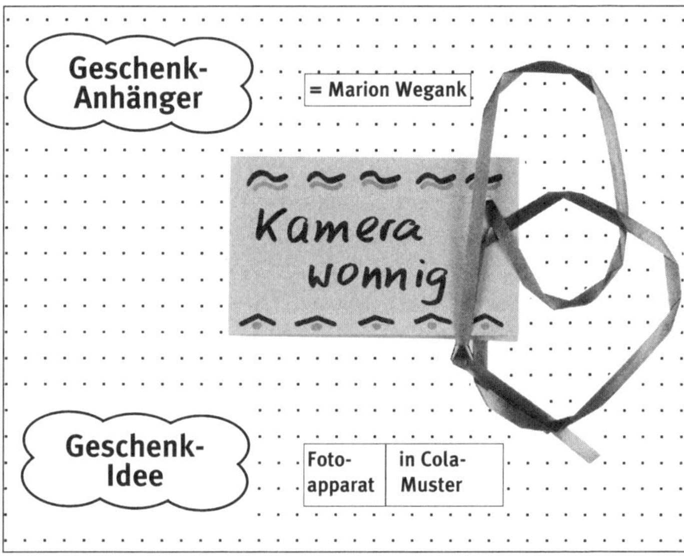

Anagramme als Geschenk

ROBERT
ROBE
ORTE

Anagramme selbst können zum Geschenk werden, indem Sie sie – passend gestaltet – auf einer Papyrusrolle, auf einer Urkunde, auf einem schönen Blatt, als Buchstaben-Klebetext aus einer Zeitung, als bemaltes Brett, als Straßenschild, auf Gegenständen wie Mappen, Taschen, Kalendern, Brieftaschen aufbringen.
Anagramme taugen auch als eigenständiges Geschenk mit einer Zusatzidee, beispielsweise als Wandkalender oder als Kunstobjekte: aus Styropor, als Stickerei, aus Stoff, aus Stein, als Blumengesteck, als Grafik- und Design-Entwurf, als Kerzen-Arrangement mit Teelichtern, als Ölgemälde oder als Aquarell, als Kohlezeichnung oder als Buntstift-Mandala – Ihrer Kreativität sind keine Grenzen gesetzt.

Kalender mit Anagrammen

MARCO
ROM
AMOR

Zum Verfahren: Abbildung 1 (im Farbteil ab Seite 192) zeigt, wie ein Bild- motiv aus einer Werbung ausgeschnitten und auf ein selbst gestaltetes Kalenderblatt geklebt wurde. Sie können aber auch Fotos von sich oder der zu beschenkenden Person oder von anderen beziehungsreichen Menschen aufkleben. Wer will, kann wie in diesem Beispiel das Monats-Raster selbst aufschreiben. *(Tipp:* Wer die Wochentage mit Pits klebt, schafft einen »Ewig-Kalender«, weil

das Wochen-Pit **Mo I Di I Mi I Do I Fr I Sa I So**

dann immer nur eins weiter wandern muss.) Wem das zu viel Mühe ist, kann natürlich auch einen vorgefertigten leeren Kalender kaufen und den dann selbst gestalten.
Zum Inhalt: Teil-Anagramme zu thematischen oder monatsspezifischen Einfällen, zu Hobby, Beruf oder Privatleben sammeln, zuordnen und einkleben. Fertig. Oder Sie lassen Ihrer Fantasie freien Lauf und dekorieren und gestalten den Kalender aufwändiger.

T-Shirts mit Anagramm-Geheimnamen

Zum Verfahren: Sie kaufen einfarbige T-Shirts und Stofffarben. Damit haben Sie schon alles für:

A: ein originelles Geschenk,
B: eine geheime Wäsche-Auszeichnung (wenn Kinder zum Beispiel ins Ferienlager gehen und keine Wäsche-Schilder eingenäht haben wollen),
C: einen Kinder-Geburtstagsparty-Spaß: jede-r malt sein/ihr eigenes.

Weg A: Anagramme pitten – allein oder in der Runde. Das witzigste auswählen, zu dem sich ein Bild ausdenken lässt, und aufs T-Shirt malen.
Weg B: Die Namensbuchstaben zu einem neuen Namen arrangieren und dekorativ aufbringen.
Weg C: PC-Anagramm-Listen zum Selbst-Auswählen dazu.

Zum Inhalt: Das Beispiel »Alle Haie sind in Not« (siehe Abbildung 9 im Farbteil ab S. 192) entstand in einer Klasse, die eine Anagramm-Geschenk-Stunde verbrachte (Näheres dazu siehe S. 250).

Gemalte, symbolisierende Anagramme

Zum Verfahren: Aus einem Namen wird ein Tier, ein Gegenstand, eine Pflanze usw. herausanagrammiert, in ein Bild umgesetzt und schön gestaltet verschenkt.

DAVID
DIA
DIVA

Zum Inhalt: Der Hermelin (siehe Abbildung 3 im Farbteil ab S. 192) ist ein Beispiel aus der oben erwähnten Klassen-Arbeit (vgl. S. 250ff.). Sabine Schwarten, die das Hermelin gestaltet hat, erklärt in ihrem Arbeitsbericht, wie sie auf die Idee gekommen ist, aus »Christine Müller« das »Hermelin« zu wählen:

> Zuerst habe ich mir jemanden ausgesucht, für den ich mein Anagramm machen wollte. Ich habe mich für Christine Müller entschieden. Auf die Pits, die ich bekommen habe, schrieb ich die einzelnen Buchstaben des Namens auf. Ich fand heraus, dass man daraus das Wort Hermelin bilden konnte. Ich nahm eine Pappe, malte ein Hermelin darauf und Christines Namen und fertig war das Türschild. Bei den Versuchen habe ich gemerkt, dass es eigentlich gar nicht so einfach ist, darauf zu kommen, welche Wörter man mit den Buchstaben eines Namens machen kann. Aber es hat mir trotzdem Spaß gemacht! Das lag daran, dass es mir Spaß macht mit irgendwelchen Buchstaben herumzupuzzeln. Gestört hat mich eigentlich nichts.
>
> *Sabine Schwarten*

Geschenk-Ideen aus Anagrammen

Rosana T.: Ich habe kürzlich in einem Projekt mitgearbeitet. Zum Abschluss verabredeten wir ein Abschieds-Essen. Ich hatte vor, den Beteiligten des Teams eine kleine Rede aus ihren Anagrammen zu verfertigen.

Leider kam ein wichtiger Termin dazwischen, sodass mir nur eine Viertelstunde Zeit blieb, mir etwas auszudenken. Ich hatte die Namen der drei Beteiligten am Vortag per PC anagrammiert. Plötzlich las ich bei einer das Voll-Anagramm »Rosinen mangeln«. Das brachte mich auf eine Idee: Ich untersuchte die drei Namen auf Produkte hin – und schon war der Plan geboren, die Anagramme als Idee für ein kleines absurdes Geschenk zu nutzen, das ja nur als Geste dienen sollte. Bei der Zweiten war ein Teil-Anagramm »Uhu rot«. Und da ich mich erinnerte, dass Uhu-Alleskleber »Kraft« eine rote Verpackung hat, beschloss ich also, davon eine Tube und für die Erste eine Tüte Rosinen zu kaufen. Bei der Dritten lautete ein Voll-Anagramm »trug Leierhemd« (was in Wirklichkeit nie zutraf). Das nahm ich zum Anlass, ihr ein hübsches T-Shirt mit diskretem Werbeaufdruck in Originalverpackung weiterzugeben. Dazu kaufte ich allen dreien einen großen Topf Chrysanthemen und überreichte die in fünf Minuten besorgten Anagramm-Geschenke mit dem Gesamt-Ausdruck der dazugehörenden Anagramm-Listen.

NATALIE
ELAN
LATEIN

Die Beteiligten reagierten köstlich amüsiert und freuten sich über die praktisch-originelle Idee, die ohne die Anagramme ja ziemlich absurd gewesen wäre.

Deshalb möchte ich mitteilen, wie angenehm ich es fand, auf so schnelle Weise einen lustigen Einfall für eine kleine nette Geste durch die Anagramme bekommen zu haben.

Anlass-Anagramme

Anlass-Anagramme sind individuelle Geschenke: zur Geburt, zur Taufe, zum Geburtstag oder Namenstag. Sie können selbst (Glückwunsch-)Karten entwerfen oder gekaufte Karten auf ganz persönliche Weise mit Anagrammen dekorieren. Hier das Beispiel der achtjährigen Cosima für den neugeborenen Boris:

Zu Geburt und Taufe

A: *Selbstgebastelte Karte*

B: *Gekaufte Karte*, anagrammiert mit Buntstift von Lilian Westhoff

Anagramm-Geheimnamen zur Einschulung

RAMONA
AROMA
NORM

Ein Anagramm-Geheimname zur Einschulung kann neugieriger aufs Lesen und Schreiben machen, weil er für Einschul-Kinder ein Anreiz sein könnte, den schwierigen Anfangskampf mit dem Lesen- und Schreiben-Lernen aufzunehmen.
Mit dem Umkleben der Pits wird außerdem die Feinmotorik trainiert, was sich anregend aufs Gehirn auswirken soll.
Im vorliegenden Entwurf (siehe Abbildung 4 im Farbteil ab S. 192) hat die große Schwester dem i-Dötzchen liebevoll eine Karte

gebastelt. Maria ist sehr stolz, dass sie so viele »Geheim-Namen« hat. Jetzt will sie sich bald ein T-Shirt damit bemalen. Und auf ihr neues Mäppchen hat sie auch ein Pseudonym-Anagramm statt des echten Namens geschrieben.

Fest-Reden

Wer Laudatien zu halten hat, weil jemand

- eine Ehrung bekommen hat oder
- ein zeitliches Jubiläum feiert,

PASCAL
SAAL
SCALA

dem werden Anagramme in besonderer Weise behilflich sein, um auf pfiffige Ideen zu kommen.
Ein Beispiel für eine Rede zum Hochzeitstag Ihrer Eltern hat die 13-jährige Nea Lahr vom Kölner Montessori-Gymnasium anhand von Anagrammen aus dem Namen Ihres Vaters entwickelt:

THOMAS LAHR

AST HOL RAHM

HART SO LAHM

RAST OH HALM

MALST OHR

STAHL AMOR

Mein Vater THOMAS LAHR erzählte mir die Geschichte, wie er und meine Mutter sich verliebten.

> Er stand im Reformhaus, in welchem er damals arbeitete. Meine Mutter kam herein und kaufte ein Paket RAHMspinat. Mein Vater war überwältigt von ihrer Schönheit. Er fragte sie, ob sie Abends schon etwas vorhätte. Auch sie war sehr angetan von ihm und sagte, dass sie sich gerne zum Abendessen verabreden könnten. Er war begeistert und bot ihr an sie abzuHOLen. Sie gab ihm ihre Adresse.
> Er wollte noch ein paar Blumen pflücken, doch leider fand er in einer Großtadt wie Berlin nichts außer Bäumen. Also pflückte er ihr einen AST. Auch das verzauberte sie.

Sie fuhren los, im alten Peugeot. Er hatte ihr schon vorher gesagt, dass er etwas weiter raus aus Berlin fahren wollte, da es dort ländlicher und romantischer wäre. Er kannte dort ein sehr nettes Restaurant. Sie fuhren über die Autobahn. Doch plötzlich wunderte sich mein Vater, der Wagen fuhr auf einmal so LAHM. Er fuhr auf den Seitenstreifen. SO war meine Mutter vollkommen erschüttert. Das war fürs erste Date echt ein wenig zu HART. Papa kannte sich gut aus und wusste, dass ein paar Meter weiter eine RASTstätte war, »OH, da bin ich aber froh«, sagte meine Mutter. Denn das Problem lag einfach und allein an dem nicht-gefüllten Tank. Papa lief schnell zur Tankstelle mit seinem Benzinkanister in der Hand. Er kehrte schnell zurück mit einem HALM in der Hand, den man auch als eine Blume identifizieren konnte.

TRISTAN
SATIN
START

Sie erlebten einen traumhaften Abend, mit Essen und Kerzenschein.

In der Stadt zurück fragte meine Mutter, ob er noch mit in ihre Wohnung käme auf ein Glas Wein. Er war dabei!

Er hatte ihr erzählt, dass er Kunst studiere, sie fragte nun: »MALST du mich?« Er fing an sie zu zeichnen, ein Porträt ihres schönen Gesichts. Als er ihr rechtes OHR zeichnete, kam er ganz nah zu ihr und fühlte mit seinen Fingerspitzen die Form des Ohres, als wolle er damit die Form besser erfassen. Sie küssten sich, da sie gar nicht mehr anders konnte, so entzückt war sie durch seine Berührung.

Und somit STAHL er ihre Liebe!

So Stelle ich mir AMOR vor!

Er trifft dich, einfach so, mitten durchs Herz.

Nea Lahr, 13 Jahre

Heiraten

Hochzeits-Anagramme – ob grüne, silberne, goldene Hochzeit oder ein noch späterer Hochzeitstag – sind dann besonders faszinierend, wenn Sie das Anagramm des Geburtsnamens mit dem Hochzeitsnamen vergleichen und/oder kombinieren – selbst wenn es sich um ein Paar handelt, bei dem – das ist nach neuerem Recht ja möglich – beide ihren Namen behalten haben. So kann aus der Verbindung beider Namen ein Tandem-Anagramm gemacht werden. Also: Was ergeben beispielsweise Alexander Kerst und Katharina Kemper miteinander? Oder wie hier im Beispiel: Welches Hochzeitsanagramm ergibt sich für Susanne Zweihers, wenn sie Herrn Steper heiratet? (Ihr Mann ist tatsächlich Weinkenner und ein bemerkenswert spaßiger Mensch.)

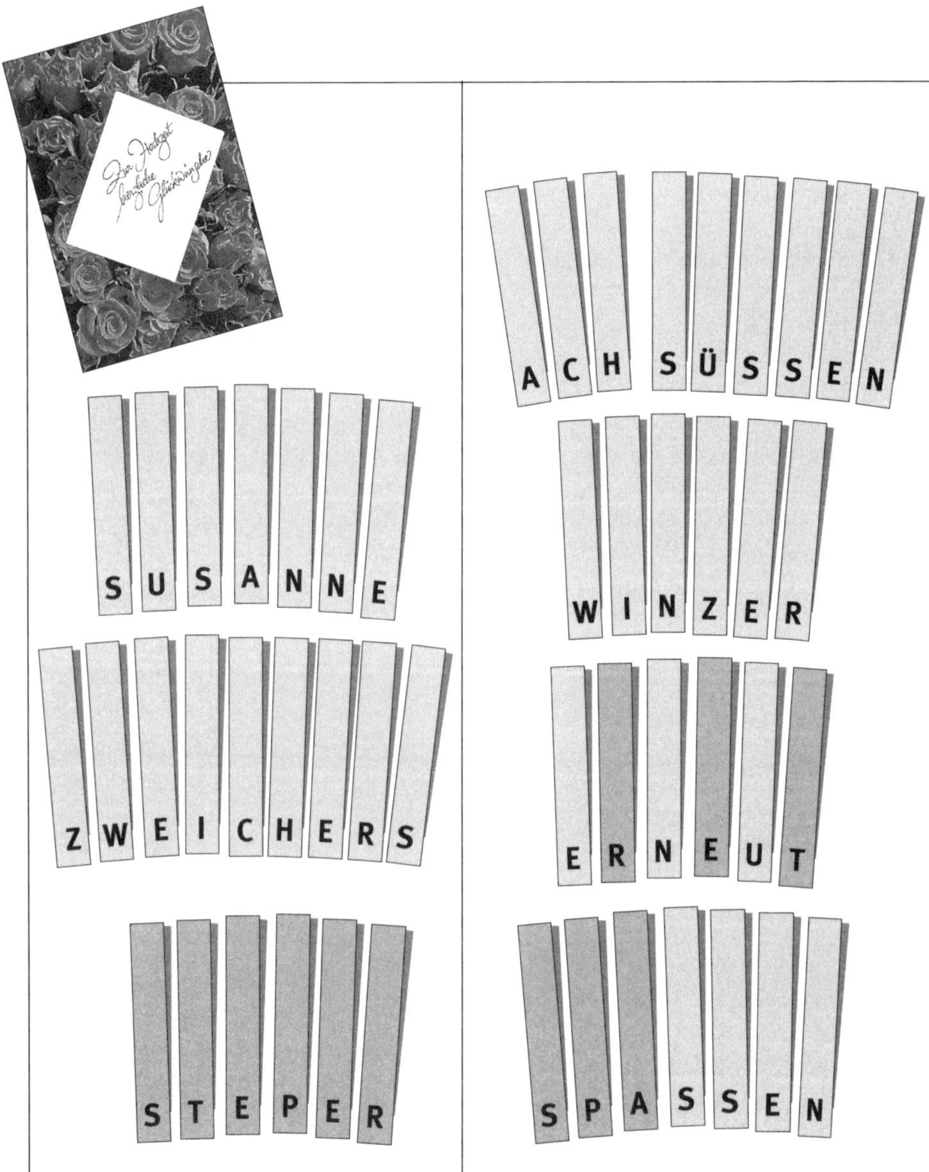

Tandem-Anagramme für Paare und Freundschaft

Zum Verfahren: PC-Anagramm aus zwei Namen erstellen und sofort mit »Suchbrille« die Begriffe anschauen. Das heißt: Welche

- ➤ Fragen,
- ➤ Begriffe,
- ➤ Tätigkeiten,
- ➤ Eigenschaften,
- ➤ Aktivitäten,
- ➤ Gemeinsamkeiten
- ➤ und so weiter

fallen den Beteiligten zu den Anagrammen ein?

Zum Beispiel: Hier sind Einfälle zum Kennenlernen von Inge und Friedrich und zu ihrer tatsächlich sehr zielstrebigen Heirat – fokussiert durch Pfeile. Das Spiel besteht darin, dass beide gebeten werden, ihre Einfälle zu den sie ansprechenden Anagrammen zu äußern. Ergebnis: alle verbringen eine vergnügliche Stunde mit viel Lachen.

Freundschaft zu Ehe

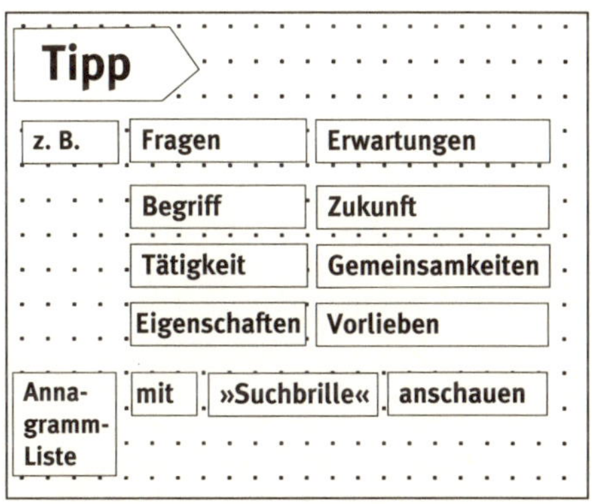

INGEFRIEDRICH
Voll-Anagramme
➤ CHEF DEIN IRRIG
CHEF DEINIG IRR
CHEF DIR GIER IN
CHEF INGRID IRE
CHEF IRRIG NEID
DEICH FREI RING
DEICH REIF RING
DEICH RIEF RING
DEN FEIG ICH IRR
DER FING ICH IRE
➤ DICH EIFER RING
DICH ER FING IRE
DICH FEIER RING
DICH FEIG IRREN
DICH FINGER IRE
DICH FREI NIGER
DICH GREIFER IN
DICH NIGER REIF
DICH NIGER RIEF
DIE GENF ICH IRR
DING ER FREI ICH
DING ER ICH REIF
DING ER ICH RIEF
DING ERICH FREI
DING ERICH REIF
DING ERICH RIEF
DING FEE ICH IRR
DING FREI REICH
DING REICH REIF
DING REICH RIEF
DIR EINIG FRECH
DIR ENG FREI ICH
DIR ENG ICH REIF
DIR ENG ICH RIEF
➤ DIR FEE ICH RING
DIR FREI GEN ICH
DIR GEN ICH REIF
DIR GEN ICH RIEF
DIR GENF ICH IRE
DIR GREIFEN ICH
DREI ER FING ICH
➤ DREI ERICH FING
DREI FING REICH
➤ DREI FINGER ICH
DRIN ER FEIG ICH
DRIN ERICH FEIG
DRIN FEIG REICH
DRIN GEIFER ICH
EID GENF ICH IRR
ER ER FINDIG ICH
ER ERICH FINDIG
ER FEIG ICH RIND
ER FINDIG REICH
ERICH FEIG RIND
FEIG REICH RIND
FINDER GIER ICH
➤ FINDIG RIECHER
FRED GIER ICH IN
FREI GERD ICH IN
FREI ICH IRGEND
➤ FRIEDE ICH RING
GEIFER ICH RIND
GERD ICH IN REIF
GERD ICH IN RIEF
ICH IRGEND REIF
ICH IRGEND RIEF

Firmen-Jubiläen

Auch bei Institutionen, die Jubiläen feiern, lassen sich aus dem Namen der Firma oder der Institution Anregungen für Glückwünsche oder Reden zum Anlass schöpfen. Es kann sich ein zusätzlicher Reiz ergeben, den Firmen-Namen gemeinsam mit für das Unternehmen wichtigen Personen zu anagrammieren.

Trauer-Anagramm

Eine Trauerrede kann ein Anlass sein, über den Menschen, der gestorben ist, anhand seiner Anagramme nachzudenken und Anregungen für den Kondolenzbrief, die Trauerrede am Arbeitsplatz oder sogar bei der Trauerfeier selbst zu finden.

Anagramm-Ruhestands-Vorschläge

VALENTIN
LATEIN
VITA

Zur Pensionierung lassen sich aus dem Namen Anagramm-Ruhestands-Vorschläge für den neuen, letzten Lebensabschnitt blitzschnell finden. Das Beispiel der Glückwunsch-Karte für Herrmann Grubenmeckl zeigt, wie aus Anagrammen konkrete Freizeit-Empfehlungen entwickelt werden können. Wichtig ist der kreative Umgang mit den Anagrammen. Hier werden die gefundenen Anagramme zunächst in vier Rubriken aufgeteilt: Körper, Sport, Hobbys, Geist. Anschließend wurden die Anagramme, die zunächst noch rätselhaft wirken, gedeutet – also umgenutzt – und dem Anlass und der Person entsprechend zu kreativen Freizeit-Vorschlägen weiterentwickelt. Das Anagramm »Elch brummen« wird so zum Hobby »Tier-Studien« – oder auch zu »Mercedes A-Klasse« für »Spritztouren kaufen«.

Freizeit-Empfehlungen | für | Herrmann Grubenmeckl

	▼ Anagramm	▼ z.B. Deutung	
Körper	Brunchen	spät frühstücken	
	man mehr gluckern	sich gutes Tröpfchen gönnen	
	Cremen	neu- deutsch:	Well- ness
Sport	Bachrenner	jog- gen	in schöner Natur
	Bergmann	hoch tief	steigen
Hobbys	Burgen lernen	Kultur- Programm	
	Elch brummen	Tier- studien	
	Krug brennen	töpfern	Destillier- Kurs
Geist	gern bar umrechnen	der Euro	+ die Pension
	gern rummalen	scrib- beln	graffiti

Dies waren nur einige von vielen Anwendungsgebieten. Sicherlich werden Sie auf viele weitere Ideen kommen, bei welchen Anlässen und in welcher Form sich Anagramme kreativ einsetzen lassen.

Geselligkeit und Spiele mit Anagrammen

Überblick

- Tischkarten-Anagramme
- Namensschilder-Anagramme
- Spiele mit Anagrammen:
- Wett-Anagrammieren
- Namen-Anagrammieren
- Ratespaß
- Schätz-Anagramme
- Anagramm-Späße

Tischkarten

Tischkarten zu anagrammieren kann Anlass für amüsante Kommunikation geben. Sie können dazu ein ansprechendes Begriffs-Anagramm bilden oder einen neuen Namen aus dem alten zaubern. So ist zum Beispiel »Paula Meersche« ein Anagramm aus »Pamela Reusche«. Die Gäste können einander um Rat fragen, wer wohl hinter welchem Anagramm steckt, um den eigenen Platz zu

finden. Oder sie können einander beim Pit-Puzzeln behilflich sein. (Wer keine Lust dazu hat, findet die Auflösung auf der Innenseite der Tischkarte.)

Buttons

Bei größeren Geselligkeiten, bei denen *Namensschilder* ausgegeben werden, ist eine schnelle Variante, nur den Vornamen zu anagrammieren.
Nächste Stufe wären Teil-Anagramme aus den Vornamen, sodass der Rest des Vornamens geraten werden muss. Oder es werden – wie bei den Tischkarten – Vor- *und* Nachnamencodiert, sodass die Gäste eine Weile damit beschäftigt sind, die Namen voneinander zu

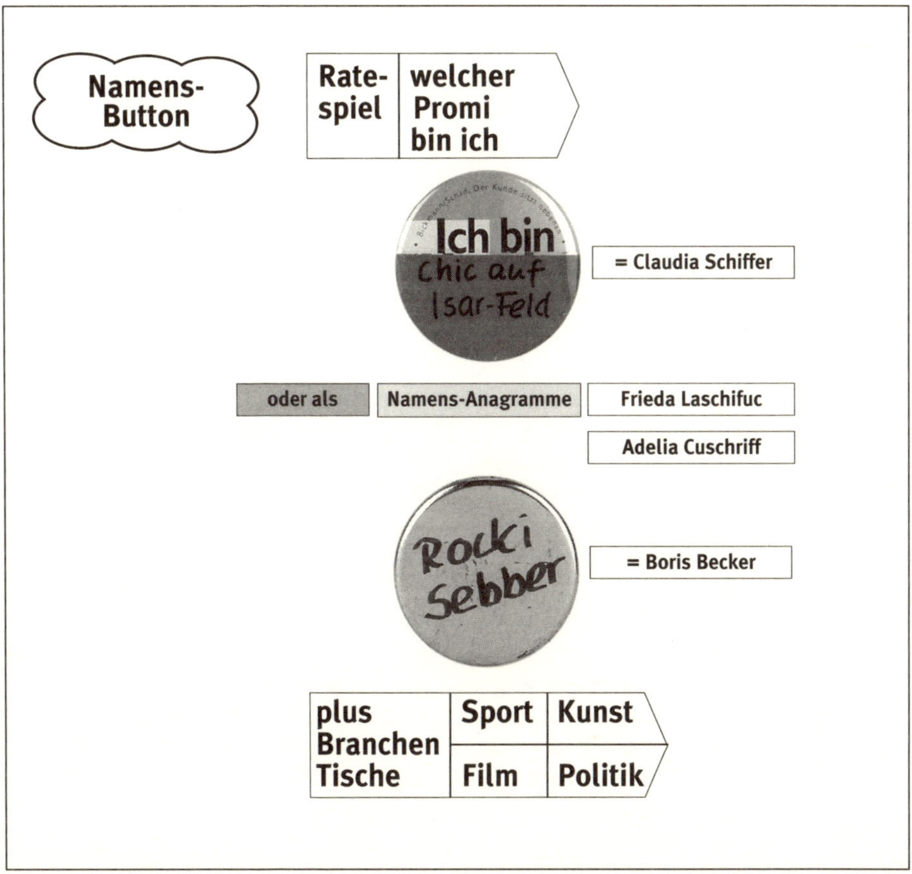

entdecken, einander Hilfestellung zu geben und dabei Vergnügen an den merkwürdigen Wortkombinationen zu haben.
Wer Geselligkeiten Leid ist, bei denen nur gegessen, getrunken und geschwatzt wird und dann auch noch so, dass meistens die, die sich schon kennen, miteinander weiterreden und kaum Kontakt zu Neuen entsteht, kann Anagramme als Gesellschaftsspiel ohne viel Aufwand einsetzen: Wer mag, kann den Namensschildern zusätzlich Farben zuordnen (zum Beispiel blauer Tisch und Button für Anagramme, die mit Luft und allem, was darin ist, zu tun haben; ein grüner für den Erd- und Pflanzen-/Blumenbereich; ein gelber für Technisches usw.). Es ist auch möglich, »Promi-Pseudonym-Anagramme« zu vergeben und dann »Bereichs-Tische« in verschiedenen Farben zu eröffnen: »Dichtung« ist rot, »Theater« blau, »Show« weiß, »Sport« grün, »Politik« gelb. Ein Beispiel: Sie ziehen einen grünen Button, mit »Rocki Sebber«. Sie suchen die anderen »Grünen« und erknobeln allein/miteinander, dass Sie »Boris Becker« gezogen haben. Damit lässt sich auf einfache Weise eine Sitzordnung kreieren, oder es lassen sich Teilgruppen zusammenstellen, die einander durchs Anagrammieren näher kennen lernen.

Spiel 1: Wett-Anagrammieren

VANESSA
NASE
ASS

Die gesamte Gesellschaft erhält das gleiche Wort oder den gleichen Namen, also: Friedrich Schiller, Michael Jackson, Verona Feldbusch, aktuelle Politiker-innen beziehungsweise Promis aus dem Bezugsrahmen der Gesellschaft. Keine Anwesenden!!! – (siehe Spielregeln auf S. 205ff.) Denn das Schöne bei dem Spiel kann sein, dass hier auch boshafte und »ätz-witzige« Anagramme gebildet werden dürfen. Schließlich geht das auf Kosten von Abwesenden. Und Promis kriegen traditionell schon mehr ab.
Es wird eine Zeit festgelegt, zum Beispiel 15 Minuten. Ist die festgesetzte Zeit vorbei, wird die Anzahl der Anagramme gezählt, und die drei witzigsten oder ansprechendsten, die zu jedem der vorgegebenen Namen gefunden wurden, werden vorgelesen.
Wer mag, setzt eine Flasche Wein, ein Pit-Kit, eine Blume oder ein Buch (das mit den vorgedachten Promis zu tun hat) als Preis für diejenigen aus, die die meisten oder die originellsten Anagramme entdeckt haben. Wer gewonnen hat, kann blitzartig und ohne langes Palaver ermittelt werden, indem jede-r die Eigen-Favoriten auf ein großes Pit schreibt. Die werden an der Tür, einem Fenster oder

einem Schrank untereinander angebracht. Dann erhält jede-r ein grünes (= ☺ /»gefällt«) Pit und klebt es neben ihre/seine Wahl. Es kann jedoch auch eine spielerische Advokaten-Runde gemacht werden, bei der entweder jeweils zwei oder vier oder jede-r für sich die eigene oder die Lösung vom/von der rechten Nachbar-i-n anpreist. Die Entscheidung kann dann auch per Applaus-Akklamation erfolgen.

Spiel 2: Namen-Anagrammieren

Jede-r erhält die Aufgabe, den eigenen oder einen anderen Namen zu anagrammieren. Am besten mit »Suchbrillen-Auftrag«: ein liebliches, schmeichelhaftes, anerkennendes Anagramm finden. Oder ein Produkt, ein Tier, eine Pflanze, einen Ort oder einen neuen Vornamen. Aber bitte nicht vergessen (vgl. die Interviews von S. 99ff.), wie verletzlich das Herumspielen am eigenen Namen sein kann – auch für die, die behaupten, sie »könnten doch Spaß verstehen«.

ALEXANDER
RELAXEN
LENDE

Auch hier wird ein Zeitrahmen gesteckt – zum Beispiel 20 Minuten – und danach das jeweils anregendste Anagramm der eigenen Wahl verlesen.

Spiel 3: Ratespaß

Es werden Anagramme einer berühmten Person verlesen, die alle kennen. Es darf jeweils 5 Minuten geknobelt werden, um wen es sich dabei handelt. Die Ergebnisse können reihum verlesen werden. Beispiel: »jage hohen Ton« (Johann Goethe).

Spiel 4: Schätz-Anagramme

Variante A: Was schätzen Sie, wie viele Voll-Anagramme (VA) und wie viele Teil-Anagramme (TA) normale Wörter oder die Namen »Beethoven«, »Albert Einstein«, »William Shakespeare«, »Marlene Dietrich«, »Rosa Luxemburg« oder »Annette von Droste-Hülshoff« ergeben? Wer am nächsten dran ist, erhält einen Preis – zum Beispiel ein Buch des Autors oder eine CD des Komponisten ...
Variante B: Bei diesem Spiel können auch die Namen der Gäste

verwendet werden. Sie anagrammieren die Namen Ihrer Gäste mit dem PC und lassen die Beteiligten dann paarweise (= die Betroffenen und die zweite Person rechts von ihnen) schätzen. Als Preis erhalten sie ihre Anagramm-Übersicht zum Mitnehmen.

Als Vorbereitung zu beiden Varianten haben Sie vorab alle Namen Ihrer Gäste beziehungsweise die der Promis am PC anagrammieren und auszählen lassen (TA = Teil-Anagramme, VA = Voll-Anagramme):

Schätz-Anagramme

TA	Arnd Christiane	46.237
	Cenine Mars	535
	Claudia David	141
	Arnd Hermann	626
	Melisa Timmann	39.802
	Moderation	1971
VA	Cenine Mars	6
	Johann Martin Memann	2332
	Moderation	129

Spiel 5: Anagramm-Späße

Hierzu knobelt die Gesellschaft aus vorgegebenen oder selbst gewählten Promi-Namen Anagramme aller Art. Im Unterschied zu Spiel 1 geht es hier nicht um die Menge der Anagramme, sondern um die Qualität: das passendste, intelligenste, lustigste, boshafteste. Denn hier kommt es jetzt auch nicht auf Takt und Fingerspitzengefühl an, weil sich die Beteiligten nicht in der Runde befinden und die Anagramme nicht persönlich an den Kopf gehauen bekommen.

Es können aber auch Namen normaler Menschen verwendet werden, die niemand kennt. Eine Hilfestellung, sie zu finden, ist: das Erpitten im Telefonbuch. Hierzu nimmt die Person, die gerade die Spielrundenleitung hat, das Telefonbuch, schließt die Augen und setzt mit geschlossenen Augen ein Pit aufrecht ins Telefonbuch. Dann wird festgestellt, ob jemand der Beteiligten die Person zufällig kennt. Das ist ein Ausscheidegrund (vgl. Ehren-Kodex und Spielregeln für Anagrammieren auf S. 205ff.). Nach Ablauf der vereinbarten Spielzeit – zwischen 15 und 30 Minuten – lesen alle Beteiligten ihre drei vielsagendsten Anagramme vor.

CHRISTOPH
OPTISCH
SPRIT

Auch zum Spiele-Bereich werden Ihnen noch zahlreiche eigene Varianten einfallen können.

Anagramme im Alltag

Überblick

- ➤ Namensfindung per Anagramm
- ➤ Themen anagrammieren
- ➤ Themen finden durch Anagramme
- ➤ Selbst-Interviews anhand von Anagrammen
- ➤ Kreativitäts-Training: Die Ketten-Geschichte
- ➤ Anagramme als Schul- und Gruppen-Kreativitäts-Stunde

Namensfindung per Anagramm

DANIEL
NADEL
LIED

Wer einen Namen sucht, kann mit Hilfe von Anagrammen, die beispielsweise im eigenen Namen stecken, die darin enthaltenen neuen Namen finden, sich auf neue Assoziationen bringen lassen oder durch Namens-Anagramme Wunsch-Botschaften oder gar den eigenen Namen im Namen verstecken. Das gilt für Menschennamen, für Tiernamen, für Firmennamen, für Bezeichnungen von Produkten, für Initiativen und Neugründungen.

So wäre denkbar, dass zum Beispiel in der Werbung Firmen ihre Namen anagrammieren, um daraus neue Automarken, Produktnamen usw. zu finden. Aus dem Firmennamen »Mercedes« lässt sich so der Autoname »Sedeme CR« anagrammieren – wobei »CR« für »Cross Road« stehen könnte.

Sedeme CR (Cross Road)

Themen anagrammieren

Sie halten einen Vortrag über »Johann Wolfgang von Goethe«, über »Fusionen«, über Ihre »Vereinsgeschichte«, über »Leichtathletik« – was auch immer. Entweder knobeln Sie selbst die Ergebnisse oder Sie bedienen den PC und lassen sich durch die gefundenen Wörter zu interessanten Aspekten anregen, die Ihnen sonst vielleicht nicht eingefallen wären.

DOMINIK
KINO
MOND

Ein Beispiel: Eine Produkt-Kreativ-Runde anagrammierte kürzlich das Wort »Strategie« und fand unter anderem »Tiger« darin. Nun wurde die Riesenraubkatze zur Anregung, um darüber zu stormen und zu spinnen, welche Strategien Tiger und andere Tiere zum Erfolg so draufhaben, um für das eigene Vorgehen daraus zu lernen.

Themen finden per Anagramm

Das 25.Jubiläum der Sendung *Hallo Ü-Wagen* war der Anlass, aus Teil- und Voll-Anagrammen des Titels der Sendung Einfälle für Themen zu entwickeln, die noch nicht da waren (siehe S. 240). Sie wurden nach Sparten (vgl. Spalte 1) gruppiert. Dieses Beispiel zeigt, wie durch Umnutzen aus scheinbar sinnlosen oder merkwürdigen Anagrammen (Spalte 2) interessante Themen entwickelt werden können (ab Spalte 3): Ein Beispiel dafür, wie aus Schrott Steigbügel für neue Ideen gemacht werden können.

Themen-finden per Anagramm

z.B. »Hallo Ü-Wagen« → Themen für die nächsten 25 Jahre

= Umnutz-Steigbügel

Bereiche	Anagramme	Umnutzung		
Körper/ Medizin	Nägel	Augen	Lunge	
	Wühlen	Fango	Schlussverkauf	Gerüchte
Produkte	Gallone	von Maß + Messen	Trinkgebräuche	Abfüll-Techniken
	Ego Anwahl	mailen/Handys	wann gebe ich an	was schmeichelt
Natur/Umwelt	Aale	Eulen	Egel	Löwen
	Gäule wohlan	Gnadenhof	Reitsport	
	Hagel	Wetter + Wirkung	Wetterphänomene	was verdirbt die Laune
	Hügel	Erdgeschichte	Bestattungsarten	Topografie + Mentalität
	Geheul	Sprache der Tiere	Nachbarschaftsstreit | Hunde	Wölfe
	Geh an Wolle	Frieren	wieso frieren Tiere nicht	Spinnen
	Genua Lugano	Urlaubsziele	die Italiener-innen	Wohnen am Wasser
	Allgäu	Kühe	Ferien in D	Nord-Süd-Gefälle
Politik	Allah | Woge neu	Islam in Deutschland	Gott: Allah	Staatsreligionen
	Ehe an Wolga	Heirat nach Osten	Heiratsriten	Scheidungsverhalten international
	analog Ehe	alternative Lebensformen	Wohngemeinschaften	freie Liebe
	Lohn-Waage	Bezahlung + Gerechtigkeit	Streiks	Gehaltsverhandlungen
	wo Heu anlag	Bauland	Liebe im Freien	Wildfütterung
	gehauen	Opferkunde	Bildhauer	was tun? | wenn Kinder prügeln
Bildung	oh Aula-Engel	Super-Lehrer-innen	Versprecher	mein 1. Auftritt
Lebens-erfahrung	Elan	Laune	wovon abhängig?	
	gehen	Fortbewegung	pilgern	Trennung
	an Aug Hölle	Extrem-Situationen	Vulkane	mein schlimmstes Erlebnis
	wohl Lügen	Notlügen	Lügen in Politik	Kinder-Lügen
	Ölung	Sterbe-Riten	Heiz-Verfahren	Brat-
	Wahl Lage	Sanitäter	Wohnungssuche	Nichtwähler-innen

Selbst-Interviews per Anagramm

Wer eine Entscheidung zu fällen hat, kann sich mit Hilfe des Anagrammierens auf Lösungssuche machen. Es gibt kein Problem und keine Frage, der Sie sich mit der Methode des »Schau-Fenster-Selbst-Interviews« nicht auf eine veränderte anregende Weise nähern können. Das Verfahren bei Entscheidungen ist wie folgt: Zuerst suchen Sie die Fragen Ihres Selbst-Interviews, indem Sie spontan mit Gewichtungs-Dreh stormen:

- auf roten Pits: Was ist das Wichtigste?
- auf weißen Pits: Was fehlt mir
  - jetzt oder
  - an dem Namen
  - was ist noch offen oder unklar?
- auf grauen Pits: Was ist problematisch oder stört?
- auf grünen Pits: Was macht mir Spaß oder gefällt mir?

Aus dem Storming nehmen Sie die Gedanken heraus, die Sie am meisten ansprechen. So erzeugen Sie hilfreiche »Suchbrillen«. Und die werden dann in Beziehung gesetzt zu den jetzt erknobelten oder ausgedruckten Teil-/Voll-Anagrammen.

Ein Beispiel: Susanne Steper ist 47 Jahre, Lehrerin. Sie überlegt, ob sie ihre Beamtenposition aufgeben und selbstständig eine professionelle Nachmittags-»Schule« eröffnen soll, da die deutsche Gesellschaft und ihre Politik unfähig sind, auf die veränderten Familienstrukturen mit Ganztagsangeboten zu reagieren, und so viele Kinder – meist sogar geschwisterlos – sich selbst überlassen sind. Dagegen will Susanne ein Modell setzen, das sie »Der Bien« genannt hat. Das ist die alte Bezeichnung für Bienenvolk, und nach diesen Prinzipien soll das Modell auch funktionieren: Alle haben Aufgaben, um den »Honig« gemeinsam zu sammeln und die Gruppe mit Schmackhaftem, mit Leben und Neuem zu füllen. Knackpunkt für Susanne: Kann sie ihren sicheren Status zu Gunsten eines Modells aufgeben, das sie zwar schon super durchdacht hat, von dem sie aber nicht weiß, ob es funktioniert?

FLORIAN INFO FINAL

SUSANNE STEPER
VollAnagramme

AN EPEN ER STUSS
AN ER ES NESS PUT
AN ER ES PEST UNS
AN ER ES STUPSEN
AN ER NRUSS PEST
AN ERST NESS PEU
AN ER ES NUR PEST
AN ES ES SPURTEN
AN ES NESS PUTER
AN ES NUSS PETER
AN ES PEST UNSER
AN ESSEN PETRUS
AN EUPEN STRESS
AN NESS PEU REST
ARNE EPEN STUSS
ARNE ES NESS PUT
ARNE ES PEST UNS
ARNE ES STUPSEN
ARNE NEUSS PEST
ARSEN ES PUSTEN
AREN ESSEN PUT
ARSEN NESS PUTE
ART EPEN ES NUSS
ART ES NESS PNEU
➤ ARTUS EPEN NESS
ASS ENTE PER UNS
ASS ERNST EUPEN
AS ES NEUNT PER
ASS ES NUN PETER
ASS ES PER UNTEN
ASS ES PUR TENNE
ASS EUPEN STERN
ASS NESTER PNEU
ASS NEUNT SPEER
ASS PNEU TRENSE
ASS PNEU TRESEN
ASS PUTE SENNER
ASS SPEER UNTEN
ASS SPREU TENNE
ASS SUPER TENNE
ASSE ER NUN PEST
ASSE ERNST PNEU
ASSE PNEU STERN
ASSE PUT SENNER
ASSE SPUR TENNE
AST EPEN ER NUSS
AST ER NESS PNEU
AST ER ES NUN PER
AST ES NUN SPEER
AST NESS NEU PER
➤ AST NEU PRESSEN
AST RUNE SPESEN
AST SPESEN URNE
ASTER EPEN NUSS
ASTER NESS PNEU
AUS PEST SENNER
ENTE ER PASS UNS
ENTE ES NASS PUR
ENTE ES NUR PASS
ENTE ES PAN RUSS
ENTE ES RAPS UNS
ENTE NASS SPREU
ENTE NASS SUPER
ENTE NEUSS RAPS
ENTE PASS UNSER
ENTE RUSSE SPAN
ENTERN PEU SASS
EPEN ER NUT SASS
EPEN ER SASS TON
EPEN ES NUSS RAT
EPEN ES RAST UNS
EPEN ES STAR UNS
EPEN NEUSS RAST
EPEN NEUSS STAR
EPEN RUSS SENAT
EPEN SASS UNTER
EPEN SUESS TRAN
ER ES ES NUT SPAN
ER ES ES SPAN TUN
ER ES NEUNT PASS
ER ES NUT PASSEN
ER ES PASS UNTEN
ER ES PASSEN TUN
ER ES SPATEN UNS
ER ES TAPSEN UNS
ER NASE NESS PUT
ER NASE PEST UNS
ER NASE STUPSEN
ER NASS NEU PEST
ER NESS PATE UNS
ER NESS SPAN UTE
ER NEUSS SPATEN
ER NEUSS TAPSEN
ER NUESSE SPANT
ER SEE SPANT UNS
➤ ERNEUT SPASSEN
ERNST ES PAUSEN
ERNTEN PEU SASS
ERST ES NEU SPAN
ERST EUPEN NASS
➤ ERST NEU PASSEN
ERST NUESSE PAN
ERST NUN PAESSE
ERST PAN SEE UNS
ERST SPAENE UNS
➤ ERSTENS PAUSEN
ES ES ES NUN PART
ES ES NEUNT RAPS
ES ES NUR SPATEN
ES ES NUR TAPSEN
ES ES NUT SPAREN
ES ES PANNE STUR
ES ES RAPS UNTEN
ES ES RUNE SPANT
ES ES RUTE SPANN
ES ES SPAN UNTER
ES ES SPANN TREU
ES ES SPANN TUER
ES ES SPANT URNE
ES ES SPAREN TUN
ES ES SPUR TANNE
ES NASE NUR PEST
ES NASE SPURTEN
ES NATUR SPESEN
ES NESS NEU PART
ES NESS NUR PATE
ES NESS PAN RUTE
ES NESS PAN TREU
ES NESS PAN TUER
ES NESS PEU TRAN
ES NESS PNEU RAT
ES NEU REST SPAN
ES NUN PASS TEER
ES NUN PER TASSE
ES NUR SEE SPANT
ES NUSS PAN TEER
ES PASSEN UNTER
ES PAUSEN STERN
ES PER SENAT UNS
ES PRAESENT UNS
ES PUSTEN RASEN
ES RUESTEN SPAN
ES SPAN STEUERN
ES SPAN STREUEN
ES SPAN TEER UNS
ES SPANN STEUER
ES SPATEN UNSER
ES SPESEN UNART
ES SPESEN UNRAT
ES TAPSEN UNSER
ESSEN NUR PASTE
ESSEN NUR SPAET
ESSEN PATER UNS
ESSEN PEST URAN
ESSEN PETRA UNS
ESSEN PNEU RAST
ESSEN PNEU STAR
ESSEN PUR SENAT
ESSEN PUT RASEN
ESSEN RUTE SPAN
ESSEN SPAN TREU
ESSEN SPAN TUER
EUER NESS SPANT
EUPEN NASS REST
EUPEN NESS RAST
EUPEN NESS STAR
EUTER NESS SPAN
NAESSE NUR PEST
NAESSE SPURTEN
NASE NESS PUTER
NASE NUSS PETER
NASE PEST UNSER
NASS NESTER PEU
NASS NEUER PEST
➤ NASS NUR PESETE
NASS NUT PER SEE
NASS PER SEE TUN
NASS PEU TRENSE
NASS PEU TRESEN
NASS PUTE SEREN
NESS PAN STEUER
NESS PASTE RUNE
NESS PASTE URNE
NESS PATE UNSER
NESS PER STAUEN
NESS PERU SENAT
NESS PEU RASTEN
NESS PUTE RASEN
NESS REUE SPANT
NESS RUNE SPAET
NESS SPAET URNE
NESS SPAN TEUER
NESS SPAREN UTE
➤ NESTER NEU PASS
NEU PASS TRENSE
NEU PASS TRESEN
NEU PASSEN REST
NEU RAST SPESEN
NEU SPESEN STAR
NEUSS PER SENAT
NEUSS PRAESENT
NEUSS SPAN TEER
NUESSE PAN REST
NUN PAESSE REST
NUN SPEER TASSE
➤ NUSS PATE SEREN
NUT PRASSEN SEE
➤ PAN RENTE SUESS
PAN REST SEE UNS
PASS SEE TURNEN
PASS SENNER UTE
PASS TEEREN UNS
PASS TENNE USER
PASSEN RUESTEN
➤ PASSEN STEUERN
PASSEN STREUEN
PASSEN TEER UNS
PASTE SEREN UNS
PER SUESS TANNE
PERU SASS TENNE
PEST SAU SENNER
PEST SENNER USA
PNEU RENTE SASS
PRASSEN SEE TUN
➤ PRESSEN STAUEN
➤ RAET SPESEN UNS
REST SPAENE UNS
SEE SPANT UNSER
SENAT SPEER UNS
SEREN SPAET UNS
SPAESSE TURNEN

Als Erstes macht sie das oben beschriebene »Schau-Fenster-Selbst-Interview« (= Einblick unter den vier Grund-Aspekten: wichtig, offen, unklar, gefällt). Es sieht so aus:

Bien oder Beamtin?

!	¿
☹	☺

Schau-Fenster- Selbst-Interview

Was ist für mich	↓ wichtig !	↓ offen ¿	↓ unklar ☹	↓ gefällt ☺
	etwas Neues	Sicherheit	Angst vor Neuem	Bedarf da
	wichtige Aufgabe	Alter	Sicherheit aufgeben	Hilfe möglich
	Lücke schließen	Verhinderer wo	Bedenkenträger	Abenteuer
	Selbsthilfe statt Warten	Juristisches	Alter	Freude / mit Neuen/m
	Modell testen	funktioniert's	Wenn's nicht klappt	man lebt nur 1 x
	nicht ausbrennen	wie viel Arbeit	Finanzunsicherheit	Können erweitern
	etwas Eigenes schaffen	lieber mehr Privates	viel Arbeit	spannend
	Hilfe bieten	Zielgruppe interessiert?	Personal-Probleme	Hobbys + Arbeit an 1 Ort für alle
	Kinder-Selbst-Orga stärken	Kinder schon zu versaut	Unbekanntes	zeigen / es geht
	Spaß an der Arbeit	zu viel Orga statt Inhalt	Krankheitsfall	Hoffnung / statt Routine

Als Nächstes sucht sie die Begriffe heraus, die sie als »Suchbrille« für ihre PC-Anagramm-Lektüre aufsetzen möchte:

Such-	↓ Oberpunkte					
	Bedarf		STRESS ↘	ERSTENS PAUSEN	ES ERNEUT PASS	
	Hilfe zu		SPAESSE TURNEN	NUR SPAET ESSEN	PASS NESTER NEU	
	Vorgehen		NESTER NEU PASS	ERST NEU PASSEN	ARTUS-EPEN	nach-lesen
	Finanzen		RAET UNS SPESEN	RENTE SUESS	STEUERN PASSEN	
	Angst		NASS NUR PESETE	PRESSEN STAUEN	AST NEU PRESSEN	
	Freude		ERNEUT SPASS(EN)	NUSS = PATE	ES UNTERPASSEN	

Hierzu hat sie schon die Voll-Anagramme gesichtet und eingeordnet (siehe S. 242) und anschließend die so gefundenen bedeutungsvollen Teil-Anagramme den Oberpunkten ihrer »Suchbrille« zugeordnet (siehe oben).

Dann ordnet sie die Teil-Anagramme nach Begriffs-Gruppen:

Such- nach Gruppen

Natur	Natur	See	Stern	
Tiere	Auster	Enten	Puter	Sau
Pflanze	Raps	Aster	Nuss	
	Tanne	Ast	Rasen	
Gegenstände	Spaten	Teer	Tasse	Paste
	Rute	Pass		
Körper	Nase			
	Spaß	Praesent	Reue	Spaeße
Berufe	Senner			
Tätigkeiten	Raten	Pressen	Entern	Pausen
	Prassen	Tapsen	Sparen	Passen
	Pusten	Rüsten	Turnen	Essen
	Staunen	Ernten		
Orte	Nester	Neuss	Eupen	Essen
	Senat	Pate	Tenne	Tresen
Namen	Petra	Ernst	Arne	Peter
	Ute			
⚡	Pest	Uran	Arsen	Urne
	Panne	Stuss	Unrat	
Werte	Artus-Epen	Spesen	Rente	Star

JULIA
JULI
LAU

Im nächsten Schritt wählt sie aus diesen Begriffs-Gruppen einige aus. Die nutzt sie zu Ideen für den »Bien« wobei auch Angstbegriffe wie »Pest« und »Arsen« positiv umgenutzt werden. Das tut sie, indem sie überlegt, auf welche Steigbügel-Ideen sie Wörter bringen wie das Beispiel auf S. 247 zeigt.

Auf die Fragen und Einfälle sucht sie nun konkrete Antworten. Sie nimmt sich Zeit, weil es um eine lebenswichtige Entscheidung geht. Sie bedenkt alle Facetten. Da ihr Mann krank geworden ist, lässt sie die zunächst positive Entscheidung am Ende vorläufig noch ruhen und wartet ab.

umnutzen

Natur	was ist meine N.	was N. der Sache	Bien + Natur	
See	Ambiente für Bien	Wasser	Tauchen	AGs | Thema See
Stern	günstiger Stern	was gehört dazu	Orientierung | wo	was im Dunkel tun
Tiere	Seestern	= Name?		
	Austern	wo sind Perlen	Hochpreisiges	Luxus-Facetten
	Puter	lautstarke Werbung	Wutauslöser	Amerika Koop
	Enten	Gruppenverhalten	Gegen Lärm | Ideen	
	Sau	Mütterliches in Bien	Mütter Koop	Tier-Intelligenz
		Sauereien: wer / wo / wie	Dreck vermeiden	Doktorspiele: was tun
Pflanzen	Raps	Koop mit Bauern	gelber Anstrich	Honig erzeugen
	Aster	Deko	Ikebana	Friedhofs-AG
	Nüsse	was gilt's zuknacken	Back-AG	Selbstversorgung
	Tanne	Feiern	Baumschule	Koop Garten-Center
	Ast	Feuer-AG	Kamin-Gespräch	Kochen gemeinsam
	Rasen	AG | Gartenhilfe		
Körper	Nase	was duftet verlockend	was stinkt mir	mein Instinkt
Eigenschaften	Spaß	Kreativität	selbst organisieren	Neubeginn
	Präsent	wer schenkt	wer sponsert	Gewinn für mich
	Rene	verpasste Chancen	Krankheit | was dann	Gewohntes weg
	Späße	Narren-Schule	wer kann uns verarschen	wen / wie: ernst-nehmen

Tipp: Wenn Sie Anagramme zur Entscheidungsfindung einsetzen, sollten Sie die Ergebnisse nur kreativ zur Selbstanregung und nicht magisch-abergläubisch nutzen.

Einige Beispiele, bei welchen Entscheidungen Sie Anagramm-Selbst-Interviews einsetzen können:

- Was soll ich von Beruf werden?
- Soll ich in die »Eichendorffstraße« oder an den »Stadtring« ziehen?
- Für welchen Mann, für welche Frau soll ich mich entscheiden, wenn ich zwischen zweien stehe?
- Soll ich den Arbeitsplatz wechseln?
- Will ich ein Kind?
- Möchte ich mich selbstständig machen?

KATHARINA
KARAT
HAAR

Probieren Sie es einmal aus: Auf was für Einfälle und Ideen kommen Sie, wenn Sie zum Beispiel Ihren Namen mit dem der neuen Firma und mit dem der alten Firma anagrammieren? Oder:

- Welches Hobby will ich wählen?
- Wohin will ich in den Ferien fahren?
- Welches Auto kaufe ich?
- Was ergeben Anagramme mit den Namen Ihrer Freund-inn-e-n?

Kreativitäts-Training: Die Ketten-Geschichte

Versuchen Sie in zwei Minuten aus Ihrem eigenen Namen, aus einem anderen Namen oder aus einem Wort zehn weitere Begriffe zu finden.
Erzählen Sie eine *Ketten-Geschichte* aus den zehn ersten Wörtern, die sich aus Ihren Teil-Anagrammen ergeben haben.
Schreiben Sie Teil-Anagramm-Wörter auf einzelne Pits und komponieren Sie sie hintereinander so zu einer Geschichte, dass sie Ihnen als sinnvolles Erzähl-Geländer erscheinen. Diese Übungen dienen dazu, flexibler, schlagfertiger, einfallsreicher zu werden und ungewohnte Originalität zunächst einmal spielerisch zuzulassen.

Anagramm-Stabreime: Beginnen Sie alle Anagrammwörter zunächst mit den ersten Buchstaben des von Ihnen gewählten Namens. Dann mit dem zweiten Buchstaben, dann mit dem dritten ...
Das bahnt Ihrer Denk-Flexibilität eine neue Richtung.
Wozu das dient? Das Gehirn – braucht genau wie der Körper – Sport – und Training, um flexibler und schneller zu werden. Das, was Sie spielerisch tun, zahlt sich nachher in der realen Kommunikation aus: Sie können flotter reagieren, kreativere Lösungen finden, offener und insgesamt neugieriger auf fremde Gedanken eingehen. Und das macht Ergebnisse nicht nur interessanter, sondern auf Dauer auch gelungener und tiefer. Dazu verbessert sich durch Ihre Erfahrungen mit der eigenen Kreativität ein akzeptierendes wohl- wollendes Grundklima für unausgegorene »Keimlings-Gedanken«, die sonst oft leichtfertig totgetrampelt werden. Das wiederum schafft einerseits bessere Resultate und zugleich einen achtsameren Umgang mit Teams und in Gruppen.

MICHAEL
ELCH
EMAIL

Anagramme als Schul- und Gruppen-Kreativitäts-Stunde

Eine Anregung für Eltern und Kinder zum kreativen Schenken oder zur originellen Wäsche-Kennzeichnung

Kürzlich machte ich zum Thema *Zauber des Zufalls* ein Publikums-Gespräch. Denn meine Buchlesungen gestalte ich grundsätzlich interaktiv mit dem Publikum und nicht als Vorlese-Stunde. Dadurch lernen die Anwesenden nicht nur von mir, sondern auch von einander, und mir macht Spaß daran, dass ich selbst dadurch stets Neues erfahre und so nie in Routine erstarre.

In dieser »Lesung« saß eine Lehrerin, die das Buch bereits gelesen hatte und berichtete, dass sie auf Grund der Anagrammier-Anregung in *Zauber des Zufalls* die Klasse bereits damit hatte experimentieren lassen. Daraufhin bat ich sie, doch eine richtige Schulstunde mit Anagramm-Geschenk-Ideen zu verbringen und die Schüler-innen einen Erfahrungsbericht mit einem Schreib-Geländer schreiben zu lassen: Wie bin ich vorgegangen? Was habe ich bei den Versuchen erlebt? Was hat mir dabei gefallen? Was hat mich gestört?

Im Folgenden ist dieses Modell mit der Klasse 7d des Rhein-Sieg-Gymnasiums in St.Augustin ebenso wiedergegeben wie das einer Lehrerin des Montessori-Gymnasiums in Köln, die einer Arbeits-Gemeinschaft einen Anagrammier-Auftrag gab. Die Auszüge aus den Ergebnissen belegen sowohl die Kreativität der Einzelnen wie auch, dass Schule in diesen Bereichen der Kreativitätsentwicklung noch Handlungsbedarf haben dürfte.

PATRICK
TRICK
PIRAT

Wer als Geburtstagsgeschenk oder Kinder-Party-Spaß Anagramme auf Mützen, T-Shirts oder Seidentücher aufmalen lassen möchte, kommt sicher durch diese Beispiele auf eigene Ideen, wie dies durch »Geheimnamen« (also: Pseudonyme aus Anagrammen), mit Worten oder mit symbolisierten, also in Bilder umgesetzten Anagrammen geschehen kann. Oder wenn »David Mierbann« beim nächsten Schulausflug »André Abvindim« oder »Bernd Madivina« auf seinem T-Shirt stehen hat oder darauf »Ein Rad im Bad NV« malt, dann kann das vergnüglicher sein als Wäscheschilder.

Für gemeinsames Anagramm-Gestalten in Kinder- und Jugendgruppen ist wichtig, die PC-Listen zuvor auf Kränkendes zu checken

Fragebogen Klasse 7d

Thema: Geschenk-Anagramme

Aufgaben:

1) Wähle dir einen Menschen, dem du ein Anagramm seines Namens schenken möchtest.

2) Entwickle ein Anagramm aus einem oder mehreren Wörtern. (Kommen in dem AnagrammWörter vor, die zu der Person passen?) Achte darauf, dass in dem Anagramm nichts Verletzendes vorkommt!

3) Probiere zu Hause weiter! Du kannst dazu auch eine Adresse im Internet benutzen: http//www.droemer-weltbild.de

4) Verfasse einen kurzen Arbeitsbericht auf einem Blatt zu folgenden Fragen:
   a) Nenne die Arbeitsschritte: Wie bin ich vorgegangen?
   b) Was habe ich bei den Versuchen erlebt?
   c) Was hat mir dabei gefallen?
   d) Was hat mich gestört?

5) Verarbeite das Anagramm zu einem Geschenk, zum Beispiel
   – als Karte
   – als Brief
   – als Geschichte oder Gedicht
   – als Türschild
   – als Geschenkpapier
   – als Entwurf für ein T-Shirt
   – ....
   – ....

Bringe die fertigen Ergebnisse (Arbeitsbericht und Geschenk) am .... mit!

und nach Wegen zu suchen, wie nur freundliche Anagramme verwendet werden. Eine Möglichkeit wäre etwa – außer Stofffarbe und Tasse oder T-Shirt – jeweils drei nicht verletzende Anagramme aus der Computerliste zum Auswählen zur Verfügung zu stellen. Um zu vermeiden: »Hanna, zeig mal deins. Iih! Der Stephan Klien heißt ›Kalten Penis‹!« – und dann skandiert die ganze Gruppe womöglich das Kränkende.

Bericht über die Ausarbeitung des Anagramms

STEFAN
SANFT
SENAT

Zuerst habe ich die Buchstaben des Namens meines Vaters auf Pits, die wir von Frau Baumann bekamen, geschrieben. Die einzelnen Buchstaben befestigte ich auf dem Schultisch und versuchte sinnvolle Wörter zu machen. Nachdem es mir gelang, die Wörter zusammenzubauen, ging ich bei meinem Vater abends ins Internet. Dort fand ich weitere Wörter. Ich schrieb sie mir auf. Ich suchte dabei nach Wörtern, wo der Name ganz aufging. Meine Eltern fragten mich, was dies sei, und ich erklärte es ihnen. Sie fanden es gut, dass so etwas in der Schule gemacht wird. Mir hat dabei gefallen, dass manchmal witzige Wörter herauskamen, und dass es richtig etwas war, wo man überlegen musste. Mich hat gestört, dass man keine weiteren Buchstaben nehmen konnte, und es hinterher langweilig wurde, weil man keine Anregungen für weitere Wörter bekam.

Klaus Engelbert Bürfent = Tabbelne Kurfürstengel

Benedikt Bürfent

Katharina Looses Bild ist die Abbildung 6 im Farbteil (ab S. 192). Sie schreibt dazu:

Arbeitsbericht:

Als Erstes suchte ich mir einen Namen aus. Ich nahm den Namen meiner Freundin Janine Stein. Ich schrieb die Buchstaben auf ein Blatt, schnitt sie auseinander und legte sie auf den Tisch. Nach wenigen Minuten hatte ich den Namen aufgeteilt in Nest, Ei, Jan & in. Darauf nahm ich eine Pappe, die ich mit Papier überzog und malte die verschiedenen Symbole und den Namen auf die Pappe. Da ich noch andere Symbole auf das Bild gemalt habe (weil ich sonst z.B. *in* nicht darstellen konnte), habe ich die Symbole mit dem Namen (z.B. neben das Ei schrieb ich Ei) versehen. Jetzt habe ich es noch angemalt. Nun war es fertig, um bei Frau Baumann abgegeben zu werden.

DANIELA
IDEAL
LINDE

Ina Kriegers Bild ist die Abbildung 5 im Farbteil (ab S. 192). Sie schreibt dazu:

Anagramm:

1) Meine Arbeitsschritte: Wie bin ich vorgegangen?
2) Was habe ich bei den Versuchen erlebt?
3) Was hat mir dabei gefallen?
4) Was hat mich gestört?

Als Erstes habe ich mir einen Namen überlegt. Zunächst habe ich jeden einzelnen Buchstaben des Namens auf einen kleinen Klebestreifen geschrieben. Nun überlegte ich mir einige Wörter aus den mir zur Verfügung stehenden Buchstaben. Als mir das nicht viel gebracht hatte, und ich sah dass ich aus dem Namen keine anständigen Wörter bilden konnte, suchte ich verzweifelt einen anderen Namen. Später fiel mir der Name Andrea Schlegel ein, aus dem sich einige (viele) Wörter machen ließen, z.B:

Schall, Schal, drehen, Ende, grell, hell, Gel, Grad, schlagen, Schlange, real, Regel, legen, Gras, Geld(er), schade, Degen, Gans, Hals, Aal, alle, alle, Drachen, reden, Rad, schnell, Elch, und so weiter.

STEFANIE FEST STEINE

Als ich die Wörter gesammelt habe, nahm ich einige Wörter und stellte sie mit den Pits zusammen. Mit dem Rest Buchstaben versuchte ich andere Wörter zu finden. Dies tat ich sehr lang und fand drei Wörter, die den Namen vollständig auflösten. Doch die ergaben keinen richtigen Sinn. So war ich weiter auf der Suche. Schließlich wählte ich mir das Wort *Schlange* aus. Die restlichen Buchstaben ergaben *Rad* und *Lee.* Allerdings geht (der Name) das Wort Lee nicht deutlich aus dem Bild hervor. Dies bringt ein Rätsel auf, wenn man den Personennamen (Andrea Schlegel) vergleicht. Das könnte den Betrachter dazu bringen (inspirieren), sich dem Bild zuzuwenden und darüber nachzudenken und vielleicht auch ein Anagramm herzustellen.
Ich habe darüber nachgedacht, wie ich die Wörter darstellen könnte. Einige Zeit danach kam ich auf die Idee eine Schlange leicht einem Rad ähnelnd auszumalen. Dies tat ich auch und dachte mir noch eine Hauttypenform für die Schlange aus. Ich habe mit vier verschiedenen Brauntönen und Kohlestiften, um leichte Schattierungen einzubringen, gearbeitet.
Bei der Arbeit war ich einige Male verzweifelt und am Ende, doch wieder fröhlich, als es geklappt hatte. Bei den Versuchen habe ich erlebt, dass manches nicht so geklappt hat, wie ich es mir vorgestellt habe. Es hat mir viel Freude bereitet und im Großen und Ganzen viel Spaß gemacht. Gestört hat mich eigentlich nichts, denn der Name konnte gar nichts dafür, dass mir zum Beispiel einige Buchstaben fehlten, um andere Wörter zu bilden.

Schlange Rad Lee habe ich ausgewählt.

Melanie Bettins Bild ist die Abbildung 7 im Farbteil (ab S. 192). Sie schreibt dazu:

Arbeitsbericht:

Wir sollten ein Anagramm herstellen. Als Erstes versuchte ich es mit dem Namen »Sabine Schwarzen«. Da mir zu diesem Namen aber nichts Richtiges einfiel, nahm ich den Namen »Patricia Hanebeck«. Hier kam das Wort »Baer« heraus. Da dachte ich mir, dass das eine gute Idee für ein Geschenk sei. So begab ich mich ans Basteln und fertigte eine Karte aus Wellpappe mit einem Bärenmotiv an. Mir hat dieses Thema gefallen, weil es mal was anderes ist als sonst.

Melanie Bettin

Das Bild von Sebastian Schmitz ist die Abbildung 10 im Farbteil (ab S. 192). Er schreibt dazu:

Arbeitsbericht: Anagramm

In der Schule verbrauchte ich fast die ganze Stunde dafür, einen geeigneten Namen zu finden. Letztendlich entschied ich mich für Florian Heinen, weil dieser Name nicht allzu lang, aber auch nicht zu kurz war. An den darauf folgenden Tagen probierte ich zu Hause viele Buchstabenkombinationen aus. Einige der Wörter gefielen mir gut, andere passten gar nicht zu meinem Freund. Aber egal was ich auch ausprobierte, es blieben immer Buchstaben übrig. Erst am Sonntag legte ich mich endgültig fest und entschied mich für die Wörter Nonne (dieses Wort passt gar nicht, weil er total unreligiös ist), fire (weil er ein sehr explosiver Typ ist) und Ali (weil er sich an Karneval als Türke verkleidete. Im Allgemeinen hat mir diese Unterrichtsreihe sehr viel Spaß gemacht.
Übrig blieb der Buchstabe »H«

THOMAS
SAMT
ATOM

© Sebastian Schmitz

Arbeitsbericht

CHRISTOPHER
ESPRIT
EROTISCH

Eine Schriftstellerin interessiert sich für die Fantasie von Kindern. Sie bat unsere Deutschlehrerin Frau Baumann ihr dabei zu helfen. Frau Baumann gab jedem von uns mehrere Klebezettelchen.
Unsere Aufgabe war es, einen Namen aus unserem Bekanntenkreis auszuwählen. Für jeden Buchstaben durfte nur ein Zettel benutzt werden.
Ich probierte mehrere Namen. Aber ich fand zu den Buchstaben keine passenden Wörter. Erfolgreich war ich beim Namen meiner Oma »Katharina Winkler«.
Jedes gefundene Wort wollte ich dann bildlich in einer Skizze darstellen. Als Grundlage wählte ich ein T-Shirt. Die erledigte Aufgabe ist in der nächsten Stunde abzugeben.

Christine Franken

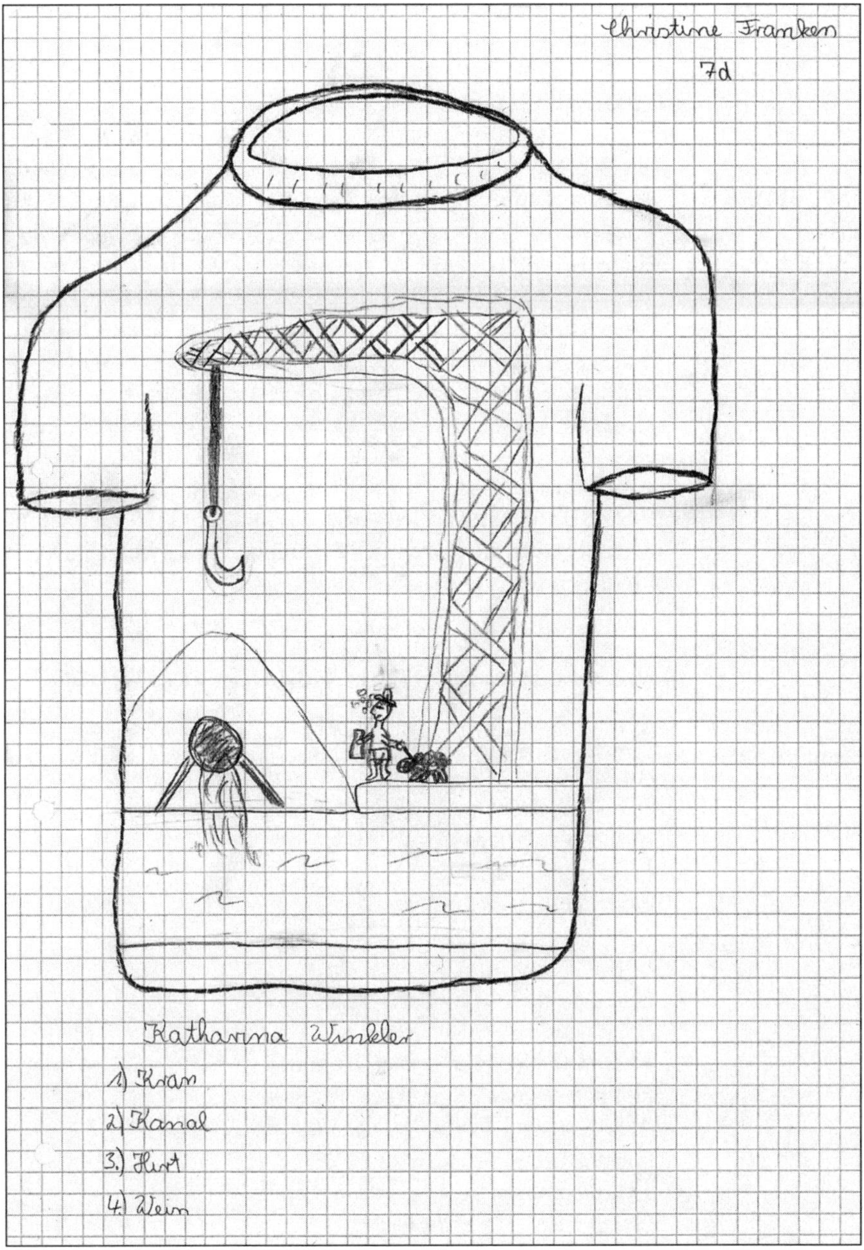
Christine Franken
7d
Katharina Winkler
1) Kran
2) Kanal
3.) Hirt
4) Wein

Barbara Knaufs Bild ist die Abbildung 2 im Farbteil ab S. 192). Sie schreibt dazu:

Arbeitsbericht

JACQUELINE
EILEN
QUEEN

Am Montag dem 20.9.1999 habe ich in der Schule angefangen ein Anagramm für meine Cousine Catherine Gangloff zu machen. Als Erstes habe ich jeden Buchstaben von Catherines Namen einzeln auf ein Pit geschrieben. Dann habe ich Wörter gebildet und aufgeschrieben. Als ich gut eine dreiviertel DIN-A4-Seite mit Wörtern hatte, suchte ich mir das Wort »Elch« aus und versuchte aus den restlichen Buchstaben andere Wörter zu bilden. Ich habe mir das Wort »Elch« ausgesucht, weil es nicht gleich die beiden E verbraucht, wie bei »Ente« und man dann auch das C weghat. Zuerst versuchte ich »Elch«, »Arena«, »Gong«. Dann hätte man noch »fit« nehmen können aber ein F blieb übrig. So kam ich auf »Elch fing oft G« (Schauplatz = Arena). Das ist aber eigentlich Unsinn und in der Vergangenheit kann man schlecht malen.

Barbara Knauf

Anagramm-Gedicht für STEPHAN MAJHOEFER

Früher war alles noch viel besser
An zahlreiche schöne Dinge muss ich denken
In andren Zeiten warn die Leute besser
Rannten täglich zu den Schänken
Essen war ein Zeitvertreib
Saufen, Essen, dicker Leib

Es war ein wahrlich schönes Leben
Heute tut's das kaum noch geben
Essen wurd zu Fressen, Leben wurd zu Streben
Penetrant folgt jeder eigenen Interessen
Hängt bis zum Hals in Arbeit, wie besessen
Arbeit scheint wichtiger zu sein als Spaß
Niemand freut sich mehr so richtig
Traumhaft aber trinkst du deine Maß
Oktoberfest! Das ist dir wichtig
Monat der Freude, das darf man nicht vergessen ...

Johanna Mosetter

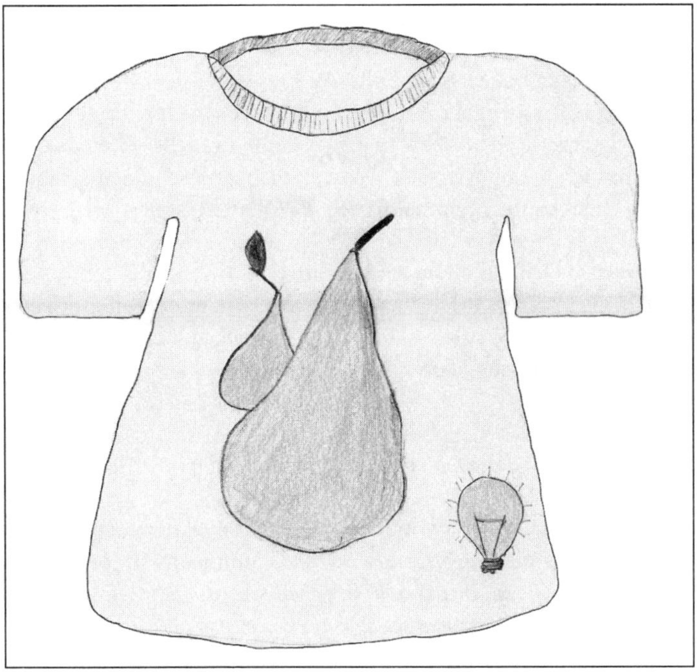

Birnen-T-Shirt von Julia Berndt, 23.9.99

Arbeitsbericht

Um aus den Buchstaben des Namens meiner gewählten Person Wörter und später Bilder usw. zu erfinden, schrieb ich die einzelnen Buchstaben auf selbstklebende Pits. Dann schob/klebte ich diese so durcheinander, dass sich sehr unterschiedliche Wörter bildeten. Dabei hatte ich sehr viel Spaß, trotz der Verzweiflung in manchen Situationen.
Mich hat gestört, dass ich (anfangs) keine Zusammenhänge bzw. Sätze bilden konnte, trotz der vielen Wörter, da oftmals nur ein Buchstabe fehlte (→ Verzweiflung) (und dass ich nebenbei diesen Bericht schreiben musste).
Doch schließlich entdeckte ich doch noch einen Zusammenhang, welchen ich in Form eines T-Shirts auf das Papier brachte, und dabei hatte ich wieder großen Spaß.

Name meiner Person: *Christina Berndt*

ASTRID
STAR
DARTS

Anagramm-Brief für den kleinen Bruder

Am Anfang habe ich ganz viele Wörter gefunden und dann versucht ein Wort rauszukriegen, das habe ich auch geschafft. Aber mich ärgerte, dass man so lange dafür braucht. Aber das Erstaunliche war, wie viele Wörter man aus so einem Namen machen kann. Mehr kann ich dazu nicht sagen, weil sonst nichts Interessantes war.
So würde ich das Geschenk machen:
Ich mach einen Brief über das Leben, wie er es weiter erleben wird, und die Wörter schreib ich dann farbig, und daraus kann man dann seinen Namen rauskriegen.

Hi DANIEL WEBER

Ich, dein Bruder Waldemar, erzähle dir mal, wie es im Leben so sein wird.
Am Anfang wirst du noch in WINDELn rumkrabbeln, dann kommt es eines Morgens, dass du schon laufEn kannst. In ein paar Jahren wirst du in die Schule gehen, wo du sehr vieles lernen musst. Aber das ist nicht so schlimm wie es sich anhört. Schon klar, du musst dann viel lernen. Aber das alles wird dir in deinem Leben weiterhelfen. Nachdem du dann die Schule beendest, wirst du so stark und klug wie ein BAER. Weiter im Leben musst du dann schon selbst klarkommen.

Dein Bruder *Waldemar*

Windel + e + Baer = Daniel Weber

Geschichte fürAnagramme

STEFFEN SACHSE

Daraus gebildet wurden die Worte:

ECHSE	SAFT
ACHSE	SEE
NEFFE	NAEHE
FEST	FACH
AFFE	HANS
HASE	HANF
HESSEN	FAN
TASCHE	ESSEN
TEST	FASTEN
SENF	FASS

HANS aus HESSEN hatte drei Haustiere, einen HASEN, eine ECHSE und einen AFFEN. HANS sollte FASTEN, doch sein AFFE stahl zwei Bananen aus der Küche. HANS sollte nichts ESSEN. Doch seine Mutter entdeckte die zwei Bananen bei ihm in einer TASCHE. Als Strafe durfte er eine Woche nur SENF ESSEN. Er steckte den AFFEN in ein FASS aus HANF, voll mit SAFT. Danach warf er das FASS in einen SEE in der NAEHE der Hauptstadt von HESSEN.

a) Als Erstes habe ich die Zettel beschriftet und dann geordert. Danach habe ich die Zettel auf den Tisch geklebt und damit herumprobiert, bis ich etwas Brauchbares gefunden habe.
b) Es war schön, als ich endlich ein paar Wörter gefunden hatte. Es war frustrierend, als ich am Ende immer zwei Buchstaben übrig hatte.
c) Das Ausprobieren hat mir am meisten Spaß gemacht.

Martin Zimmermann

Einladung

Lassen Sie sich einladen, neugierig und offen Strategien aus dem Altertum auf neue Art und Weise – mit den Buchstaben-Kärtchen, mit Pits und/oder dem Computer – einzusetzen. Verstehen Sie Anagramme als kreatives Vergnügen mit Denk-Sport-Qualität. Sehen Sie das Anagramm-Geheimnis Ihres Namens oder das der Menschen Ihrer Wahl als anregende Fundgrube und Schatz-Truhe an. Werfen Sie Tand bei Seite, wenn Sie ihn nicht umnutzen können, und erfreuen Sie sich an den Kostbarkeiten, die Ihnen ins Auge springen, die Sie aber auch ungeschliffen oder als Schrott-Modelle darin finden können. Beim Suchen, Schleifen und Polieren – zu welchem Anlass oder Zweck auch immer – viel Vergnügen. Wenn Sie kein Knobel- oder Bastel-Typ sind, dann verschenken Sie das Buch einfach an Menschen, die vielleicht mehr Spaß daran haben.

Liebe Professorin Senta Trömmel-Plötz

ob Sie sich auch noch daran erinnern? April 1982. Kaffeepause bei einer Konferenz. Ich: »Als Teilnehmer hatte ich schon eine andere Erwartung an Prof. X., Sie nicht?«

Sie standen mir gegenüber. Schmal, dunkel. Braune, spöttische Augen. Statt mir beizupflichten oder zu widersprechen, sagten Sie: »Teilnehmerin.« – »Wie bitte?« – »Ja, Sie sind doch eine Teilnehmerin. Was sind Sie von Beruf?« – »Journalist.« – »Ah, Journalistin. Da ist es ja besonders wichtig, dass Sie sich selbst und die anderen Frauen in der Sprache endlich ernst nehmen lernen.«

›Zimtziege‹, dachte ich und sagte: »Na ja, Journalist und Teilnehmer sind doch neutrale Oberbegriffe.« – »Genau das ist das Problem«, haben Sie mir dann erwidert. Und zwar ziemlich streng: »Es ist eben nicht neutral, sondern sehr parteiisch.«

›Schrecklich! Diese Überemanze‹, habe ich – offen gestanden – innerlich geschimpft. Aber Sie sagten unbeirrt: »Ich erläutere es mal am Beispiel: Wenn Sie in den Nachrichten hören, dass bei den Tarifverhandlungen der Metallarbeiter ein Stundenlohn von 16,50 DM herausgehandelt wurde, dann unterschlägt diese Tatsache, dass die Metallarbeiterinnen von diesem Stundenlohn vermutlich ihr Leben lang träumen werden, da sie – zumeist in den Leichtlohngruppen eingestuft – etwas mehr als die Hälfte verdienen.«

Patsch. Ich muss gestehen, das saß. Darüber hatte ich noch nie nachgedacht. Und Sie ließen mir kaum Zeit dazu: »Merken Sie nicht, dass wir Frauen nicht zufällig ausgespart werden, wenn es um Ehrenmann, Landesvater, um den Mann auf der Straße oder darum geht, welcher Landsmann Sie sind? Sogar König Kunde scheint ausschließlich Mann zu sein. Dabei sind es doch zu mehr als 80 Prozent Frauen, die einkaufen gehen. Und: ›Alle Menschen werden Brüder‹. Wo bleiben die Schwestern? Oder: Denken Sie nur an die Stellungen, in denen ›der ganze Mann‹ verlangt wird. Oder ein ›Fachmann‹. Oder ein ›Gewährsmann‹. Oder ein ›Mittelsmann‹. Tja, ›der kluge Mann baut vor‹. Vor allem die ›Ratsherren‹ und die ›Bauherren‹. Baudamenmodell klingt ja auch ebenso blöd wie Ratsdamen. Da gehen uns die Arztfrauen, die Professorenfrauen, die Diplomatenfrauen doch erheblich leichter über die Lippen. Leichter vor allem als die Ärztinnenmänner, die Professorinnenmänner oder die Diplomatinnenmänner.«

Noch ein Blitzen in Ihren Augen. »Und wenn Ihnen das nicht reicht, dann erklären Sie mir doch wenigstens, warum 99 Lehrerinnen und 1 Lehrer = 100 Lehrer sind. Finden Sie das ›herr-lich‹ oder ›däm-lich‹?«
Nach diesem Schwall hatten Sie mich wirklich schachmatt gesetzt. Mein Blick schärfte sich nach unserem Zusammentreffen – das will ich Ihnen jetzt gestehen – dennoch erst langsam.
Die »lieben Leser« fielen mir in den Zeitungen ins Auge. Und auch die »lieben Leserinnen«, an die sich die ebenso männlichen Chefredakteure der Frauenzeitschriften wandten. Wenn – warum nicht auch da der neutrale Oberbegriff »Leser«? Doch ein Unterschied? Eine Werbebroschüre der Stadt Ahlen: »... das sind 50 000 Mann.« Letzte Zweifel, ob es nicht doch nur Gedankenlosigkeit sei, räumte die Jubiläumsanzeige der Firma IBM aus. Sie hat Kapitel: »Für Wissenschaftler. Für Forscher. Für Bäcker. Für Sekretärinnen und Sekretäre.« – Nanu? – Klar! Computer sollen das Büro nach sechzig Jahren Pause auch wieder für Männer attraktiv machen.
Trotzdem – ich will es Ihnen nicht verhehlen –, es gab eine Phase, in der ich richtig auf Sie geflucht habe. Ich schrieb ein Buch über die Sendung, die ich beim WDR mache. Erst schrieb ich ein Viertel »normal«. Dann sträubte es sich mir immer mehr.
Sie hatten mich verdorben. Ich schrieb im Vorwort – und eigentlich hätte ich Sie dabei erwähnen müssen:

»Es geht mir als Frau nicht mehr in die Feder, ganz selbstverständlich von ›der Journalist‹, ›der Hörer‹ zu schreiben. Und dass ich eine Frau bin, darauf wurde ich in meinem Beruf nur zu häufig offen oder indirekt – mehr unangenehm als angenehm – hingewiesen. Die Doppelform ›der Journalist, die Journalistin‹, usw. ist mir lästig. Ich habe allen Ernstes überlegt – vielleicht für manchen Leser oder sogar für manche Leserin wenig nachvollziehbar –, ob ich einfach das praktische Neutrum hervorkramen soll: ›das Hörer‹. Aber dann malte ich mir aus, dass ›das Leser‹ zu sehr über diese sprachliche Neuschöpfung stolpern und sich somit dem sonstigen Inhalt des Buches verschließen würde.
Ich habe den Konflikt auf halbherzige Weise gelöst. Ich wählte die Bindestrichform. Sie erscheint mir weniger abgehackt und trennend als der Schrägstrich und nicht so ausnahmehaft wie das Klammer auf – Klammer zu: (in).
An der Bindestrich-Form stört mich zwar, dass sie echte Denkleistungen fordert: wie z.B. die ›Hörer-innen‹, die ›Freund-inn-e-n‹.

Außerdem muss beim Vorlesen in »Freunde und Freundinnen« zurückverwandelt werden, damit die Gerechtigkeit zum Zuge kommt. Dafür kann ich jedoch besser die Grammatik berücksichtigen als bei der ›BürgerInnen‹-Schreibweise.
Insgesamt weist der Bindestrich klar auf meinen eigenen Unwillen und den vieler anderer Frauen hin, uns einfach unter dem ›neutralen Sachbegriff‹ vereinnahmen zu lassen.«

Spätestens als ich »die Handwerker-innen« schrieb, wurde mir an meiner eigenen Reaktion (»Nun lass mal, das gibt's doch so selten«) klar, wie bestimmend die Sprache für die Wirklichkeit ist und umgekehrt: Wie sollen uns eine Schlosserin, eine Metzgerin und eine Diplom-Kauffrau jemals selbstverständlich werden, solange uns schon die Bezeichnungen wie Perversionen vorkommen?
Heute spüre ich jeden Verstoß wie einen kleinen Stich. Ich registrierte, wie viele Frauen sich als Verkäufer, Student, Psychologe, Kaufmann bezeichnen. Mich beeindruckt die Reformfreudigkeit der Männer, wenn es darum geht, neue Begriffe zu finden, wenn sie in weibliche Bereiche vorstoßen: Hausfrau → Hausmann, Hebamme → Geburtshelfer. Und der »Verband der Diätassistentinnen« musste – nachdem einige wenige Männer Mitglied geworden waren – umbenannt werden in »Bundesfachverband Deutscher Gemeinschaftsverpfleger, Köche, Köchinnen und Diätassistentinnen e.V.«
Sicher freuen Sie sich trotzdem, liebe Prof. Trömmel-Plötz, dass Ihre Saat inzwischen immer mehr aufgeht. Oder?
Haben Sie schon gehört, dass die Stadt Köln das Seidenmachergässchen in Seidenmacherinnengässchen umbenannt hat, weil Seide früher von einer reinen Frauenzunft gemacht wurde? Die Universität Köln hat jetzt als Erste in der Bundesrepublik einen »Student(inn)en-Ausweis« ausgestellt. Und die »Amtfrau« und die »Schiedsfrau« sind ja auch durch.
Ich hoffe, Sie sind mir nicht gram, dass ich damals so stachelig reagiert habe. Allerdings hilft mir die Erinnerung daran auch, andere zu verstehen, die heute auf mich genauso reagieren, wie ich damals auf Sie. Das macht mir dann klarer, dass es ein langer und umständlicher Weg ist, für den ich Ihnen dankbar bin, dass Sie ihn mir gezeigt haben.

Mit herzlichen Grüßen Köln 1982

Carmen Thomas

PS: Heute (im Jahr 2000) weiß ich, dass es nicht nur ein Beitrag zur Gerechtigkeit ist, Frauen offenkundig in die Sprache zu integrieren. Für die Kommunikation hat es weitreichende Auswirkungen, wenn Männer wie Frauen begreifen, dass sie nicht nur verschieden aussehen, sondern in vielem auch verschieden denken, reden, handeln und angesprochen sein wollen. Zum Beispiel: Wenn die Telekom ein Produkt mit Namen »TSDL« verkauft, so sind sicher keine Kundinnen danach gefragt worden, was sie von diesem Namen halten. Wenn im Einzelhandel nur von »Kunden« und vom »Kundendienst« die Rede ist, dann werden Ideen für Kundinnen von vornherein blockiert, und der Kundendienst sieht vermutlich deutlich anders aus als der für Kunden. Erst wenn beide unterschiedliche Arten zu kommunizieren als Teile eines Ganzen begriffen werden, wird die Bereicherung, die in der Verschiedenheit liegt, zum Segen für alle fruchtbar gemacht werden können.

Dank

Allen, die durch ihre Ideen und Gedanken, ihre Hilfestellungen und ihr praktisches Zutun an diesem Buch mitgewirkt haben – mindestens 200 Personen inklusive der beiden Klassen des St.Augustiner Rhein-Sieg-Gymnasiums und des Kölner Montessori-Gymnasiums – möchte ich – ohne Heraushebung einzelner – meinen herzlichen Dank sagen. Ihre Beiträge belegen: Viele sind klüger als eine-r und voneinander »Ablernen« ist eines der größten Vergnügen.

Carmen Thomas im Februar 2000

Literaturverzeichnis

Bahlow, Hans: *Deutsches Namenlexikon*, Kaisersche Verlagsbuchhandlung, München 1967 (Suhrkamp, Frankfurt a.M. 1972)

Drosnin, Michael: *Der Bibelcode*, Heyne, München 1995

Eberhard-Wabnitz Margit/Horst Leisering: *Knaurs Vornamenbuch*, Th. Knaur Nachf., München 1983

Franz, Michael: *Von Gorgias bis Lukrez*, Akademie, Berlin 1998

Kleinschuster, Ernst J.: *Das große Ullstein Buch der Vornamen*, Ullstein, Berlin 1995, 2. Auflage

Kühn, Renate: *Das Rosenbaertlein-Experiment. Studien zum Anagramm*, Aisthesis, Bielefeld 1994

Kunze, Konrad: *dtv-Atlas zur Namenkunde. Vor- und Familiennamen im deutschen Sprachgebiet*, Deutscher Taschenbuch Verlag, München 1998

Mackensen, (ohne Vorname komischerweise): *3876 Vornamen*, Südwest, München 1969

Mackensen: *Das große Buch der Vornamen*, Südwest: München, 1978 (4. erweiterte und überarbeitete Auflage des obigen Titels)

Müller-Urban, Kristiane: *Die schönsten Vornamen aus aller Welt*, Weltbild, Augsburg 1998

Naumann, Horst (Hg.): *Familiennamenbuch*, VEB Bibliographisches Institut, Leipzig 1989

Naumann, Horst: *Das große Buch der Familiennamen. Alter. Herkunft. Bedeutung*, Geisberg, Oberaurach 1999

Seibicke, Wilfried: *Die Personennamen im Deutschen*, Walter de Gruyter, Berlin 1982

Siebs, Benno Eide: *Die Personennamen der Germanen*, Dr. Martin Sändig oHG, Wiesbaden 1970

Thalmayr, Andreas: *Das Wasserzeichen der Poesie oder Die Kunst und das Vergnügen, Gedichte zu lesen*, hg. von Hans Magnus Enzensberger, Eichborn, Frankfurt a.M. 1990

Theis, Vera: *Die Anagramme der Unica Zürn*, Universität Siegen (Magisterarbeit vom 31.12.1997)

Wasserzieher, Ernst: *Hans und Grete. 2500 Vornamen in ABC erklärt* Ferd. Dümmler, Bonn 1979

Weitershaus, Friedrich-Wilhelm: *Das neue große Vornamenbuch. Wie soll unser Kind heißen? Herkunft und Bedeutung von 8000 Vornamen*, Mosaik, München 1995

Wunderli, Peter: *Ferdinand de Saussure und die Anagramme*, Niemeyer, Tübingen 1972

Veröffentlichungen von Carmen Thomas

Die Hausfrauengruppe oder Wie elf Frauen sich selbst helfen (Hg.). Rowohlt, Reinbek bei Hamburg 1978 und 1988

»*Hallo Ü-Wagen*« – *Rundfunk zum Mitmachen. Erlebnisse und Erfahrungen.* List, München 1984

»Wo Hund beißt Kind spannend ist.« In: *Lokaljournalismus.* Vistas, Berlin 1985, S. 163–172.

»Liebeserklärung an das Radio.« In: *Rundfunk und Fernsehen.* 35.Jg. 1987, 2. Hans-Bredow-Institut (Hg.) Nomos, Baden-Baden 1987, S. 286–291.

Elisabeth Klaus / Carmen Thomas / H. Gerd, Würzburg (Hg.). *Ein Herz für O-Töne. Der Alltagsjournalismus.* Verlag Ute Bernhardt-Pätzold, Stadthagen 1990

»Modell einer Mitmachsendung.« In: Bernd-Peter Arnold / Siegfried Quandt (Hg.). *Radio heute. Die neuen Trends im Hörfunkjournalismus.* Institut für Medienentwicklung und Kommunikation, Frankfurt a.M. 1991, S. 59–69

Ein ganz besonderer Saft – Urin. vgs, Köln 1993

Berührungsängste? Vom Umgang mit der Leiche. vgs, Köln 1994

»*Willi kannze mich hören?*« *Gedacht, gesagt, geschrieben.* vgs, Köln 1995

Blick über den Zaun. Erfolge und Erfahrungen mit Urin. vgs, Köln 1995

»Angst macht dumm. Philosophie und Praxis der Mitmachsendungen.« In: Barbara Kamutzki (Hg.): *Vox populi.* Bundeszentrale für politische Bildung, Bonn 1996, S. 13–35

Erfahrungen mit Urin. Briefe zum besonderen Saft. vgs, Köln 1996

Vistem – der klare schnelle Weg zur Sache. Beltz: Weinheim 1996
Nur über ETM, Postfach 450 368, 50878 Köln,
Fax+Tel. 0221-4 97 38 43.

Vom Zauber des Zufalls. Eine Einladung zum Mitmachen. Kiepenheuer & Wisch, Köln 1998

Im Herbst 2000 erscheinen:

Profi-KopfRezepte – Erfolgreich kreativ mit Vistem
Profi-KopfRezepte – Erfolgreich Zeit planen mit Vistem
Profi-KopfRezepte – Erfolgreich mit Kritik umgehen mit Vistem
(Alle drei Bände: Midena, München)

Quellennachweis

S. 80–82: Das Beispiel vom »Apfelschalen-Orakel« ist aus: Robert H. Hopcke: *Zufälle gibt es nicht. Synchronizität – Die verborgene Ordnung unseres Lebens*, S. 94–96, © Limes Verlag, München, 1997

S. 149: Albrecht Dürer: »Melencolia I«; Foto: © Bildarchiv Preußischer Kulturbesitz (bpk), Berlin

S. 157–158: Kurt Mautz: »germanisten«, aus: Kurt Mautz: *Letterntausch.* Anagramm-Gedichte. © Anabas-Verlag, Frankfurt a.M.

S. 158: Unica Zürn: »Tausend Zaubereien«, aus: Unica Zürn: *Gesamtausgabe. Bd. 1: Anagramme*, hg. von Günter Bose, Erich Brinkmann, © Brinkmann und Bose Verlag, Berlin, 1988

S. 159: André Thomkins (drei Palindrome), © VG Bild-Kunst, Bonn 2000

S. 170: Helmut Heißenbüttel: »und scheert ihr Rosenbaertlein ab«, © Ida Heißenbüttel 2000

S. 170: Gerhard Rühm: »und schert ihr Rosenbaertlein ab«, aus Gerhard Rühm: *GESCHLECHTERDINGS. Chansons, Romanzen, Gedichte*, Rowolt Verlag, Reinbek 1990, © Gerhard Rühm 2000

S. 174: Christina Thomas: »Das A aus dem Alphabet der Philosophen«, © Christina Thomas, Köln

S. 186: André Thomkins: »weitermalen«, aus: *Leporello*, hg. vom Kunstmuseum Solothurn aus Anlass der Ausstellung »André Thomkins – Anagramme« vom 25. Juni bis 21. August 1988, Kunstmuseum Solothurn, © VG Bild-Kunst, Bonn 2000

Zur Autorin

Carmen Thomas, geboren 1946, ist seit 1968 als Redakteurin beim WDR in Köln. Mit der Mitmach-Sendung »Hallo Ü-Wagen«, die sie 20 Jahre lang jede Woche präsentierte, setzte sie neue Maßstäbe in der Kommunikation mit dem Publikum. Sie veröffentlichte bisher zehn Bücher über ungewöhnliche Themen und über die Kommunikation mit sich selbst und anderen, darunter den Bestseller *Ein ganz besonderer Saft – Urin.* Seit 20 Jahren coacht sie Führungskräfte in Kreativität und Kommunikation.

Über dieses Buch

Anagramme sind seit dem 3.Jahrhundert vor Christus bekannt. Durch das Umstellen der Buchstaben entlockte man schon damals den Namen verborgene Bedeutungen. Später geriet diese faszinierende Technik in Vergessenheit. Jetzt weckt Carmen Thomas das Spiel mit den Buchstaben zu neuem Leben. Mit modernen Mitteln erschließt sie eine Fülle von Anregungen, Anagramme zum eigenen Nutzen und zur Freude anderer einzusetzen. Mit Anagrammen können Sie:

- Ihren eigenen Namen ebenso entschlüsseln wie die Namen von Freunden und Bekannten,
- sich inspirieren lassen beim Verfassen einer Geburtstags- oder Festrede,
- persönliche Geschenke mit Namens-Anagrammen individuell gestalten,
- einen absolut einmaligen Liebesbrief schreiben,
- sich bei wichtigen Entscheidungen oder zur Klärung eines Problems Anregungen verschaffen,
- Ihr kreatives Potential um eine neue Dimension bereichern und Ideen entwickeln, die Ihnen sonst nie eingefallen wären,
- mit Kindern und Freunden spannende und unterhaltsame Spiele machen,
- Ihrem Kind einen Namen geben, der einen verborgenen Glückwunsch enthält.

Was steckt hinter Ihrem Namen? Welchen Sinn hat er? Und welchen

Hintersinn ergeben Ihre Anagramme? Auf anregende Weise berichtet Carmen Thomas von den Erfahrungen, die mit dieser antiken »Knobeltechnik« möglich sind. Neben einer leicht verständlichen und sofort umsetzbaren Einführung in das Anagrammieren informiert sie umfassend über die Geschichte und die Bedeutung von Namen. Viele Beispiele und Abbildungen zeigen, zu welch witzigen und konstruktiven Ergebnissen Anagramme im Alltag führen können. Und damit Sie gleich Ihre eigenen Anagramme anfertigen können, erhalten Sie zusammen mit diesem Buch:

- ein Buchstaben-Puzzle,
- ein Set mit »Pits« = Klebestreifen,
- die Adresse eines Anagramm-Generators im Internet, der speziell für Sie entwickelt wurde und mit dem Sie innerhalb von Sekunden Anagramme erzeugen können.

Dieses Fantasie-weckende Buch eröffnet Ihnen eine wahre Schatz-Truhe faszinierender Ideen zum Spielen, Knobeln, Staunen!

Bezugsadresse für Pits

Pits können Sie über folgende Adresse nachbestellen (siehe S. 272):

ETM GmbH Versand
Postfach 450 368
50878 Köln
Fax+Tel. 0221–4 97 38 43

Preise gültig ab Juni 1998, Preisänderungen vorbehalten.

Artikel	Größe	Farben	Menge	DM
Vistem-Demo-Video (=19 praktische Anwendungen am Beispiel von + mit Carmen Thomas)	VHS		1	39,00
Starter-Set-Sonderpreis (Inhalt = Methodenbuch,1Kit + 2 Klicks, 2000 Pits, 14 Fonds, 7 Karten, 1 Stift)			1	88,00
Vistemer (= Spezial-Klemmbrett mit Klack-Schub für Klicks)	A4	blau	1	48,00
Basis-Vistem-Bag (= praktische 3-Fächer-Tasche mit Starter-Set, Vistemer, Präsenter + 3 Hüllen A4, = Basis-Material (auf 1 Griff)		grün	1	220,00
Vistem-Trolly (= Klomplettausstattungs-Boardcase = alle Haupt-Artikel)		blau/schwarz	1	690,00
Dumbo (= Mini-Time-System mit Eigenlogik für Pit-Memo + Pit-Transport mit Farb-Seiten zum Selbstgestalten)	10 x 10 cm 40 S.	schwarz mit 7 Farben	1	9,00
Dumbo, handgefertigt (= Pit-Transporter mit Register-Schnitt + Griff-Tab-Laschen = 40 Farb-Seiten: zum durchdachten Nutzen)	10 x 10 cm 40 S		1	39,00
Dumbo-Anleitungs-Visual (= Denk- u. Gestaltungs-Hilfe)	A4: 13 Fächer	Farb-▲	1	5,00
Sorter (= Ordnungsmappe mit Griff-Register für Unterlagen)		ro, bl, ge, lila	1	18,00
Methodenbuch				29,80
Kits (= vollständige Einheit für die Tasche und am Platz)				
Text-Kit (mit 7 Karten, Stift, Klick, mit 1300 schmalen Pits) ■	A5	blau	1	39,00
Team-Kit (......................., mit 700 breiten Pits)	A5	blau	1	35,00
Deko-Etui (gemustert, mit Mini-Klick + 1 Team-Pit-Block = 700 Pits)	9 x 8 cm	metall-silber	1	49,00 46,00
Deko-Etui (glatt, matt ....)	9 x 8 cm			
Klicks: (= Magnet-Halter mit Pit-Mulden: für alle Pits auf 1 Griff = zum Nachfüllen, einmalige Anschaffung)		blau		
Mini-Klick	8,5 x 4,5 cm	#	7 x 100 Pits	23,00
Plan-Klick	11 x 4,5 cm	#	6 x 100 Pits	23,00
Text-Klick	20 x 8 cm	#	13 x 100 Pits	29,00
Team-Klick ■	18 x 8 cm	#	7 x 100 Pits	25,00
Klick-Center (= Magnet-Ständer für 4 Klicks, griffbereit am Platz)	A4	weiß/silbern	1	24,00
Auto-Klack (= Klebe-Stahlband fürs Klick-Fixieren am Platz, im Auto, usw.)	3,5 x 15 cm	weiß	1	5,00
Pit-Blocks (= zum Nachfüllen)				
Mini-Pits	0,5 x 4,0 cm	# ■	100 Pits	0,95
Plan-Pits	1,5 x 4,0 cm	# ■	100 Pits	1,15
Mini-Text-Pits	1,0 x 4,0 cm	# ■	100 Pits	1,05
Text-Pits	1,0 x 7,5 cm	# ■	100 Pits	1,25
Team-Pits	2,0 x 7,5 cm	# ■	100 Pits	1,55
Notiz-Pits (= für große Mulde im Text-Klick) Farb-Tipp: ge/ro	3,0 x 7,5 cm	# ■	100 Pits	2,50
Präsentation-Pits	12,5 x 7,5 cm	# ■	100 Pits	3,95
Maxi-Pits (= f. Groß-Gruppen wie Meta-Plan-Karten + z. Selbstschneiden)	21,0 x 7,5 cm	# ■	100 Pits	8,95 4,00
Titel-Pits (= mit Wolke)	4,0 x 7,5 cm	# ■		
Sonder-Formate (siehe Extra-Überblick = anforderbar)				
Nachfüllpack Text-Pits	1 Satz	alle + Titel-Pit	12 x 100 Pits	16,00
Nachfüllpack Team-Pits	1 Satz	alle + Titel-Pit	7 x 100 Pits	13,30
Nachfüllpack Text- und Team-Pits	1 Paket	alle + Titel-Pit	40 x 100 Pits	40,00

\# mit allen **Pit-Farben**: blau, gelb, weiß, rot, grün, grau
\# ■ Bitte **Format**, **Menge** und **Farbe** genau benennen
▲ **Präsenter-Farben**: Standard schwarz/blau mit rotem Griff
Zusatz-Farben mit Sonderzuschlag 15%:
in blau, gelb, weiß, rot, grün, schwarz, transparent.

Alle Artikel inkl. 16% MwSt. zzgl. Verpacken, Versand- und Verpackungskosten, Lieferung gegen Rechnung
Mindestbestellung 90 DM, ab 300 DM per Nachname

ETM Dresdener Bank AG Köln,
BLZ 370 800 40, Konto-Nr. 870 850 200

Rechtsanwalt

N A C H W E L T S T A R

Hosenträger

E R O S E R H Ä N G T